# 你哄我一下 2

PIU

岁见
SUI JIAN
WORKS

著

长江出版社
CHANGJIANG PRESS

图书在版编目（CIP）数据

你哄我一下．2／岁见，著．
—武汉：长江出版社，2023.1
ISBN 978-7-5492-8634-8

Ⅰ．①你… Ⅱ．①岁… Ⅲ．①长篇小说—中国—当代 Ⅳ．① I247.5

中国版本图书馆 CIP 数据核字（2022）第 226619 号

# 你哄我一下．2　岁见　著

NI HONG WO YIXIA

| | |
|---|---|
| 出　　版 | 长江出版社 |
| | （武汉市解放大道 1863 号） |
| 选题策划 | 阿　朱　靳　丽 |
| 市场发行 | 长江出版社发行部 |
| 网　　址 | http://www.cjpress.com.cn |
| 责任编辑 | 罗紫晨 |
| 特约编辑 | 晴　子 |
| 封面设计 | 柚子酒 |
| 印　　刷 | 长沙鸿发印务实业有限公司 |
| 版　　次 | 2023 年 1 月第 1 版 |
| 印　　次 | 2023 年 1 月第 1 次印刷 |
| 开　　本 | 880mm×1230mm　1/32 |
| 印　　张 | 9.5 |
| 字　　数 | 230 千字 |
| 书　　号 | ISBN 978-7-5492-8634-8 |
| 定　　价 | 46.80 元 |

# 目录
## CONTENTS

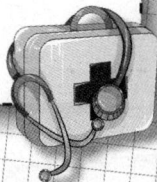

# 目录
CONTENTS

# 第一章 我们毕业了

班会课上，陈儒文头一回准点到了教室，看到班级里奋笔疾书的学生们，常年绷着的脸总算有了笑容："今天和大家讲几个事。"

班级里顿时响起各种各样的声音。

过了片刻，陈儒文从桌子上拿起一叠试卷："这是六月份的学业水平测试卷，考试内容和高一一样，九科都要考，你们现在是时候补一下文科内容了。想考重点大学的同学，每科分数都要达到 A。你们自己心里要有数，别到时候成绩未达标，跑来向我哭诉。"

陈儒文说完让大家议论了一会儿，才接着说道："你们过了这个学期就是高三了，学校这几天在统计大家的理想学校，你们都好好想一想心仪的学校，等会儿把这个表填了，明天上课之前，统一交给班长。"

有男生问了一句："老陈，是什么学校都可以填吗？"

陈儒文正在发志愿申请表，闻言抬头看去："只要是你想去的都可以填。"

"那要是填了考不上怎么办？"

听到这话，教室里沉默了一阵。

陈儒文发完志愿申请表，走回讲台，看着底下的学生，沉声道：

"这个世界上没有努力做不到的事情，只要你想，就没有你做不到的事情。

"也许，有些人现在可能还没达到自己想要的高度，但你们要相信，条条大路通罗马，只要你们不放弃，成功也就和你隔着一步的距离。"

话音刚落，教室忽然响起阵阵掌声。

陈儒文抬手示意："好了，自己看会儿书吧，班长跟我来一趟办公室。"

林疏星回过神，放下手里的笔，起身跟了出去。

办公室里，陈儒文从抽屉里拿了一张表格递给林疏星："京安大学今年特设了一个学习项目，在每个学校暂录五名高二学生参加，后期如果表现优秀，保送基本上是没有问题的。"

"你把这张表填一下，到时候回去把你以前参加竞赛的奖状复印一份，连着资料一块交过去。"

林疏星听着他的话，心里并没有多开心，京大并不是她想去的学校，一直以来，都是别人告诉她怎样做才可以上京大。

她以前是不在意，总觉得只要能离开这个地方，去哪儿都可以，可现在不同了，她心里有了想去的学校。

"陈老师，我不想参加这个项目，我也不想考京大。"办公室里，女孩的声音坚定而有力，"我想考医大。"

陈儒文愣住，神情有些难以置信："这可是难得的机会，是多少人梦寐以求的事情，你就这么放弃了？"

林疏星攥着手，深吸了一口气，说："我不是放弃，我只是选择了自己更想要的东西。"

"你这是胡闹！是对自己将来不负责！"陈儒文火气一下就上来了，"你有没有想过，万一你高考失利了怎么办？"

林疏星抬眼看着他，语气无比坚定："老师，你刚跟我们说过，这个世界上没有努力做不到的事情，只要你想，就没有你做不到的事情。我相信这句话，我也相信我能做到。"

"一直以来都是你们替我做决定，这一次，我想为自己活一次。"

"京大我不想去，也不会去，无论你们怎么说，我都不会改变自己的选择，我会为了自己的目标去努力。"

"你……"见她这样，陈儒文也不好再多说什么，摆摆手道，"不管怎么样，高考是件大事，我希望你能好好考虑。这张志愿申请表我替你留着，想改变主意了随时来找我。"

林疏星抿了抿嘴角，轻叹了一口气，说："陈老师，谢谢你，可我希望你能将这个机会给其他需要的同学。"

气氛沉默了片刻，陈儒文看着站在眼前的这位得意门生，摇头叹了一口气，把志愿申请表收了起来，语气低沉道："算了，你先回去吧。"

"嗯。"林疏星从办公室回到教室没多久就下课了，因为是周五，晚上也不用上晚自习。

跟往常一样，她和徐迟在外面吃完晚饭，一起复习功课。

这天也不例外。

一进家门，徐迟就将书包一丢，慵懒地躺在沙发上，看起来很疲惫。

林疏星坐在地板上，从包里拿出书和卷子放在桌上。徐迟听到动静，别过头看去，他只能看到一截白皙修长的脖颈。

他别开眼，盯着天花板，低声问道："老陈下午找你做什么？"

"嗯？"林疏星反应了一下，随手在草稿纸上写了几个数字，背对着他说话，"京大弄了个学习项目，陈老师想让我参加，有希望的话可以直接保送。"

"你答应了？"

"没有。"

徐迟微微皱眉，翻身坐起来："为什么？"

林疏星转过身看着他，一脸理所当然："我不想去啊，我有自己想去的学校。"

他挑眉追问："去哪儿？"

林疏星说："医大。"

徐迟似乎是愣了下，心底思绪万千，眼睫毛轻微颤了颤，低声问了一句："为什么会想去医大？"

她揉了揉耳朵，神情有些不自在："没有理由，我就是想去。"

他似乎还想问什么，林疏星抢先一步打断他的话："那你以后想去哪儿？"

徐迟的喉结轻滚了两下，抬头看着她，一字一句地说道："你去哪儿，我就去哪儿。"

徐迟没有开玩笑，在这之后，他对学习的态度更认真严谨，连以往枯燥无味的语文课，他都没有放过。

高二下学期的学习生活跟高三差不多，每天都有写不完的试卷和数不清的考试，唯一的区别是班上的同学们褪去了懒散，显得尤为努力。

教室里的风扇呼啦呼啦地转着，窗外的梧桐树枝繁叶茂，阳光透过枝叶的罅隙照了进来。

走廊上的脚步声和打闹声好像都是很久之前的事情了，日子就这样过着，转眼又到了月考。

不知道怎么回事，即将挤进班级前十的徐迟，这一次的成绩却十分不理想，班级排名也掉了很多。

办公室老师都说他底子不扎实，试卷稍微难一点，他的成绩就开始往下掉。这对于高考来说，是大忌。

徐迟自己也有些气馁，按照目前这个情况，他连本地的重点大学都考不上，更别说外地的了。

成绩出来之后，他一个人去操场跑圈，停下来的时候，汗水都快模糊了双眼。

夜晚的操场空荡荡的，徐迟独自坐在操场的看台上，眼睛黯淡无光，像是要与这夜色合二为一。

他喘了一口气，低头看着脚边掉落的汗水，这种拼尽全力却得不到回报的滋味太令人绝望。他无能为力却又无可奈何，明明已经努力了，却总是差那么一步。

"徐迟。"耳旁有熟悉的声音响起，他抬头看去，看到站在不远处的林疏星。她压下心头的不适，走到他身边坐下喊道："徐迟。"

"嗯？"他声音有些哑。

"其实……不管我们能不能在一个地方读大学，只要我们相信彼此，就不是问题。"林疏星看着他的眼睛，说，"我也不想让你这么累。"

徐迟的眼睛一下子就红了，他别开眼睛回应道："我不累。"他停了几秒又道，"说好了你去哪里，我就去哪里，我不想食言，也不想让我们之间有遗憾。"

短暂的沉默后，林疏星突然小声地说道："我英语这次又没有考好，英语老师给我拿了好多试卷，我都没有时间写别的卷子了。"

他声音低沉道："我帮你做。"

"好呀。"她歪着头笑了一下，"英语老师刚刚在办公室还夸了你，说你英语有天赋，比我好多了。"

徐迟眼眶湿热，尽力控制着自己的声音："那我可以教你。"

"好啊，我相信你肯定能帮我把成绩提上去的。"林疏星温和道，"徐迟，你真的很厉害，比我见过的很多人都要厉害。"

他的神情有些崩溃，泛红的眼睛看了她一会儿，将头埋进了双臂中。

　　林疏星愣了一下，随后别过头，静静陪他坐在那里。

　　很快就到了会考的日子，会考的难度不大，但必须每一门都达到 A 才可以报考重点学校，林疏星和徐迟都不敢松懈。

　　考试时间很快过去，最后一场英语考试时，林疏星挨到最后才交卷，出考场的时候徐迟已经在楼下等她了。

　　她笑盈盈地走过去："你又这么早。"

　　徐迟跟在人群里往校外走："还好，题目不难。"

　　"你是'英语小霸王'，当然不觉得难了。"

　　闻言，徐迟轻啧一声道："闭嘴。"

　　关于"英语小霸王"这个称号，还是从老师那边传出来的。徐迟偏科严重，几个老师每次在办公室提到他，都说他是"英语小霸王"，语文小混混。

　　每次出成绩，英语老师都认为他有希望上京大、工大，可在语文老师眼里，他连去技校都是一个问题。

　　为此，徐迟常年受到这两个老师的课堂关照。

　　会考结束之后，高二学生全部搬到了高三的教学楼。

　　学校为了给高三营造一个安静的环境，高三的教学楼都是独栋的，跟高一高二离得很远。

　　旁边就是思政楼，学校领导的办公室都在楼里面，每天上课校长都会偷偷摸摸溜过来视察每个班。

　　不过也快放假了，校长来了两三次，后面就没怎么来过了。

　　日子悄悄溜走，窗外茂盛的枝叶从窗口伸进教室里，留下斑驳的光影，后面的黑板上贴满了便利贴，上面写着每个人想要去的大学。书桌上的书越堆越高，教室里的学习氛围更加浓厚。

这天傍晚，林疏星吃完饭回来，和许糯站在走廊聊天，身后教室里铺满夕阳余晖，女生三三两两地坐在一起，脸上带着笑容。

不远处的操场上，随处可见奔跑的身影。

"你和周一扬认识有一年了吧？"林疏星嘴里吃着糖，扭头看着许糯，"真不容易。"

"有那么长吗。"许糯笑了笑，目光投向远处，"这样一算，你和徐迟认识不也快一年了吗，时间过得真快。"

不远处的小道上走过来几个人，林疏星垂眸看着走在最前面的男生，弯了弯嘴角："是啊。"

时间过得真快，和徐迟认识好像是昨天的事情，那个时候她怎么也没有想到两个人会有什么联系。

徐迟走到楼下，看到站在三楼栏杆旁的人，冷淡的眉眼倏地温柔起来，对上她的目光，露出笑容。

林疏星趴在栏杆上："你还不上来吗？"

"没吃饭呢，我去买点东西。"徐迟跟同伴往食堂走，林疏星也被同学叫回教室。

放暑假前一个星期，徐迟一有空就往操场跑，林疏星只当他是为了缓解压力，也没多想，直到周五那天下午，她从思政楼出来，碰到了之前的体育老师，他现在是校田径队的教练。

老师跟她随便聊了几句："对了，徐迟跟你是一个班的吧？"

林疏星愣了下，点点头："是，一个班的。"

"那正好，你帮我把这个带给他。"体育老师从包里翻出一张表格递给她，"你让他填完了，明天上午交到我办公室。"

林疏星接过表，看到扉页上写着"申请表"三个字，有些愣怔："老师，这个是什么比赛报名的表吗？"

"不是，是校田径队的入队申请表，这不是给高考多加个选择吗。"体育老师还有事，没跟她多说，"谢谢你了啊。"

"没事。"

体育老师走了之后，林疏星走到外面，站在树荫底下，摸出手机给徐迟打电话。

嘟声漫长，过了会儿，低沉清朗的声音缓缓入耳："怎么了？"

林疏星垂着头，明明是盛夏，她却浑身冰凉，心里有一处堵着："你要加入校田径队，怎么没跟我说？"

听筒里静默了一瞬，再有声音传出来时，林疏星手心已经冒了一层虚汗，他的声音像是隔着千万里，有些许空旷："你知道了啊。"

她没有吭声。

电话里传来淡淡的叹息声："我就是怕不能和你去一个地方。听说医大招体育生，我想也是个机会。"

"其实体育生也没有什么不好的，最起码我可以保证和你去同一个地方，读一个学校。"

林疏星攥紧了手机，哑着声说道："如果你和我去一个学校的前提是牺牲你的前途，我宁愿不要和你读一个学校。以你现在的成绩，随随便便在平城都可以读一个很好的大学。

"我一直觉得我们两个人应该是相互成就的，而不是你一直妥协，这样对彼此都不公平，我不想你为我放弃那么多。"

两个人都没有再说话，沉默的听筒里只有彼此的呼吸声。

过了许久，林疏星蹲在地上，抹了抹眼泪，小声地说："每次月考出成绩，我都会去找你的排名。看到你进步了，我比看到自己进步还高兴，看到你退步了，我也比什么时候都难过。

"我有时候也会想，如果大学你不能和我在一个地方，我一定会很难过。可我总觉得，不管你在哪儿，那都是你努力的结果，我会为你高兴。"

"徐迟，你别为了我放弃自己的前途，行吗？"

听筒里安静了许久才传来他有些低沉的声音："可在我这里，什么都比不上你。"

暑假如约而至，林疏星却没怎么放松，她去了之前的辅导班，又报了两个星期的英语强化班。

她的英语成绩如果还不能稳定，等到了高考，很有可能会拖其他科目的后腿。之前她一直觉得自己会去京大，只要好好学理科，到时候混个保送名额就可以了。可医大不一样，医大是全国数一数二的学校，比京大的门槛要高出很多，她现在一点儿也不敢松懈。

除了学习上的问题，她和徐迟好像也出了点问题，自从上次在电话里不欢而散后，两个人像是进入了一个死循环。

之前的冷战都给彼此造成了很大的阴影，这一次两人都把矛盾藏在心里，不说也不谈。

放暑假之后，两个人的联系也都是断断续续的。

不久前，林疏星从林嘉让那里知道了他最终还是参加了校田径队，忍不住给他打了电话："你加入校田径队了？"

他嗯了声，淡淡地道："最近一直都在训练，没什么时间找你了。"

林疏星攥紧了手机，微不可察地叹了一口气："那你训练的时候记得注意安全。"

"嗯，知道了。"

夏天的傍晚，空气沉闷，连晚风里都带着一丝燥热，两个人谁都没有挂电话。

过了片刻，徐迟低声问了一句："还在生我的气吗？"

林疏星摇摇头，转念想到他看不见，又说道："我没有生气，这是你自己的选择，如果你觉得这样好，那我就尊重你的决定。"

挂了电话，林疏星重新拿起笔，看着题目一个字也写不出来，满脑袋都是徐迟的影子、徐迟说过的话。

夜深人静的时候，她也会在想自己是不是做错了，明明他也是为了两个人的将来而努力，只不过是方式不一样。

不是每个人都适合学习，徐迟只是选择了更合适他的方法。

那天之后，林疏星继续上着补习班，傍晚的时候，会偷偷跑回学校，运气好的话能碰上前来训练的徐迟。她就找个角落的地方，一边做着试卷一边看他训练，等到结束了，她背上书包，一个人再回去。

短暂的暑假就这样过完了。

高三之后的日子过得比任何时候都要快，永远都有写不完的试卷、做不完的题。徐迟加入校队的事也在班里传开了，对此，一向看好他的英语老师很是惊讶，几次在办公室和别的老师提到他，都是一脸惋惜。好好的能考重点大学苗子，怎么说加入校队就加入校队了。

再多的惋惜也没了用处，学习的学习，训练的训练，时间久了，林疏星好像也慢慢接受了这件事情。

偶尔徐迟训练的时候，她也会过去，有时候给他带瓶水，有时候帮他买份晚餐。

校队的教练是他们之前高一的体育老师，有时候碰见了，也会揶揄两句："我就知道，这小子不简单。"

旁边一群训练的男生哄笑不停，徐迟站在跑道上，目光投向坐在一旁的林疏星，心底有点儿不是滋味，好像所有人都惊讶，他们是如何成为朋友的。

一个是常驻年级前三的学霸，一个是半吊子的体育生，这不搭啊。

这样想得多了，徐迟就忍不住往更深的地方想，她有时候会不会也有这样的想法呢？

徐迟不敢想，也不愿意再想下去。他和林疏星，从一开始，他就处于劣势，只不过这些在他眼里，都比不过陪着她去更好的未来重要。

是林疏星将他从黑暗里拉了出来，所以他甘之如饴，哪怕是牺牲自己的前途。

期中考试过去之后，校队要去省体育中心参加封闭式集训，徐迟也在名单之内。

临走的前一晚，他和林疏星在操场见了一面。

这段时间以来，两个人一个忙着学习，一个忙着训练，真要算起来，也有好长时间没好好说过话了。

深秋的夜晚，气温已经隐隐有了凉意，操场四角亮着灯，跑道上随处可见奔跑的身影。

外面的林荫道上，高大的梧桐树遮出一片阴影，也遮住了走在里面的两个人。

晚风吹来，树影婆娑。

徐迟看着地上的影子，低声道："我要去参加集训了，明天走，一月份回学校。"

林疏星只知道他要去集训，没想到会走这么急，神情有些惊讶："明天就走啊，那你行李什么都收拾好了吗？"

徐迟"嗯"了一声，转过头，漆黑的双眸看着她，目光有些复杂，语气带着点迟疑："集训期间要上交手机……"

"嗯？"林疏星愣了下，随即反应过来，乌黑的眼睛溢满失望，"那就是你两个月都不能和我联系了？"

他皱着眉："也不一定，那边的情况我还不了解。"

说完话，两个人都沉默了会儿。

林疏星掐着手指，长舒了一口气，安慰他也是安慰自己："也没关系，两个月的时间很快就过去了，你在那边好好训练。"

体育生的文化课成绩虽然比文化生低很多，但是在校考这一块，他们付出的努力也并不会比别人少。

徐迟"嗯"了一声，目光投向远方，突然没头没脑地问了一句："你是不是还在介意我参加校队这件事？"

话音刚落，他别过头将视线落在她有些茫然的脸上。

林疏星也讲不好自己现在是什么心情，除去一开始的介怀，这么长时间过去，与其说她介意，还不如说她是习惯了。她已经习惯了他加入校队这件事，就像当初习惯了他在自己身边一样。

"没有什么介意不介意的，我之前说过，只要你觉得自己的选择是正确的，那我就尊重你的决定。"林疏星顿了顿，问他，"你喜欢现在这样的生活吗？"

徐迟垂下眸，淡淡地道："还行。"

虽然一开始是为了她才加入校队，可时间久了，他觉得每天这样好像也没什么不好的。

最起码，他离她的目标又近了一步。

"你自己喜欢就好啊。"林疏星揉了揉耳朵，又重复了一遍，"我没有什么介意的，每个人努力的方式不同，你只不过选择了更合适自己的方式。"

徐迟去参加集训之后，林疏星和他最近的一次通话是一个月前，大部分时候都是她在说，从学校发生的大事到自己身边的零碎小事："我们物理老师上个星期结婚了，新娘是他高中同学，据说下学期转到我们学校来当老师。"

听筒那端，徐迟轻笑了一声，随口问道："教我们吗？"

"不是，新娘是教历史的。"林疏星还想说什么，听到那边有人叫他的名字，安静了三秒，她小声问道，"怎么了？"

徐迟的声音低沉："要交手机了。"

"啊……那好吧。"林疏星嘴唇抿了抿，尽量不让自己的声音听起来太多失望，"这几天降温了，你注意保暖，训练的时候注意安全，多喝热水，不要洗凉水澡。"她絮絮叨叨又说了好多话，才不舍地说道，"那我挂电话了？"

徐迟嗯了一声："你也好好照顾自己。"

"知道了。"林疏星坐在桌旁，低头玩着徐迟之前送的粉红豹，声音很小，"平城又要下雪了，你什么时候才能回来啊？"

徐迟沉默着，呼吸低沉，过了会儿才沉沉说了两个字："快了。"

这一通电话结束之后，两个人便没有再联系过。

林疏星成天到晚都在刷试卷，不知不觉就到了寒假。

林疏星从老师那里了解到，校队那边考虑到下半年体育生三月份的校考，索性将集训时间又延长了一个月，到年初才结束。

这中间，林疏星和徐迟断断续续联系了几次，每次说不上几句话就到了时间。

就这样到了小年夜前一晚，林婉如从剧院回来的时候，林疏星正坐在客厅里看电视。

母女俩自从上次之后，关系渐渐有了点好转，平时在家里也能说上几句话，虽说没多么亲切，但也没有之前那么如履薄冰。

林婉如换好鞋，拎着包走到沙发旁边坐下，看着林疏星的时候，唇边带着淡淡的笑意："吃饭了吗？"

林疏星愣了一下，才点头回应道："吃了。"

"好。"

两个人都没再说话，这一处安静着，只有电视机里传来阵阵笑声。

林婉如揉了揉太阳穴，轻声问道："我明天要去省城出差几天，你一个人在家可以吗？"

省城？林疏星心里咯噔一下，心里陡然冒出个念头，她语气带着点忐忑："妈妈，我明天能和你一起去省城吗？"

林婉如没有多想："当然可以。"

京安省在地图的北边，飞机从平城抵达机场时，已经是下午三点。

不像南方的湿冷，这里的冬天寒冷干燥。

林疏星刚一出机场，就被这扑面而来的寒意打了个措手不及，冷意从脚底蹿上来，牙齿忍不住打着寒战。

林婉如的助手方亭从后面匆匆跟过来，在她外面披了件大衣，笑道："是不是冻着了？"

她点点头，说话时大团白雾在唇边散开："有一点。"

"走吧，我送你去酒店。"方亭边走边说，"你妈妈要去央院开会，晚点回来带你去吃饭。"

林疏星拉住她，露在外面的一双眼睛乌黑明亮："亭姐，你能先送我去一个地方吗？"

"行啊，你想去哪儿，我送你。"

她舔舔有些干燥的唇："省体育中心。"

体育中心在市中心，离机场两个多小时的车程。林疏星来之前没跟徐迟联系，她就是想来看看，说不定运气好能碰上。

方亭以为她是跟人约好了，把车在路边车位一停："我去买杯咖啡，你好了再给我打电话。"

"好，谢谢亭姐。"

"没事。"

临近年关，体育中心除了节假日或者有活动要在这里举办以外，其他时间都是闭馆，林疏星也没办法进去，在馆外逛了几分钟就回去了。

方亭买完咖啡回来，顺便给她带了杯热牛奶，系安全带的时候随口问了一句："见到朋友了？"

林疏星吸了口牛奶，温热的牛奶顺着喉咙灌进心里，缓了会儿才道："没有。"

"怎么，不是来见朋友？"

她摇摇头，看着窗外那栋高大的建筑，声音低低的："他在体育中心集训，我进不去。"

"你早跟我说你要进这里面啊。"方亭笑了一声，又解开安全带，"这里的领导你妈妈都认识，我打个电话就好了。下车，我带你进去。"

"……"

由于集训天数延长，再加上冬天夜晚黑得比较早，每天训练结束的时间就提前了一个小时。

今天正好是小年夜，教练特意缩短了训练时间，吹哨解散的时候，十几个大男孩眼巴巴看着他，眼底都写着明晃晃的两个字：手机。

"行行行，晚上给你们发。"

"教练万岁！"

"一群兔崽子！"

周围阵阵哄笑声。

徐迟跟着队友一块往宿舍走，出了训练馆，周围一片白茫茫的，十几个人穿着训练服，短袖短裤，厚外套拿在手上权当摆设。

队友宁城和另外一个队友说着话，不知怎么，两个人说着说着就顺手抄起一团雪开始扔，接二连三的雪球飞出来，误伤了别人，又是一场混战。

就这样大家一路打打闹闹到了宿舍楼下，眼尖的宁城瞥见站在门口的人影，眼神眯了眯："哎哎，看那边，怎么有个妹子在我们男寝室楼下？"

"哟，还真是。"

几个男生跟没见过女生一样，对着那道身影评头论足，有胆大的还准备过去要联系方式。

徐迟一开始也没在意，目光不经意间瞥了一眼，又收了回来，电光石火之间觉得有什么不对劲，他定睛看了一会儿，瞳孔逐渐放大。

旁边男生已经蠢蠢欲动："那我过去要号码了？"

徐迟"啐"了一声，按着男生脑袋往旁边的雪堆里一扎："你要个头！"

冬天的夜晚总是黑得比较早，林疏星看完宣传栏里贴着的内容，才从体育中心的领导那里知道，来参加集训的校队每天都要到晚上六七点才结束。

原本方亭是想直接带她去训练场，但她怕耽误徐迟训练，就没答应，自己到宿舍楼下等他。

雪花接二连三地落下来，北方的冷风寒冷刺骨，像是要直直地渗透到骨子里的冷。

身后传来一阵急促的脚步声，林疏星刚转过身去，眼前突然闪过来一个人，等到看清后，笑意很快浮现在眼底。

徐迟缓了缓呼吸，低声问道："怎么到这里来了？"

京安冬天室外的天气太冷，林疏星说话时牙齿忍不住打着寒战："我妈妈来这边出差，我就跟着一起过来了。"

他低笑了一声，没有听到自己想要的回答，依旧不依不饶地问道："那怎么来这边了？"

闻言，林疏星抬起头，对上他似笑非笑的目光，唇瓣抿了抿，手指揪着他的衣服，声音又低又软："路过，来看看你。"

徐迟轻轻笑开了，心情好像好了很多。

林疏星还要说什么，目光瞥见他的穿着，眉头微微皱起，轻声说道："你把衣服穿上。"

徐迟刚结束训练，也不是很冷，一直就没怎么在意。这会儿看她皱着脸，还是乖乖地把外套穿了上去，顺便替自己辩解道："刚从训练场回来，浑身都是汗，就忘了穿。"

林疏星没说话，站到他跟前，抬手将他外套的拉链也拉上去，低声说："徐迟，我不希望你生病。"

徐迟心底像是被钩子勾了一下，低下头和她目光相对："知道了，下次不会忘记了。"

她嗯了一声。

旁边的路灯亮起，两个人沿着雪地往前走，身影被光亮拉到很远的地方。

林疏星在省城停留了一个星期，除了刚来的那天和徐迟见了一次，后面的几天都留在酒店房间里。

北方的天气过于寒冷，导致她回平城的第二天就高烧不退，一直到年后才慢慢恢复过来。

新学期开始，时间仿佛被上了发条，曾经遥不可及的高考近在眼前。

抽屉里塞满了各种各样的试卷，压得人几乎没有喘气的时间。

四月初，校队考试结束，徐迟回到教室上课。

他和林疏星又回到了跟以前的生活一样，只不过周末待在一起的时候，彼此都默契地忙着各自的事情。

四月底的最后一个星期，学校组织高三学生去体检，男生被分去了市中心的市第一医院，女生则被分去了学校附近的市第二医院。

体检的人很多，林疏星花了两个多小时才结束所有的项目，从医院出来的时候，徐迟正好给她打了电话。

电话刚一接通，就听见他的声音从里面传出来："结束了吗？"

她嗯了一声，低头看着台阶，顺便问道："你结束了吗？"

"差不多了。"林疏星已经走到公交站台，抬头看着站牌。

"那我先去找个吃饭的地方，等会儿把地址发给你。"

"行。"林疏星上了公交车，走到最后面靠窗的位置坐下，声音有些轻快，"徐迟。"

"嗯？"

林疏星看着窗外的绿荫："夏天要来了。"

隔着电话，徐迟也默契地看了眼窗外："是啊。"

夏天要来了，来的也不只是夏天。


窗外的榕树枝叶愈发茂盛，教室里的灯越亮越晚。高考前一周的傍晚，平中作为其中一个考点，要求全校学生把书都带回去。

教室里闹哄哄的，地上到处都是草稿纸和试卷，黑板上的倒计时被人抹去，旁边的空白处用粉笔写着一张假条。

请假条：

亲爱的班主任，我们因毕业，特向您永远请假。

望批准。

请假人：高三五班全体学生。

签名：陈儒文。

2012 年 6 月 8 号。

最后一场英语考试的铃声敲响，监考老师默不作声地收完试卷，整理确认好之后，才抬头看着坐在考场的里学生，笑着道："老师在这里提前祝你们金榜题名。"

考场里的学生来自各个学校，不认识也从没说过话，但在这个时候却都很默契地齐声道："谢谢老师。"

无论好坏，这一切终于结束了。

出成绩那天正好也是林疏星的十八岁生日，林婉如早上出差之前特意给她下了碗长寿面。

她起来吃了面，拿上手机去了徐迟家里。他昨天晚上跟她说了，这个生日他给她庆祝，没有邀请别人。

林疏星没有意见，只要跟他在一起，怎么都可以。

到徐家的时候，徐迟已经起来了，正在厨房里忙活。林疏星走过去，看着他身上的小碎花围裙，忍不住笑了声，随口问道："要帮忙吗？"

他手里动作没停，漆黑的眸里泛起笑意："不用，你去外面坐会儿。"

"哦。"林疏星应着话，人却没动，站在边上定定地看了他一会儿，才转身往外走。

过了大半会儿，徐迟从厨房里出来，去房间换了身衣服后，在她身旁坐下："成绩什么时候可以查？"

"十点半。"

"哦。"

两个人都没有说话，徐迟随便找了部电影放，房间里倒不显得有多安静，墙角的时钟滴答滴答转着。

到十点半的时候，他起身去了趟房间，回来时手里拿着手机，低头靠着沙发，手指在屏幕上点着。

见状，林疏星也从包里翻出手机，班群里老陈在几分钟之前已经把查成绩的网址发了出来。

她点进去，可能是这时查成绩的人太多，系统显示崩溃，刷新了几次都不管用。

林疏星舔唇，压下心底的紧张和不耐烦，碰了碰徐迟的胳膊，随口问道："你查到了吗？"

他摇摇头："还没有。"

"我也没有。"她低头看着那个转来转去的小圈，准备再刷新一次时，手机进了一条短信。

林疏星，总分七百零三，全市第五名。

发信人，陈儒文。

"考得不错。"

林疏星长舒了一口气，心底两块大石放下了一块。她抬眼看着徐迟，眼眸清澈明亮，声线隐隐有些发抖："老陈把成绩发给我了，七百零三分。"

"嗯。"他放下手机，语气淡淡的，"我也查到了。"

她的心跳陡然一变，忍不住攥紧了手："多少分？"

徐迟看着她，抬手钩住她的手指，嘴角慢慢弯出弧度，不紧不慢地报出了一个数字，"五百二十六。"

"那……是好还是不好？"

"还可以，比录取线多了二十分。"

听到这话，林疏星完全放下心。按两个人的分数，上医大基本上是没有问题了。

她盘着腿坐在沙发上，看着他的时候眼睛亮晶晶的："辛苦你了。"

徐迟低笑着，抬手揉揉她脑袋："没觉得有多辛苦。"

查完成绩之后，徐迟又回到厨房，林疏星坐在客厅给陈儒文和林婉如打了电话，又回了同学们发来的消息。

她一直弄到十二点多，手机都快没电了，消息才停下来。

厨房里传来香味。

徐迟站在门口："吃饭了。"

"哦，来了。"

吃完午饭，林疏星主动收拾碗筷，徐迟也没拦着，回房间冲了个澡，出来的时候，她已经弄好了，正躺在沙发上看电视。

他走过去，让林疏星躺在自己腿上："要不要睡一会儿？"

"不要。"林疏星举着手机，正在给许糯发消息，发完之后才问他，"你要睡觉吗？"

"不用。"

林疏星没再多说什么，调整了姿势，继续举着手机给许糯发消息。

徐迟垂眸看了她一眼，抬手摸着她的下巴，像挠小狗一样挠了两下，温声道："你坐起来玩手机。"

她"哦"了一声，乖乖地坐起来。

过了一会儿，徐迟起身进了厨房，进去的时候还顺手关了厨房的门，林疏星听到动静，回头看了眼，喊了声："徐迟。"

里面传来回应："怎么了？"

"没事，你关门干吗啊？"

"吵。"

他也没说到底是外面吵，还是里面吵，林疏星想了想，默默收回视线，继续躺在沙发上聊天。

过了一会儿，困意袭来，她揉了揉眼睛，关了电视机，从旁边拿过毯子盖在身上，没多久就睡着了。

林疏星醒过来的时候，天色已经暗了，她不知道什么时候被徐迟抱进了他的房间里。

她躺在床上缓了几分钟，掀开被子起身往外走。

客厅里没有开灯，窗帘也拉得严丝合缝，透不出一丝光亮。林疏星摸着墙壁往前走，小声喊道："徐迟？"

没有人回应。

她咽了咽口水，往前摸到开关，按下去。

"咔嗒——"一声轻响，灯光亮起。

林疏星呼吸一室，原先空荡荡的客厅，此时此刻飞满了气球，每一只气球底下的绳子尾端都夹着一张她的照片。她走过去，看着照片上的自己，眼眶有些湿热。

身后的大门传来声响，下一秒，徐迟拎着蛋糕走进来。他看到站在那里的林疏星，神情没有惊讶，更多的是懊恼："醒了啊。"

他本来打算亲手替她做个蛋糕，结果不知道中间哪一步错了，蛋糕没有做成功。他想着在她醒之前买个蛋糕回来，只是没想到她会这么早醒。

徐迟把蛋糕放在桌上，朝她走过去，看到她泛红的眼睛，指腹挨上去，低声道："本来想给你个惊喜的。"

"可现在看来，惊喜好像没有了。"

林疏星摇摇头，松开手里的气球，埋在他怀里，声音有些哑："徐迟，谢谢你。"

他轻笑着，下巴搁在她脑袋上，语气低沉："生日快乐。"

这一天，林疏星十八岁，和喜欢的男孩子过了个难忘的生日。

她许愿，以后的每一年生日都要和他一起过。

查完分数之后，就是忙着填志愿选专业的事情，林疏星和徐迟的分数都没有问题，学校和专业也都是一早就想好的，所以也没有怎么费工夫。

去学校填完志愿之后，徐迟带着林疏星又回了趟杉城。林疏星回学校拿了通知书，在老陈办公室待了会儿，正准备走的时候，徐迟也拿着通知书从外面走进来。

就像两年前一样，他走进来，也走进了她的生命里。

## 第二章 我的女朋友

　　南城的天气和平城一模一样，明明已经入了秋，温度却始终居高不下。

　　瓦蓝澄澈的天空，阳光刺目夺人，空气干燥沉闷，柏油路上冒着热气，路边的樟树无精打采地垂着脑袋，偶尔刮来的微风里都带着令人心烦的燥意。

　　今天是医大的新生报到日，林婉如出差正好路过医大，顺便把林疏星送到了学校。

　　新生报到，校门口车流拥挤，私家车和出租车以及大巴车凌乱地停在一旁，汽笛声此起彼伏。

　　林婉如和林疏星说了几句话，临走前又给她塞了一张银行卡："要是有什么事，就给妈妈打电话。"

　　林疏星看着她，攥紧了手里的卡，低声应道："我知道了。"

　　"好。"林婉如坐在车里，看着林疏星的时候，目光温婉柔和，"那你进去吧，我走了。"

　　林疏星抿抿唇，想了想还是什么也没有说，提着行李往校园里走。

　　走到一半，她回头看，林婉如的车已经走远了，混入旁边的车流里，很快便没了踪影。

　　"看什么呢？"耳旁突然响起一道熟悉的声音，像是夏日里一捧冰凉的泉水，直直地流进心底。

林疏星愣了下，这才转过头。

炎炎夏日，徐迟依旧穿着黑色的 T 恤和短裤，剃短了头发，是很清爽的寸头，额前没了刘海，露出精致的五官。

他的眼睛很好看，内双的弧度不明显，到了眼尾才露出来，卷翘的睫毛像是一把小扇子。

半个月没见，他整个人晒黑了一点，但跟以前相比，好像变得更帅了，也长高了一点。

林疏星还没回过神，他已经往前一步接过她的行李箱，另一只手自然地扣住她的五指，声音富有磁性，像是老旧的胶片，迷人动听："走了。"

她这才反应过来，看了看两人交握的手，又抬头看着他的寸头，满是好奇："你怎么把头发剪这么短了？"

"队里要求的。"徐迟说完话，偏过头对上她的视线，"怎么，不好看吗？"

林疏星摇摇头，露出笑容："没有，好看。"

他得到心满意足的答案，眼底跟着晕开笑意："嗯，你也好看。"

医大是百年老校，经历过战火的洗礼，学校里随处可见二十世纪的建筑，有些建筑甚至已经是断壁残垣，被学校竖了围栏保护起来，一砖一瓦都见证了那个战火纷飞的年代。

学费都是提前从卡里划出去的，徐迟直接带着林疏星去了医学系报到处。

那里临时搭了两个帐篷，除了院里的老师，其他的都是同院的师兄师姐。

医学院一向男多女少，林疏星签完名核实过信息后，原先蔫巴巴地坐在旁边的男生立马朝她走了过来："同学哪个专业的啊？"

男生轻咳了一声，自报家门："我是临床医学的江屿成，请问有什么需要帮忙的吗？"

林疏星摆摆手，笑着道："不用了，我男朋友过来了。"

江屿成咂舌："好吧。"

等她走远后，他又坐回帐篷底下，旁边坐着的男生推了推他的肩膀："怎么样，要到联系方式了吗？"

他耸耸肩，摊手表示无奈："人家有男朋友了。"

男生嗤笑一声："男朋友怎么了，指不定哪天就分了呢。"

"滚。"

另一边徐迟把手里的冰水递给林疏星，随口问道："刚刚那个男生是你们院里的师兄？"

林疏星接过水，凑在唇边，没怎么在意地应道："嗯，也是临床医学的，不出意外的话会是我的直系师兄。"

他点点头，沉默着走了一段路，忽然侧目看着她，一本正经地说道："对了，我前几天听人说，你们系有个系规，好像还挺重要的。"

"啊？"林疏星拧上瓶盖，嫣红的唇瓣上挂着水珠，在日光下盈盈动人，"什么啊？"

徐迟盯着她的唇瓣看了几秒，喉结滚动，别开眼，看着不远处的建筑，漫不经心地说道："防火防盗防师兄。"

林疏星："……"


女生宿舍在学校的南边。

今天新生开学，男女老少进出自由，他俩到了之后，徐迟将她的行李箱直接提到了三楼。

宿舍是四人间，已经到了两个女生。

林疏星进去后和她们简单地聊了几句，知道了彼此的姓名：高一点和白一点的是贺念念，另外一个叫秦思。

过了一会儿，她们要出门买东西，话题便结束了。

宿舍里就剩下她和徐迟。

两个人花了半个小时把宿舍收拾干净，刚刚整理好衣柜，最后一个室友也来了。

她一进来，先看到徐迟，站在走廊看了几遍宿舍号，确认没有走错之后才走进来。

林疏星正好从阳台进来，看到陌生人，愣了两秒，才跟她打了招呼："你好。"

女生放下手里的东西，抬手抓了下头发，笑着说道："你好，我叫温时尔，应该……是你的新室友。"

"你好，我叫林疏星。"

"真好听。"

"谢谢。"

女生的友谊建立得非常顺利。

温时尔从包里拿出一把棒棒糖递给林疏星，看了看坐在一旁的徐迟，低声问道："你男朋友？"

林疏星接过糖，弯了弯嘴角："对啊。"

她挑眉："他挑女朋友的眼光很好。"

林疏星被女生一本正经的话给逗乐了："那我就当你是在夸我了。"

温时尔一脸理所当然的样子："本来就是在夸你。"

"谢谢啊。"

正说着话，女生的电话响了。她拿着手机，去了外面接电话。林疏星把手里的糖递到徐迟眼前："吃吗？"

坐在桌旁的徐迟垂眸，看着她手里五颜六色的糖果，又想到刚刚那个女生说的话，有些无奈地叹了声气："我觉得，'防火防盗防师兄'的后面，应该还要再加一句'防室友'。"

林疏星："……"

"不过，我觉得她有句话说得挺对。"

"什么？"

他弯唇："我挑女朋友的眼光很好。"

林疏星哑然失笑，把糖放回桌上，垂眸看着他的眼睛："我觉得，我的眼光也挺好，一不留神，就把最好的给挑走了。"

徐迟挑了挑眉尖，笑声像是从喉咙深处传出来，带着一点磁性，听在耳里，温温软软的："你不是还没有吃糖吗？"

"是啊，怎么了？"

他眼神带笑："那你怎么还这么甜？"

徐迟下午还有训练，没有在女生宿舍停留多久，等她全部收拾好之后就离开了，临走前跟林疏星约好了晚上一起吃饭。

他走了没多久，之前下去买东西的两个室友也回来了。

四个女生收拾好行李，各自交换了联系方式，坐在床上聊了会儿天，中午又一块出去吃了饭。这么大半天磨合下来，彼此差不多都混熟了。

但可能因为先来后到，林疏星和温时尔的关系要比跟另外两个女生稍微亲切一点，两人的床铺都是连在一起的。

下午没有事情，林疏星在宿舍睡了一觉。五点的时候，她爬起来去外面的浴室洗了个澡，然后又躺回床上玩手机。到了六点，徐迟给她打了电话。

宿舍里另外几个室友还在睡觉，林疏星拿着手机去阳台接电话："你结束了啊？"

"嗯，我先回去洗澡，等会过来带你去吃饭。"

已经到了傍晚，西边的晚霞瑰丽璀璨，林疏星看着宿舍楼下来往的学生，还有这周围林立的建筑楼，心里忽然涌上一股讲不清道不明的感受。

她攥紧了电话，没头没脑地说了句："徐迟，我觉得我好像有点开心。"

"嗯？"他低笑了声，"怎么？"

"就是开心。"

林疏星讲不出太明确的理由，可能是因为来到了新环境，认识了新朋友，总之开心的理由很多。但林疏星很清楚，令她最开心的是，他也在这里，和她感受着同样的空气，见到同样的风景，遇见相同的人。

她的喜怒哀乐，他都清楚；她的所见所闻，他也知道。

徐迟站在树荫下，昏黄的日光透过交错的树枝映着绿叶的轮廓，光影斑驳而温柔。

他抬起头，眼角眉梢沾着同样的温柔："以后，我会让你每天都这样开心。"


夜幕来袭，月亮周身透着朦胧的光晕，衬得它四周的璀璨星辰都黯淡了些许。

医大校园亮起灯光，校园里热闹非凡，操场上随处可见各大社团成员的身影。

徐迟带着林疏星去校外吃饭的时候，碰巧遇到了校队的队友。这些男孩子看到好看的女生，都会忍不住多看几眼，再加上林疏星晚上出门的时候特意换了身衣服。

无袖的短衬搭着直条纹荷叶边的九分阔腿裤，脚上随便踩了双复古式的拖鞋，头发挽在脑后，露出白皙修长的脖颈线条，整套衣服将她浑身的优点全都凸显了出来。

徐迟舌尖顶了顶齿槽，轻咳一声，目光不善地扫过这一群男生，如同宣示主权一般："这是我女朋友林疏星。"

几个男生站在一旁，笑道："知道知道，都牵着手了，我们还能不知道这是你女朋友吗？"

徐迟："……"

林疏星倒没有徐迟那么自然，神情有些不太好意思："你们好。"

在几个男生争先恐后的自我介绍中，林疏星差不多认出他们是谁跟谁。

穿着白T的是校队的副队长周图南，也是徐迟的室友，白白净净的，鼻梁特别高，很好看。另外几个都是其他宿舍的，长得也都还可以。

知道他们俩要出去吃饭，几个男生也都很识相，没跟着一起去当电灯泡，聊了几句就走了。

林疏星勾着徐迟的手指，惊奇得不得了："你们校队的队友颜值水平都是这么高的吗？

"你那个室友好像比你还白哎，鼻梁也特别高。还有还有，那个叫方铭的，眼睛也很大……"

她细细数着，慢慢感觉到身边的气氛不对劲，立马噤了声，侧头看着徐迟，眨眨眼，一本正经地吹嘘道："你就不一样了，你哪里都好看，怎么样都好看。"

新生报到的第二天，学校安排了体检和领军训衣服，紧跟着第三天早上就是新生军训。

理工科学院在西操场，文学院和艺术学院在北操场，军训二十天，最后一天是新生军训会演。

炎炎夏日，碧蓝如洗的天空烈阳当空，往常空旷无人的操场，此时此刻站满了军训的新生，口哨声和"一二一"的节奏声此起彼伏。

医学系的场地在操场的最边角，旁边除了一堵围墙之外，便是偌大的训练场和篮球场，阳光没有丝毫遮掩，明晃晃地照下来。

林疏星站在队伍里，短窄的帽檐起不到丝毫的作用，汗水从额间冒出，顺着脸侧滑落至脖颈，跟着渗进墨绿色的军训服里。

脚底的塑胶地也被太阳晒得滚滚发烫，空气沉闷干燥，没有一丝凉风，时间漫长到令人绝望。

好在中间还有二十分钟的休息时间，周围的同学一听到解散的口令，全都一哄而散，拖着疲惫的脚步，走到旁边的阴凉处喝水。

林疏星和室友坐在一起。

温时尔直接脱了外套，手拿着帽子在扇着，白净的脸庞一片绯红："好热啊。"

另一个室友贺念念接了话："是啊，我昨天查了天气，接下来的半个月，基本上都是这个温度了。"

林疏星听着心烦意乱，舔了舔干燥的嘴唇，拿起水杯咕噜咕噜地喝了几口。

夏日炎热，原先加了冰的水放在那里，即使晒不到太阳，水温也比正常凉水要高了很多，喝起来像是温水，一点也不解热。

三个室友还在一旁讨论天气的话题，林疏星身心疲惫，并没有参与，只时不时跟着应几声。过了片刻，她搁在口袋里的手机震了震，一条短信滑进来："在休息？"

她举着水杯，凑在唇边牙齿磕着杯沿，单手敲了一个"嗯"字发过去，紧跟着又打下一句话："你训练结束了？"

那边回得很快。

"还没有，十一点半才结束。"停了一秒，又进来一条，"你们医学系在哪边军训？"

林疏星下意识看了眼手机上的时间，才刚刚过十点钟。她抿了抿嘴角，手指敲着键盘："在西操场这边。"

"知道了。"

二十分钟的休息时间很快结束，林疏星拍拍衣服上的灰尘，重新站回队伍里，耳旁是教练一声盖过一声的"一二一"。

时间如同被按了减速键，煎熬而漫长。

到十一点半，上午的军训结束。

天气炎热，林疏星没什么胃口，直接拿着东西回了宿舍。开了空调之后，她拿上睡衣走进浴室，花五分钟洗了个澡，出来的时候，宿舍里已经有了凉意，老旧的空调正卖力地往外传送着冷气。她擦着被水沾湿的发梢，走到桌边坐下，拿起手机插上数据线，手机屏幕亮了起来，通知栏里有一条消息。

徐迟问去不去吃饭，林疏星扭头看了看阳台外面的大太阳，干脆利落地敲下几个字发过去："太热了，不去。"

发完消息，她把手机放在桌上，定好闹钟之后，爬上床准备睡觉。

刚刚躺下没几分钟，底下又传来嗡嗡嗡的声音，一声接着一声，打电话的人大有你今天不接我就一直打的决心。

林疏星认命一般从床上爬下来，看到来电显示的"徐迟"两个字，抬手抓了抓头发，走过去拿起手机。

沉默了几秒，她捏住鼻子轻咳了几声，这才接通电话，声音刻意："林疏星睡觉了，你等她醒了再打电话过来吧。"

听筒里沉默了几秒，徐迟冷不丁轻哼了声，声线松散冷淡，语气带着点嘲讽："你是不是觉得我跟你一样不带脑子？"

林疏星："……"

她松开手，在他看不见的地方毫不掩饰地撇了撇嘴角："哦，脑子是个好东西，我有你没有。"

他嗤笑了声，笑声松松散散，隔着电流的润色，很是动听，语气恢复以往的漫不经心："下来吃饭。"

林疏星哦了声，停顿了一下，糯声道："我不吃。"

徐迟噎气，而后不咸不淡地说道："你想饿死自己？"

"己"字落下的同时，林疏星的宿舍门被推开，三个室友从外面走进来，温时尔的声音最大。

　　徐迟隔着电话都能听见。

　　"星星！我给你买了份凉面，你等会给吃了吧，要不然中午不吃东西，到下午军训你会受不了的。"

　　林疏星捏着手机，回头看过去："谢谢啊，多少钱，我等会转给你。"

　　"不用，一份面又花不了几个钱。"温时尔把面放在她桌上，见她还握着手机，压低了声音，"你先打电话，我去洗脸。"

　　她点点头："好。"

　　重新接通电话。

　　林疏星拆开凉面，香味扑鼻，忍不住咂了咂舌，声音有些欠打："现在好像饿不死我自己了哎。"

　　电话出人意料地被挂了。

　　林疏星默了默把手机放在一旁，拆开筷子吃了口凉面，面条根根分明，配的小菜香脆爽口。

　　她忍不住又吃了两口，搁在一旁的手机亮了下。

　　徐迟发过来一张照片，紧跟着又发来一条消息，言语之间都带着他赤裸裸的炫耀："那我一个人吃饭了。"

　　林疏星轻笑了声，手握住筷子拄着下巴，按下语音键，声音轻快，带着淡淡的笑意："好的，祝您用餐愉快。"

　　徐迟："……"


　　下午的时间更难熬。

　　操场上温度节节高升，不远处的塑胶跑道上热浪滚滚，路边的樟树像是失去了灵魂，枝叶蔫蔫的，没有一丝精神。

　　三点钟的时候，军训的总领导在广播里讲话，算是慰问同学。

领导讲完之后，要求各班教官带着自己的学生，在操场里找好位置坐下，开始拉歌。

林疏星没什么兴趣，坐在人群里，压着帽檐盖住自己的眼睛，开始打瞌睡，耳旁的歌声一浪盖过一浪。

"学习雷锋好榜样，艰苦朴素永不忘，愿做革命的螺丝钉，集体主义放光芒……"

大家拉完歌之后，继续军训。

煎熬的一个小时过去，休息的哨声吹响，林疏星直接坐在地上，温时尔歪头靠着她的肩膀。

突然间，操场上传来一阵骚动，东边大门处走过来一大群没穿军训服的学生，走在前头的几个男生扛着旗。

林疏星瞥了眼，看见旗帜上写着什么学生会、青年志愿者协会，还有几个社团的名字。她嘴唇抿了抿，收回视线，垂眸捋着帽子边缘冒出来的线头。

过了会儿，旁边的几个班级突然热闹起来。

温时尔被吵醒，掀起眼皮看了过去，原来是舞蹈社和轮滑社的师兄师姐在那边表演。

她打了几个哈欠，坐起身："对了，星星，你想好加什么社团了吗？"

林疏星摇摇头："还不知道，到时候再说吧。"

说话间，又有别的社团的师兄师姐走到他们班这边，林疏星前面的女生一个急声，伸手指着斜前方："快看快看，轮滑社那边有帅哥！"

林疏星顺着女生指着的方向看过去，阳光刺眼，她眯了眯眼，看清那道颀长的身影。

男生穿着黑色的短袖短裤，留着清爽的寸头，露出饱满的额头，剑眉英目，眼睛眯着，带着些许慵懒。鼻梁高挺，唇珠诱人，嘴边带着浅浅的笑意，小小的梨涡藏在两颊。他半只手插兜站在那里，另一只胳膊垂下来，手腕上扣着截红绳，修长的手指搭在旁边的石阶上，漫不经心地轻敲着。

在他旁边还有几个男生，几个人不知道是说到了什么，目光都朝这边看了过来。

林疏星一愣，对上男生似笑非笑的神情，默默收回了视线。身旁的温时尔碰了碰她的胳膊，歪头凑在她耳边，声音懒懒的："那个不是你男朋友吗？"

"没看错的话，应该是的。"

话音落下没多久，林疏星看到不远处的徐迟拿出了手机，手指敲了敲，又收了起来。

下一秒，她的手机就震了。

徐迟："过来。"

林疏星："什么意思？"

"不过来？"

她抿唇："教官在呢。"

"那我过来。"

林疏星愣住了，还没反应过来，就看到原先站在那里的一群男生，齐齐往这边走来。

徐迟走在最后面，身形颀长高挑，出众的脸庞让人一眼就能在人群里捕捉到他。

班级里的女生隐隐开始激动。

大学不比高中，没那么多弯弯绕绕和刻板死守的校规，看到欣赏的人，眼神几乎毫不遮掩。

林疏星看着周围窃窃私语又蠢蠢欲动的女生，忍不住撇了下嘴角，低头给徐迟发消息："你以后出门的时候，可不可以稍微注意一下自己的形象？"

"怎么了？"

消息和脚步声同时抵达，她抬头看着停在面前的徐迟，心虚地咽了咽口水。

周围都是打量的视线，林疏星不想刚开学就闹个全校出名，默默收回视线，低头敲字：你站我旁边做什么？

"拍照。"

他发完消息，还真的像模像样地举起手机，对着前面正在表演轮滑的同学拍了几张照片。

徐迟一直站在那里，时不时举起手机拍几张照片。

林疏星真的很想吐槽，周围这些女生说悄悄话的声音，她都能听见。

过了会儿，轮滑社的人准备撤了："阿迟，走了。"

徐迟抬手示意了下，收起手机往前走了一步，突然停下脚步回过头，认真地看着林疏星，一言不发。

林疏星被他看得心里发慌，眼皮直跳，碍着人多，又不好开口跟他说话，只干巴巴地和他大眼瞪小眼。

良久。

他嘴角弯出弧度，不紧不慢地说道："等会儿结束给我打电话。"

打你个头！

军训结束后，林疏星跟风随大流，和室友一起参加了校学生会的选拔，一轮初试过去，四个人都成功进入第二轮面试。

第二轮面试是各自应聘的部门部长、副部长和几个优秀骨干成员亲自面试，过了就直接进入学生会。

时间是周二下午六点半，面试地点在教学区 A 楼。

那天下午下课后，林疏星和温时尔一起出门去面试。她们当时都选择加入了宣传部，另外两个室友都在外联部，跟她们不是同一天面试。

到那儿后，教室外面已经排起了长队，总共有两个面试教室，林疏星和温时尔在同一间教室。

两个人先去门口填了自己的资料表，然后又回到旁边的队伍里排队。

周围虽然人多，但都没有多少人在说话，气氛很安静。林疏星摸出手机看了眼时间，才刚刚到七点，排在她面前的有十几人，也不知道要弄到什么时候。

等的时间久了，慢慢就有了交谈的声音。

林疏星打了个哈欠，肩膀突然被人从后面拍了一下。

她回过头，看到站在自己斜后方的男生，他指了指她脚边："同学，你的东西掉了。"

林疏星低头，看着掉在自己脚边的一包餐巾纸，摇了摇头，语气淡淡的："谢谢，不过这不是我的。"

与此同时，站在那个男生前面的另外一个男生"哎"了一声，弯腰把纸捡了起来："这是我的。"

他回头看着那个男生："谢谢你啊。"

"不客气。"

两个男生就这样聊了起来，从姓名、系别到专业，再到住在哪个宿舍，然后故作很自然地把话题转到了林疏星这边："哎，同学你哪个专业的啊，我们认识一下呗，说不定以后就在一个部门共事了。"

林疏星看了他们两个人一眼，先说话的那个男生叫梁洛，皮肤很白，桃花眼，眼尾微微下垂，瞳孔不是传统的黑色，是那种琥珀棕，看人的时候，总有种含情脉脉的感觉。

另一个叫齐远风，皮肤偏黑，臂膀宽阔，个子也比较高，剑眉英目，五官看起来比另一个要硬朗许多。

两个人丢在人群里，都是看一眼就能让人记住的样貌。

林疏星也记得，她刚刚明明在楼下看到他们走在一起说话，怎么这会儿就不认识了？

但此时此刻这么多人站在这里，她也不好揭穿对方，只硬着头皮道："我叫林疏星，临床医学专业。"

而站在前面的温时尔就没有林疏星考虑得这么多了，扭头看了那两个男生一眼，细长的眼睛微微眯起，语气慵慵懒懒，却很直接："我们刚刚是不是在楼下看到过他们？"

林疏星、齐远风、梁洛："……"

这一时刻，空气里都带着尴尬的气息，似乎连呼吸都有些不合时宜。

林疏星也不知道该说什么了。

恰好此时，旁边的教室里走出一大拨面试结束的学生，教室门口负责签到的师姐对着名单喊了几个名字，这其中就包括林疏星和温时尔。

她如获大赦，连忙拉着温时尔进了教室。


每个人都是分开面试的，林疏星按着号码牌找到自己的面试位置，坐下来看到坐在对面的面试官时，隐约觉得有些熟悉，但一时间又想不起来在哪里见过。

她还没来得及细想，那个面熟的师兄先开了口："学生会那么多部门，你为什么会想加入宣传部？"

这个问题的普遍性等同于别人问你，今天中午吃了什么。

林疏星没有怎么考虑，张口就道："我在高中有担任过学生会宣传部部长一职，对这个部门有比较多的了解。"

她心无旁骛地回答这个问题，坐在对面的江屿成垂眸看着她，不自觉地又想起开学那天，她穿着简单的白T，走在人群里，像是一道清风，笑起来如若星辰，带着不自知的勾人。

"部长？"

"部长！"

身旁的副部长连叫了几声，江屿成才回过神，神态不见丝毫尴尬，语气自然："说完了是吧？"

林疏星点点头："说完了。"

"好。"江屿成拿起笔，在她的资料表上的空格处迅速打了几个勾，末了，抬头看着她，唇边微勾，"欢迎你加入宣传部。"

林疏星没想到面试这么容易就过了，愣了几秒才说了谢谢，而后糊里糊涂地走出了教室。

等她走了，副部长一脸疑惑地看着自家部长："不是还有一轮面试吗？"

江屿成捏着林疏星的资料表，目光扫过上面的一串数字，停了几秒才说话："最后一轮不是由我和你亲自面试？"

"是啊。"

"那我现在觉得她可以提前录取了，又有什么问题？"

"好像也对哦。"副部长嘀咕了几声，下一个面试者过来，又重新投入工作。

慢慢地，副部长看着江屿成对前来面试的人接连提了几个问题，迟缓的反射弧终于反应过来。

可以个鬼啊！你刚刚从头到尾就问了她一个问题啊！

面试结束后，林疏星和温时尔一起回了宿舍，两个室友都在，见她们进来，随口问道："你们面试怎么样啊？进了吗？"

温时尔耸耸肩："周五去参加终试。"

"星星呢？"

林疏星放下包，眉头微皱，复述了一遍部长的话："应该也是进了。"

室友秦思接了话："那你好幸运啊！连终试都不用去了。"

"可能吧，运气比较好。"话题太敏感，林疏星也没有多说，拿着手机去外面给徐迟打电话。

电话接得很快，只不过是他室友接的电话："阿迟在打游戏，我帮你叫他。"话音落，听筒里便传来男生的大嗓门，"阿迟，你媳妇给你打电话了。"

过了几秒，手机那端便换了人，熟悉的声音传了出来："面试结束了？"

林疏星刚应了声，就听见他那边的背景音："你就不能等这一局打完了再接电话吗？"

她顿了一下："我是不是打扰你了？"

"没有。"徐迟回头瞪了室友一眼，随即起身往宿舍外面走，将室友的声音关在屋里。

他站在走廊处，手指漫不经心地敲着栏杆，声音听起来低润而慵懒："女朋友比游戏重要。"

林疏星笑了笑，随口跟他提起了今天面试的事情："那个部长，我总觉得好像在哪儿见过，可我一时又想不起来到底在哪儿见过。

"而且，他还特奇怪，就问了我一个问题，直接就让我进了宣传部，连终试都没让我去参加。

"你说他们宣传部是不是招不到人了？"

徐迟听着她的话，隐隐觉得不对劲，男生特有的第六感涌上心头："你们部长是男生？"

"是啊。"林疏星说完顿了下，小心翼翼又一本正经地补了一句，"我看了，没有你好看。"

他低笑了声，语气漫不经心："我又没问他长什么样，你这么紧张做什么，难不成是心虚了？"

林疏星撇了一下嘴角，硬气地说道："我就是想找个理由夸你啊。"

徐迟不紧不慢地啧了下，敲着栏杆的手指慢慢找到节奏，一下接着一下："好好的夸我做什么？"

她投降："你等会儿有时间吗，我想去吃烧烤。"

徐迟抬手看了眼时间，已经九点多，这个点出去吃东西，还是吃烧烤，不健康。

下一秒。

"好啊，我过去接你。"

医大学校门口遍地是烧烤摊。

林疏星和徐迟找了一家看起来比较干净的店，两人在里面找了位置坐下，她拿着菜单翻了翻，抬头问他："你吃什么？"

徐迟摇摇头："我不吃。"他从旁边的袋子里拿了两个一次性的塑料杯，倒了两杯水递给她一杯，语气淡淡的，"你也少吃点，这个点吃这么油腻，对身体不好，最好就吃点素的吧。"

林疏星难以置信地看着他："那这样我还吃什么烧烤？"

他挑了挑眉，端着水杯凑在唇边，淡然地道："我觉得还是不吃最好。"

林疏星摇了摇头，嘟囔了一声："我怎么觉得你上了个大学，就跟变了一个人一样。"

徐迟疑惑地"嗯"了一声，不解地看着她："哪儿变了？"

林疏星掰着手指，细数开学这一个月来他的变化："早上六点起床，晚上十点睡觉，不熬夜不喝酒，一日三餐正常。平时这个不能吃，那个不能吃，现在还让我吃烧烤只吃素，你太可怕了。"

谁能想到，读高中时凌晨三点还继续折腾的迟哥，到了大学，摇身一变就成了养生达人。

徐迟："……"

体育生的生活作息时间都是统一的，大家刚来的时候也都不怎么习惯，但时间久了，再加上白天除了上课还有训练，晚上不早点休息，第二天精力就跟不上。

久而久之，早睡早起就成了习惯，徐迟也就把这个习惯下意识地套用到了林疏星的身上。

他轻咳了一声，伸手点了点她面前的菜单："你想吃什么就吃，我买单。"

林疏星看着他，轻叹了一声，一本正经地说道："你知道你现在特别像什么吗？"

徐迟隐隐觉得她说不出什么正经话，抿抿唇迟疑道："什么？"

她抿唇："像个发现自己做错了事情，想要用金钱去弥补过错的老头。"

徐迟："……"

"而我这个受害者，就只能勉为其难地接受。"

烧烤摊周围灯光昏黄，渺小成群的飞蛾扑棱扑棱朝着那一星光亮，勇往直前不知所畏，做尽这短暂生命里最伟大的事情。

徐迟坐在桌旁，身后的立式超大号电风扇呼呼地刮来一阵风，吹动桌上的菜单。

他背着光，半张脸埋在阴影里，漫不经心地敲着手机。过了会儿，他抬起头，平静地喊了一声她的名字："林疏星。"

"嗯？"林疏星小声而心虚地问道，"怎么了？"

徐迟面无表情地看了她一会儿，随即垂眸看着手机，屏幕亮起的微弱光芒映着他的眉眼。

他微抿的薄唇张张合合，语气轻描淡写，又带着一点幸灾乐祸："旋毛虫病是一种严重的人畜共患的寄生虫病，因生食或半生食含有旋毛虫幼虫的猪肉或其他动物肉类所致。"

林疏星："怎么了？"

"这种寄生虫多存在于街边烧烤的肉串中。"

林疏星："……"

"经常吃这类食物，会在身体内蓄积苯并芘，容易引起皮肤癌、食道癌、胃癌、肺癌等多种癌症。"

听到这话，林疏星仿佛受到了惊吓，瞪圆了眼睛看着他："你还是人吗？"

徐迟闻言漫不经心地笑着，甚至还准备把手机拿给她看："我怎么不是人了，我这不是为了你好。这还有图片，你要不要……"

没等他说完话，林疏星已经脑补了许多腌臜的场景，单手捂着眼睛，另一只手在空中挥了挥，打开他的手，不满地抱怨着："你好烦啊。"

成功扳回一局的"徐老头"带着胜利的笑容，慢悠悠地把手机收起来，屈指在她桌前轻叩，明知故问道："你还吃吗，随便挑，我买单的。"

林疏星放下手，圆亮的眼睛水光盈盈，语气里带着女儿家特有的娇嗔："还吃个鬼呀！"

烧烤肯定是吃不成了。

试问，有谁能在听了那样的话之后还能吃得下。

反正林疏星是半点都吃不下了，甚至她以后可能都要和烧烤说一声再也不见了。

两个人一块走出了烧烤摊，出门的时候，林疏星正好看到老板拿着一大把涮好酱料的羊肉串按在烤架上，刺里啪啦的声音传出来，油脂顺着间隙滴进底下的炭火里，带起一阵烟灰。

要是搁在往常，她看着定会食欲大作。

这会儿，林疏星只觉得胃里某一处蠢蠢欲动，带起阵阵生理反应，像是下一秒就要吐出来一样。

夜晚的校园里，灯光点点，路边梧桐挺立，枯黄带绿的枝叶微微垂下，皎白月光从中倾泻而落，圈出斑驳的光影。

林疏星从学校超市里买了牛奶和面包出来，看到站在树荫下的身影，心中一阵愤懑。

下一秒，她偷偷摸摸走过去，刚刚扬起胳膊准备砸下去，眼前人突然转了过来，四目相对。

林疏星顺势伸了个懒腰，把胳膊扬起又收下来，心虚地摸了摸鼻子，不自然地说道："走吧。"

徐迟眉毛一挑，没戳穿她的想法，漫不经心地应道："好。"

两个人并肩走在种满梧桐的林荫道上。

林疏星的不开心来得快去得也快，她边吃面包，边讲起面试时碰到的那两个演技拙劣的男生。

"他们不知道，我跟尔尔之前在楼下碰到过他们。"面包有些干，徐迟将牛奶拆开递过去，她喝了一口，完全咽下去之后才开口，"结果后来，尔尔把这事说了出来，场面就弄得很尴尬。"

徐迟听着心里不是滋味，这才开学多长时间，她身边就冒出了这么多男生，这让他有了很大的危机感。

走了大段距离，女生宿舍建筑楼的轮廓在黑夜里显现出来，林疏星把喝完的牛奶包装盒丢进垃圾桶，转身走到台阶上。

这个高度，正好能够和徐迟平视。

她笑眯眯地看着他："我想起来了。"

徐迟站在底下，半只手插兜，露出的一截手腕上扣着红绳，语气轻描淡写："什么？"

"那个部长啊。"

徐迟反应了几秒，记起不久前她提过的宣传部部长，只问了一个问题就让她进宣传部的不知名男生。

林疏星看着他露出恍然的神情，不紧不慢地报了一个名字："江屿成。

"开学那天我碰到的那个师兄，又白又高又好看的那个师兄。"

徐迟："……"

看着他吃瘪的模样，林疏星终于将没吃到烧烤的那股怨气通通散了出去，然后她拍拍手准备潇潇洒洒回宿舍刷剧。

刚走了一个台阶，她的手腕突然被人拉住，紧跟着后背贴上一个温热的胸膛，耳旁气息萦绕："林疏星，你胆肥了啊。"

宿舍门口，周围人来人往，林疏星脸皮薄，简直欲哭无泪，立马缩着脑袋求饶："你松手啊。"

徐迟不以为意，他在大庭广众之下给了她惩罚。

林疏星："……"

这还是人吗？


国庆节之后，学生会公布了每个部门的录取名单，林疏星和温时尔都进了宣传部，贺念念被外联部录取，秦思则因为没进终试，被调剂去了系学生会。

因为这件事，秦思哭了好几回。

林疏星她们当着她面的时候，也有意避开这个话题，但总归有些时候是顾及不到的。

这天，林疏星在宿舍睡了一觉，中途迷迷糊糊听见秦思在打电话。没过多久，她又被温时尔叫起来参加下午的宣传部迎新晚会，她爬起来的时候，避免吵到其他室友，两人基本上都没怎么交流，安安静静地各自收拾着。

过了一会儿，贺念念也醒了，看到她们俩一副要出门的样子，随口问道："你们要出去啊？"

林疏星应了一声，想到秦思，又压低了声音："晚上部门聚餐。"

"这么好啊。"

两个人也没有说什么。

在上铺的秦思突然翻了个身，不咸不淡地说道："你们说话小声点，别人还要睡觉。"

坐在一旁抹口红的温时尔闻言，动作一顿，歪头往上铺看了眼，语气淡淡的："刚还不是在看电视吗？"

秦思闷声道："现在睡不可以吗？"

温时尔懒得跟她掰扯，对着镜子抿了抿嘴唇，拿上手机，问道："星星你好了吗？"

"好了。"

"那走吧。"

林疏星和贺念念示意了声，后者点点头跟她挥了挥手。

两个人走出宿舍，温时尔走在后面顺手关门。

"嘭！"这一声很响，林疏星突然觉得此刻的温时尔超级酷的，连带着看她的眼神都带了点崇拜。

这个女生呀，是她想却一辈子都成为不了的人。

部门聚餐就在学校门口的餐馆，一个部门说大不大，说小也不小，到场的新成员加上师兄师姐，也有几十人。

包厢里两张大圆桌坐得满满当当。

副部长谭端先起了头："我是宣传部副部长谭端，外语系的，你们都是哪儿的啊？"

话音刚落，就有男生先接了话："我叫刘明，计算机系的。"

然后，从这里开始，每个人都开始自报家门。到林疏星的时候，她露出笑容："我叫林疏星，医学系的。"

谭端笑了一声："哎哟，跟我们江部长一个系的。师妹你哪个专业的啊？"

林疏星偏头看到江屿成，礼貌地回道："临床医学。"

"那可好，是我们江部长直系师妹了啊。"谭端哪里能不记得林疏星，只不过是在替江屿成牵线罢了。

只是他不知道，林疏星已经有男朋友了。

江屿成坐在人群里，看到林疏星，露出浅浅的笑容，半开玩笑道："直系师妹在这儿，以后找人办事就方便多了啊。"

包厢里笑声阵阵，林疏星听着，也没多在意。

吃完饭出来，外面不知几时下起了雨，在这十月份的天带着些许凉意，雨水带着倾盆之势，路旁的树木在风雨中飘摇，枯叶淹没在大雨之中。

一大群人挤在屋檐下，雨水滴下来，砸在地上漾开一朵朵小水花，向这尘世毫不掩饰地展示着自己的模样。

林疏星和温时尔站在角落里。她下午出门只穿了件短袖，这会儿被凉风一吹，整个人都凉飕飕的。

周围的人都在打电话发消息，也有的男生等不及了，直接脱了外套顶在脑袋上，有几个人的衣服底下还带了个女生。

此时此刻，这一场秋雨倒有点像是月老不小心洒下的红绳，牵成了一对是一对。

屋檐下的人不知不觉少了大半，江屿成从旁边走过来，手里拎着外套，慢慢地朝林疏星靠近。他在正常社交距离停下，把外套递出去，语气自然听不出别的意思："冷的话，就先穿着吧。"

林疏星的目光从他脸上挪到他手里的衣服，卷翘的睫毛轻颤，嘴唇抿了抿："不用了，谢谢师兄。"

虽说牵成了一对是一对，可这里面不包括她和江屿成。

江屿成也不觉得尴尬，目光看向这化不开的雨雾，淡声开口："你们怎么回去？"

他偏过头，看过来："要不要我找人送你们？"

林疏星抬头对上他的目光看了几秒，犹豫了几秒说道："不用这么麻烦，师兄要是不介意的话……"

江屿成眼睛亮了亮，温声道："不介意。"

她笑了起来："好，那师兄要是方便的话，能不能找人给我多拿把伞，我要去接我男朋友。"

江屿成："……"

江屿成的出现就像是平静的湖面上突然落了一块小石子，漾开的涟漪还未扩散，湖面又重新归为平静，仿佛什么都没发生一般。

林疏星的大学生活也逐渐步入正轨，每天除了上课就是在图书馆，等到徐迟训练结束，两个人又一起去吃饭。

一天就这样过去了。

到了十一月，南城步入阴雨绵绵的季节，空气里除去干燥沉闷变得潮湿阴冷。

林疏星早早就穿上了厚外套。南城的天气不比平城，换季时有很明显的温差变化，一个不留神就容易生病。

周二下午，室友都在睡觉的时候，林疏星从温暖的被窝里爬起来，周围静悄悄的，她小心翼翼地掀开被子走下床。

温时尔浅眠，听到她下床的动静，也跟着坐了起来，抬手抓了抓乱糟糟的头发，低声问道："下午不是没课吗，你还要去图书馆吗？"

林疏星摇摇头，低声道："不是，我去陪我男朋友上课。"

闻言，温时尔揶揄地笑了一声，躺下的时候说了一句："行吧，回来的时候帮我带份晚饭，吃什么回头我再给你发消息。"

"好。"

林疏星穿好衣服，从桌上拿了本四级的单词书塞到包里，想了想，又从抽屉里把耳机拿出来一起放进去。

她拉开宿舍的门，冷风扑面而来，寒气逼人，跟温暖的宿舍是截然相反的两个天地。

这么冷的天，还要去陪他上课……

林疏星心里打了退堂鼓，关上宿舍的门，摸出手机给徐迟发消息："我起不来了……"

那边回得倒是很快。

"我到你宿舍楼下了，你要是不去，我就回宿舍了啊。"

下午的课本来就是选修课，前几节课徐迟只去过一次，后面几次都没有去过。

上个星期，教这门课的老师看着缺勤率越来越严重，破天荒地点了一次名，捉到了一半的人没有到堂。

老师还说要是缺勤三次，就可以直接重修了。

林疏星还是昨天晚上跟徐迟打电话时，听到他室友聊天，才知道他逃课被老师捉住了。

在知道他今天还准备逃课时，林疏星担心他会挂科，提出陪他一块去上课，正好她下午没有课。

原本徐迟逃课就是为了和林疏星待在一起，现在女朋友提出要和自己一块去上课，他自然乐在其中。

手机又震了震，一条消息："不去我回去了啊。"

到最后，林疏星想了想，还是下楼了，临出门前换了件更厚的外套，走到一楼的时候，顺便去水房里打了杯开水。

女生的宿舍楼外面有两棵年久的老榕树，夏天的枝繁叶茂到了深秋，便只剩下光秃秃的枝丫。

林疏星从宿舍楼出去的时候，隔着很远的距离就看到站在那里的徐迟。

他穿着黑色的夹克外套，里面是同色的 V 领薄线衫，一截脖颈暴露在空气里，五官清俊，身形颀长。

兴许是由于学了体育，他的肩臂看起来更加挺拔宽阔。

林疏星的视线从他俊朗的脸庞挪到他空荡荡的手上，反应了几秒，才终于意识过来——

他去上课，连书都不带的。

她抿了抿嘴角，默默走到他身后，踮着脚，冰凉的五指掐住他的脖颈，语气恶狠狠的："你书呢？你上课都不带书吗？"

徐迟愣了几秒才反应过来，也没有反抗，反而是仰着头配合她的动作，轻咳了几声后，低笑着道："你要谋杀亲夫啊！"

最后一个字被他故意拖长，尾音听起来懒洋洋的。

林疏星不听他的话，松开手后又掐了掐他肩颈侧的软肉，愤声说道："你自己去上课吧，我不陪你了。"

"哎。"徐迟眼疾手快地拉住她的手，人跟着站到她面前，"书让图南他们带去教室了。"

林疏星这才掀起眼皮看了他一眼："真的？"

徐迟歪着头，单手揉着脖颈，另一只手牵住她的手，温软的指腹在她手背刮了刮："骗你做什么。"

走了一会儿，他停下脚步，看着周围林立的建筑，问道："你知道上课的教室在哪儿吗？"

林疏星："……"

等他们磨磨蹭蹭地到教室的时候，教室里已经坐满了人，徐迟的室友替他们在后排占好了座位。

林疏星原本是想拉着徐迟坐在第一排的，可一扭头，看到这门选修课的老师也是带她们系的老师，她直接跟着徐迟去了最后一排。

选修课是大课，各种专业的学生都有，林疏星刚坐下，就看到坐在自己前面的两个熟人。

上次宣传部面试时碰到的梁洛和齐远风，计算机专业的。

两个人看到她，惊讶之余更多的是尴尬。上次他们被温时尔毫不留情戳破谎言的场景似乎还历历在目。

林疏星坐下来的时候，还庆幸温时尔不在这儿，要不然她肯定会说，你看这不是上次那两个傻子。

一节课过去，林疏星光顾着和徐迟聊天，带来的四级词汇一个单词也没看进去。

到了第二节课，她从包里摸出耳机，准备专心看书。

搁在桌上的手机突然亮了下，温时尔给她发了条消息："回来的时候帮我买份吐司吧。"

她摘下耳机，摁开屏幕回道："还要别的吗？"

"不用。"

林疏星回了一个"嗯"字，顺口跟她提道："对了尔尔，你还记得上次我们面试的时候碰到的那两个男生吗，梁洛和齐远风。"

那边隔了好长时间才回过来："哦，那两个傻子啊，记得，怎么了？"

林疏星："……"


南城的冬天空气潮湿寒冷，那种冷意是渗入到骨髓里的冷，再加上寒潮来袭，气温直逼零下。

林疏星这阵子连图书馆也不去了，平时没课的时候就待在宿舍。温时尔大多时候也会在宿舍，有时候也会出去找朋友玩。

贺念念是南城本地人，没课的时候就回家了。秦思是她们四个人之中最宅的，每天基本上就是三点一线的生活。自从上次之后，她就从网上买了一套床帘，在宿舍的时候都会放下来，一个人待在里面，基本上都察觉不到她的存在。但只要温时尔和贺念念不在宿舍，她就会开着外音看电视，或者是和朋友打电话，声音很大。

林疏星在宿舍碰到过几次，也提过几次，每次秦思都会好言应下，但转头又继续我行我素。久而久之，林疏星也察觉出不对劲，总觉得秦思好像在针对她。

但毕竟都是女孩子，又是一个班的同学，她也不好多说什么，只是后来都会刻意避开和秦思单独待在宿舍。

这件事她也没告诉宿舍的另外两个室友，连徐迟都没说，只偶尔在社交软件上和许糯吐槽几句。

高考之后，许糯在平城上了一个比较好的本科，周一扬不知道碰了什么邪，跑去封闭学校复读。

这会儿许糯还在跟她吐槽："星星，有时候我真的很羡慕你跟徐迟，他能为你舍弃那么多。"

说到这个，林疏星不由得想起高考那阵子，她因为徐迟加入校队和他闹矛盾。

那个时候的她，总以为考上不同地方的大学不过是长时间不能见面，只要彼此有联系，距离都不算什么。

现在想想，真的是太天真了。

自从和他在一起之后，哪怕是分开一天，她都觉得很难熬。

更何况是那么长时间见不到，彼此在一个陌生的环境，唯一的联系只剩下冷冰冰的、没有任何感情的手机，她的喜怒哀乐、所见所闻，都不能和他及时分享。

这样想着，林疏星似乎能体会到许糯的心情，但感情毕竟是两个人的事情，她也不好多说什么，只宽慰她不要多想。

别的，多说无益。

许糯和她聊了几句之后，说要去上课便下线了。

林疏星看着她暗下去的头像，想了想，点开和徐迟的聊天框，噼里啪啦敲了一句发过去。

"你训练结束了吗，你晚上想吃什么？我记得食堂的烤肉饭很好吃，要不要我给你买一份送过去。天气冷，你记得多穿一点，不要冻感冒了。"

那边不知道在做什么，隔了十几分钟才回消息："你被盗号了？"

林疏星："……"

又过了一秒，他发过来一张截图，上面是前天晚上他们的聊天记录。

徐迟问："明天下午有时间吗？"

林疏星说："有啊，怎么了？"

徐迟问："我明天下午要训练没时间，你帮我去食堂买份饭送过来。"

林疏星说："我很忙，没有时间的。"

徐迟：……

然后就没然后了。

林疏星看着那张截图，又点回去看了看刚刚发过去的消息，有些心虚地敲键盘，一句话还没打完，搁在一旁的手机倒是先响了起来。

是徐迟打来的，宿舍里没人，林疏星直接拿起手机，接通了电话，整个人窝在椅子里，声音温软："怎么了？"

听筒里有很清晰的喊号声。

徐迟坐在台阶上，手臂搭在膝盖上，漆眸看着远处的高楼，问道："你怎么了？"

"啊？"林疏星愣了下，垂眸扣着睡衣上的图案，"我没事啊。"

过了几秒，她又说道："我刚刚和许糯聊了会儿天。"

徐迟拧瓶盖的动作一停，拿起手机走到安静的地方，听筒里她的声音有些低沉。

"许糯说你为了我舍弃了很多。"林疏星长睫微垂着，轻微地吸了吸鼻子，"我想了想，好像确实是这样。

"从在一起开始，你就一直为了我妥协改变，我好像都没有真的为你做过什么。"

听到这里，徐迟突然明白了她这个样子的原因，笑道："所以，你就打算买份烤肉饭弥补我？"

林疏星："……"

没等她说话，徐迟轻叹了一口气，眼眸里晕开笑意，语气带着点点宠溺："你不用为我做什么。"

"和你在一起，我就已经觉得是足够好的事情了。"

林疏星听着徐迟的话，心口泛开暖意，嘴角弯了弯，在他看不见的地方，温柔地笑着。

他总是这样，无条件对她好，没有任何理由地对她好。

有时候林疏星会觉得，自己上辈子肯定是拯救了银河系，这辈子才能碰到徐迟，对她千般万般好。

她紧握着手机，卷翘的睫毛像是小扇子一般，轻轻颤动着："我也觉得和你在一起，是这世上足够好的事情了。"

比她这十几年来的任何时候都要好，如果可以，她想用这辈子所有的幸运，去换取和他永远在一起，不求很多，只求这一生能够永恒。

徐迟的嘴角微不可察地弯了起来，还未说话，就听见手机那端她幸灾乐祸的声音。

"那既然我们都这样觉得，晚饭还是你自己去吃吧，外面好冷哦。"

他深呼吸几次，紧咬着牙根，有些咬牙切齿地喊了声她的名字："林疏星！"

她没有应，也叫了他的名字，声音软糯："徐迟。"

这一声像是喊到了徐迟心里，把他心底刚刚涌上来、还未成型的怒火消得一干二净。

他抿唇，妥协道："算了，你玩吧，我去训练了。"

闻言，林疏星反倒正经起来，放下腿踩着拖鞋，起身在宿舍里走着："你想吃什么啊，我给你买。"

他不大相信她的话，语气质疑："真买？"

林疏星撇了撇嘴角，幽幽应道："当然了。"

徐迟嘴角一扎，握着手机往训练场走，外面的风吹散他的声音："我想吃烤肉，其园路那家的。"

"其园路那家的是吗？就我们上次去吃的那一家？排队排了很长时间的那家店？"

"嗯。"

林疏星重新盘着腿坐回椅子上，语气突然变得很没有底气："徐迟，给你买饭之前，我先跟你说件事行吗？"

徐迟抬头看到迎面走来的周图南，下巴点了点，算作打了招呼，这才把注意力放回电话上，随口问道："说什么？"

宿舍里空调的温度打得很高，林疏星把刚拿出来的外套放在一旁，语速又快又急："晚饭你自己吃吧，我没时间给你买。"

说完不等他说话，立马把电话挂了。

徐迟握着手机在原地站了半分钟，想生气，但一想到她刚刚做贼心虚的语气，又忍不住扯了扯嘴角，露出笑容，嘴里嘀咕了两声："傻样。"

林疏星内心煎熬了不到三分钟，又默默起身换衣服，在手机上查好路线之后，拿着公交卡出了门。

从学校到其园路那家烤肉店有直达的公交车，车程也不远，来回差不多四十分钟，等她买完饭回来，时间刚刚五点半。

徐迟平时都是六点钟才结束训练，林疏星拎着餐盒准备直接去训练场，在路上看到奶茶店就给自己买了杯柠檬姜茶。她捧着杯子，整个人缩在棉服里面，慢悠悠地走在路上。

训练场在学校的那边，那里一整片场地都是体育系的地盘。

这会儿还没到结束时间，场地里全是人。他们穿着同样的训练服，剃着同样的发型，一眼望过去，好像每个人都长得一模一样。

林疏星从入口进去，坐在避风口的台阶上，按着地面上的数字找徐迟的班级。

找了一圈也没看见徐迟的身影，她索性放弃，打算等解散的时候直接给他打电话。

到了七点。

训练场上传来一声尖锐的哨声，到时间解散了，场地上原先整齐划一的队伍如流水一般散开。

林疏星走到旁边的楼梯口，边走边拿出手机给徐迟打电话。

嘟声漫长，怕他跟室友先走了，电话刚一接通，她就急急说道："我在训练场！你不要走！"

听筒里静默了一瞬，突然传来一声重物落地的声音，他的语气着急而惊讶："你在训练场做什么？"

林疏星愣了下，迎面刮来冷风，忍不住打了声喷嚏。她吸了吸鼻子，继续道："给你送吃的啊。"

闻言，徐迟似乎是暗骂了句脏话，林疏星还没反应过来，就听见他叮嘱道："待在那儿不要动，我过来找你。"

她低下头，把快要冻僵的脸往围脖里埋了埋，瓮声道："好。"

挂了电话后，林疏星捧着保温餐盒走完剩下的楼梯，把没喝完的柠檬姜茶丢进了一旁的垃圾桶里。

训练场上已经没有多少学生，冬天的夜晚总是来得很早。

天空已经暗了下来，黑沉沉的云压在西边，盖住将要升起的悬月。场地里亮起了灯，大瓦数的白炽灯明亮晃眼。

林疏星坐在跑道旁的长椅上，目光看着远方，身后突然传来一阵急促的脚步声。

她扭回头，徐迟正好停下脚步，弯着腰手臂撑在膝盖上，呼吸声明显而急促，大团白雾在他的唇边氤氲着，漆黑的眼眸正看着她。

林疏星张了张唇,抬起手将围脖往下拉了拉,露出整张脸:"你怎么从这边过来的?"

徐迟缓过劲,直起身朝这边走过来,黑夜在他周身加了层朦胧的轮廓,显得更加挺拔和俊朗。

他居高临下地看着她,眼眸深邃,薄唇微动,声线抓耳动听:"我从宿舍过来的。"

"啊?"听到这话,林疏星微微睁大了眼睛看着他,眼底清澈明亮,带着点疑惑,"你不是……"

"提前结束了。"说到这儿,徐迟抬手在她脸颊掐了一下,语气恶狠狠的,"你不是说没时间吗。"

林疏星眉头皱了下,伸手握住他的手腕,嘟囔了一声:"我跟你开玩笑的啊,你不会都吃过了吧?"

她的手冰凉,指腹贴着他的手腕,触感清晰。

徐迟微不可察地皱眉,抽回胳膊顺势握住她的手,语气淡淡的,面不改色地胡扯道:"还没吃。"

"那就好。"林疏星松了口气,拿过旁边的餐盒提到他眼前,眼角弯着,"看,你要吃的竹笋烤肉。"

他垂着眼眸,视线盯着她葱白的手指,顺着看过去,落在她嫣红弯翘的唇瓣上,眼睫毛微动。

林疏星没有察觉到他的异样,低着头摸着餐盒外壁,嘀咕道:"也不知道还热——"

"别管了。"徐迟打断她的话。

下一秒,他伸出手捏住她的下巴,俯身弯腰,在她懵然的眼神里,吻上了她的唇。

林疏星眼睛眨了眨,随即乖乖阖上眼眸,微仰头承受他的吻。

他亲吻着她的唇,欲念是从未有过的深切。

## 第三章 特别的新年

今年的平安夜刚好在周末，往年的这个时候，林嘉让他们几个人早就撺掇着晚上去哪儿吃饭、去哪儿玩，等到了十二点给徐迟拿个蛋糕闹一通，这个生日就算过去了。

但今年不一样，高考将他们几个人送到了祖国的大江南北，林嘉让甚至去了大洋彼岸。这次只有林疏星一个人替徐迟过生日。

对此，徐迟反倒没有什么介意的。原本他就不怎么过生日，要不是林嘉让他们几个一直当回事，他早不知道落下多少生日没过了。

现在林嘉让他们几个不在身边，给徐迟过生日的重担自然而然就落到了林疏星的肩上。

不巧的是，平安夜那天校学生会组织活动，林疏星脱不开身，一直忙到晚上七八点才从礼堂溜出来。

校园里的节日气氛浓厚，林荫道上挂满了小彩灯，超市门口也摆了好几株圣诞树盆栽。

林疏星跑到和徐迟约好的地方。

他已经站在那儿了，穿着黑色的夹克薄棉服，戴着她之前在网上买的情侣款黑色针织帽子，气质挺拔而清爽。

她停下脚步，脆声喊道："徐迟——"

站在眼前的人闻声回过头，路旁暖黄的灯光柔和了他脸部的线条，五官像是被精心雕琢的艺术品，光晕在他高挺的鼻梁处打下一侧阴影，唇瓣饱满嫣红，唇珠明显。

林疏星快步跑过去，直接扑倒在他怀里，呼吸间涌起熟悉的薄荷味。

她抬起头，碰了碰他的下巴，声音又软又糯："对不起啊，你等很久了吧？"

徐迟微挑着眉尖，微弯着腰配合着她的姿势，原先冷硬的眉目漾开淡淡的笑意，声线温润低朗："没有，也就等了一会儿。"

林疏星也没多在意这个问题，拉着徐迟去校外打了车，直奔自己之前订好的餐厅。

平安夜，大街小巷人来人往，高楼大厦鳞次栉比，灯光明亮。马路上汽笛声此起彼伏，车灯和灯光斑斓交错，整座城市亮如白昼，真真切切是座不夜城。

林疏星和徐迟吃完饭出来，已经快十一点，市中心的街头依旧繁华如旧，广场人潮如流。

这个点宿舍已经关门，回去是肯定来不及的，但又因为是平安夜，市中心大大小小的酒店和民宿基本都爆满了。

徐迟在网上找了半天，才找到一家有空房间的民宿，只不过距离有些远，从市中心打车过去也要半个多小时。

"去吗？"他捏着手机，扭头看着站在一旁的林疏星。

冬天的夜晚尤为寒冷，林疏星站在那里，只觉得寒气逼人，忍不住缩了缩脖子，低声道："去吧。"

徐迟点点头，点开订房页面，输入自己的身份信息，弄好之后，把手机递给她："身份证填一下。"

"哦。"林疏星拽开一只手套，就着他的姿势，伸手在屏幕点着，输入完成后，点了确定。

徐迟订房的时候也没多想，只定了一间房。

到了民宿，徐迟把身份证交给前台审核，确认无误之后，前台人员看向站在他身后的林疏星，公式化地说道："这位的身份证也需要看一下。"

徐迟转头看向林疏星。

她站后面的位置，因为有了暖气，之前戴着的围脖和帽子都摘了下来，露出一截白皙修长的脖颈。

他喉结滚动，敛下眼眸，抬手捏了捏她的脸颊："身份证。"

林疏星应了一声，从包里摸出身份证递过去。这家民宿位置虽然偏，但设施都挺齐全的。

林疏星进去之后，直接脱了外套和鞋，坐在床上看电视。徐迟走过来替她把衣服和鞋子放到边上，又进浴室洗了把脸，才出来躺在她身旁的空处。

电视里放着香港的警匪片，画面变化莫测，说话声又吵又大，时而夹杂着枪声，没什么太多的剧情，大部分都是在打打杀杀。

徐迟看了一会儿，觉得没什么意思，翻身躺在一旁，手指卷着她垂在肩后的头发，语气淡淡的："不早了，你先去洗澡吧。"

闻言，林疏星的身体僵了僵，握着遥控器的手心出了一层汗，不自在地应了声："好。"

等她进了浴室，徐迟躺在床上听着里面的水声，心思涌动。

过了一会儿，里面的水声停了下来，但里面的人却半天没有动作，徐迟起身走到浴室门口敲了敲门："怎么了？"

浴室里，林疏星站在门后，双手紧捏着浴巾的一角，一张脸不知道是闷的还是怎么回事，从耳尖红到了眉角。

她有些难以启齿："徐迟……"

"嗯？"徐迟站在门口，"怎么了？"

林疏星走到门旁，手搭着门把，犹豫半晌还是没开门："你能不能帮我下去买点东西，我生理期提前了……"

徐迟愣了下才反应过来，盯着门后那道身影："好，我出去一趟，你先洗着。"

"哦，好。"

水声又重新响起来。

徐迟从口袋里摸出一颗糖，剥开丢进嘴里，而后拿上外套，走了出去。

过了一会儿，徐迟买完东西回来，房间里依旧水声淅沥。他脱了外套，把袋子放在床头，拿出刚买的换洗衣服，重新敲响了浴室的门。

里面的水声隔了三秒停下来，他捏着手里的纸袋，漆眸盯着木门上的一角，嗓音低沉清冽，带着抓耳的质感："林疏星。"

隔了片刻，里头传来一声："嗯？"

徐迟听着她的声音，尽量不去想象那个画面："东西买到了，我放在门口的地上，你自己开门拿一下。"

她应了声："好。"

林疏星重新裹上浴巾，空气里的蒸气散开，裸露在外的皮肤起了一层细细密密的小疙瘩。她往前走几步，拧开门把，胳膊试探性地伸出去摸了摸，指尖碰到搁在地上的纸袋。

一旁的徐迟听到动静，扭过头，正好看到一截碧藕似的胳膊在眼前一闪而过。

他停在原地，舌尖抵着嘴，唇间残余淡淡的薄荷味漫开。

徐迟买了几包卫生巾，还给她买了换洗的衣服。林疏星拿到东西之后，没在浴室里磨蹭多久，把换下的脏衣服收起来放到袋子里，跟吹风机一起拿到了外面。

她把袋子放到柜子旁边的木椅上。

徐迟从外面进来，顺手拿起吹风机，在一旁找到插头插上电，下巴轻抬，示意她坐下来："把头发吹了。"

林疏星没有犹豫，脱了鞋，坐在床边，白皙细长的小腿顺着床沿垂下来，莹白的脚趾露在外面。

　　徐迟抿着唇，单手握着吹风机，温温的暖风从发间流窜，温软的指腹时不时从她颈后那一侧擦过。

　　睡衣是他随便拿的，短袖长裤，很普通的款式，穿在身上看不出什么版型。

　　只不过她皮肤白，人也瘦瘦的，领口显得尤为松垮，后背被发梢沾湿，纤瘦的蝴蝶骨紧贴着衣服，轮廓清晰精致。

　　她刚刚洗过澡，身上有淡淡的馨香，像是沐浴露的香味，仔细一闻，又不太像。

　　房间里只有嗡嗡的声音，两个人都默契地没有说话。

　　过了一会儿，原先湿漉漉的头发干了一大半。吹风机又吹过，急促的风不小心吹起她睡衣宽大的领口。

　　徐迟站在后面，不经意间垂眼，从他的角度看过去，入眼的正好是她白皙修长的脖颈。

　　那一瞬间的渴望犹如在沙漠久旱的人看到了郁郁葱葱的绿洲，内心蠢蠢欲动的欲念像是洪流开闸，不受控制地涌出来，流向四肢百骸，每一个细胞都在叫嚣。

　　徐迟静静地看了一会儿，喉间发涩，强迫着自己别开眼，心底觉得自己像个卑鄙的偷窥者。

　　匆匆吹完最后一点头发，他丢开吹风机，气息不稳道："吹好了，我进去洗澡。"

　　"嗯。"林疏星还没说完话，他已经头也不回地钻进了浴室，衣服都没有拿进去。

　　她伸手抓了抓头发，倾身将他搁在床头的另一个纸袋子拿过来。林疏星起身刚走了几步，浴室的门被人从里面打开。

　　徐迟湿着脸站在门口，眉梢的水珠不堪重负，顺着脸侧滑落下来，漆眸清澈明亮。

林疏星愣了一下，才把手里的袋子递过去："你的衣服。"

他接过去，顺势握住她的手腕，停了几秒，又松开了，什么也没说，拿着袋子进了浴室。

房间里的电视还在播，她捏着遥控器换了一个又一个台，浴室里的水声始终都没有停下来，墙壁上挂着的时钟，显示已经到凌晨一点了。

半小时后，浴室门口传来动静，她扭头看过去。

徐迟擦着头发从里面走出来，清俊的脸庞微微泛着红，耳尖也红。他赤着脚，在房间里走了半圈，又去了外面，再进来时，脸已经不红了，只是耳根还有些红。

林疏星盯着他看了一会儿，侧身拿过旁边的空调遥控器，把房间里的温度往下摁了几度。

徐迟听到动静，转头看过来："你热吗？"

她摇摇头，抬手摸了摸他露在外面的胳膊，指腹一片滚烫："我不热，可我感觉你好像很热啊。"

他抿抿唇，掀开被子躺下来："嗯，是有点热。"

林疏星没多问什么，随便找了一部老电影放着。

片子播了三分之一的时候，徐迟忽然瞧见她一直在揉小腹，他伸手覆过去："怎么了？不舒服吗？"

林疏星微皱着眉："可能是晚上喝了点凉的，有点疼。"

徐迟坐起来："我去给你买点热的东西。"

林疏星拉住他："没事，没有那么疼，你给我揉揉就好了。"

徐迟还是不放心，穿上衣服去前台要了杯红糖水，还在同城快送上点了一些暖宫贴。做好这一切之后，林疏星整个人缩进被窝里，徐迟躺在她身旁，温热的掌心贴着她的小腹，缓缓揉着。

她闭着眼，困意不知不觉袭上来。

徐迟等她睡着了才松开手，低头静静地看了会，突然想到几个小时之前，她问他今年生日有什么愿望。

那个时候，他没什么想要的，愿望也是许得七七八八，没怎么上心。

但这会儿，他倒是有了个愿望，希望她以后不要再这么难受。


过完平安夜没多久便是元旦，紧跟着林疏星就迎来自己大学生涯里第一次期末考试。

大学里的考试跟高中不一样，每学期只考专业课，选修课都是结课前老师布置论文或者自己出试卷，基本上没有挂科的。

专业课比选修课要正式一点，分班考试，监考依旧严格。

林疏星的专业这学期有五门专业课，比徐迟要多考两天时间。他考完试也没事，就陪着她一块在图书馆看书。

考试结束之后，两个人去杉城看了外公，过完小年才回平城。

林婉如这半年来身体出了点问题，已经慢慢往幕后转，剧院的事情除了比较紧急的，别的都已经交给专业经理人负责。

这段时间林疏星放假，她更是很少出门，两个人的一日三餐基本上都是她亲自动手。

林疏星知道林婉如是在弥补自己，但是这种伤害不是一天两天造成的，想要消除那份伤害带来的阴影，自然也不是一天两天的工夫。她们母女之间的情感破碎已久，要修复也不是一朝一夕的事情。

林疏星知道，林婉如也知道。

除夕前一天，林疏星中午吃过饭，坐在客厅看电视，搁在桌子上的电话突然响了起来。

她正在跟徐迟聊天，听到声音头也没抬，随手接通了电话："喂，你好。"

听筒那端安静了片刻，周昭阳的声音像是隔着远山一般遥远，从听筒里传了出来："疏星。"

　　林疏星敲手机的动作顿了下，随即立马反应过来，语气自然，听不出丝毫情绪波动："你有什么事情吗？"

　　"没什么事情。"周昭阳微不可察地叹了声气，"你跟阿姨说一声，今年过年我不回来了。"

　　又不回来？林疏星听着他的话，不由得想起去年除夕，周家两个老人听说周昭阳整个寒假都留在省城时，满眼失望的神情。

　　她对那边的亲戚没什么感情，但是那两个老人对她都是拿亲孙女来对待的。

　　她抿了抿嘴角，沉默了片刻，淡声说道："你要是没什么大事情，今年还是回来过年吧。"

　　"疏星……"

　　不等他说完，林疏星继续道："你回不回来跟我都没什么关系，只是家里两个老人念叨你很久了，你要是不想让他们失望，就该回来看看。"

　　对方没有回应。

　　她平静地喊了一声他的名字："周昭阳。"

　　"别把感情当成你生活的全部，这世上比这重要的东西还有很多。"


　　除夕林疏星和往年一样，一大早被林婉如叫起来，带去了周昭阳的爷爷奶奶家，跟那边的长辈一起过年。

　　周昭阳傍晚五六点左右才到家，进门的时候，林疏星正坐在沙发旁看牌。

　　几个小孩子看到周昭阳，眼睛一亮，齐齐朝他跑过去，围在他身边，糯声糯气地喊道："昭阳哥哥！"

周昭阳嘴角弯着，伸手从随身带着的包里翻出一大包零食递给他们。几个小孩乐开了花，捧着零食重新坐回沙发上。

一直坐在沙发上的林疏星跟着沾了光，手里也被塞了几包糖。

她笑了笑，又把糖丢了回去："我不吃，你们吃吧。"

正说着话，周昭阳在她身旁的空位坐下，递过来一个包装精致的小盒子："新年礼物。"

林疏星大大方方地接了过来，语气自然，听不出别的情绪："谢谢。"她顿了顿，又道，"长辈们都去祠堂了，你也过去吧。"

周昭阳看她这样，喉间犹如哽了什么东西，卡在那里不上不下。他情绪复杂，没说话，也没起身走。

两个人在那里坐着，几个小孩子分完零食，在旁边玩得不亦乐乎。

一个小一点的堂妹看到林疏星手里拿着的盒子，好奇地挪到林疏星腿边，她讲话时还有些口齿不清："姐姐，你这里面装的什么呀？"

"这个呀。"林疏星把小姑娘抱到自己怀里，搂着她，动手拆开盒子，里面是一条名牌项链。

她没有太大的反应，把项链拿出来，笑着问道："好看吗？"

小姑娘软声软气，胖乎乎的小手摸着项链底下的坠子，诚实地点点头："好看。"

"好看啊，那姐姐送给你了。"

她说着话，准备把项链戴到小姑娘的脖间，一旁的周昭阳心口生疼，忍不住出声阻止道："疏星，这是我……"

"我知道这是你送给我的。"林疏星打断他，把项链给小姑娘戴好，才抬头看他，"既然送了，就是我的东西。我现在要把我的东西送给别人，又有什么关系呢。"

说完她不再和周昭阳纠结，抬手捏了捏小姑娘的脸颊，弯唇笑了笑："妹妹真好看。"

小姑娘咯咯笑着："姐姐也好看。"

周昭阳在一旁坐着，盯着项链看了一会儿，只觉得异常刺眼。

他深呼吸了几次，心口闷堵，起身往外走，关门的时候将所有的不快和怒气都放在门上。

"嘭"的一下，声音震得门口的绿植都落了几片树叶。

林疏星听着动静，没怎么在意，陪小姑娘玩了会儿，看着时间差不多，拿着手机去了外面。

这里是郊区，没有限制放烟花的要求，她坐在楼下院子里的吊椅上，听着接二连三的烟花爆竹声，拨通了徐迟的电话。

嘟声漫长，电话却始终没人接。

林疏星打了几遍，见一直都打不通，就没打了。

登了社交软件，上面有很多之前高中和现在大学同学发来的新年祝福，她都一一回复。

末了，她又点开和徐迟的对话框，发了一条"新年快乐"过去，他没有回。

等到了七点，家里的长辈从外面回来，几个伯母围在客厅的大圆桌旁边包饺子，几个伯伯反倒留在厨房里准备年夜饭。

林婉如穿着拖鞋从屋里出来，走到林疏星跟前，神情不大好："你昭阳哥哥回来了？"

林疏星愣了下，点点头："回来了。"

"他人呢？"

"我不知道。"林疏星抿了抿嘴角，"他回来没待一会儿就走了，没跟我说他去哪儿。"

林婉如出来得急，只穿了件单薄的衬衫，这会儿脸色有些苍白："你是不是又惹你昭阳哥哥生气了？"

林疏星："……"

"你二伯家的小儿子说，是你把昭阳给你的东西给了囡囡，他不高兴了才走的，是不是？"

林疏星坦白道："是，但我不觉得这有什么值得生气的。囡囡喜欢，我想送给她，难道我这样做也是不对的吗？"

林婉如也不知道怎么说了。

僵持间，院子里的铁门被人从外面推开。

周昭阳提着东西从外面进来，往里走的时候看到站在不远处的两个人，目光顿了下，才走过去："阿姨，这么冷的天，你们怎么坐在外面？"

林婉如缓了神色，弯唇笑着："里面闷，出来透透气。你呢，听星星说，你傍晚就回来了，怎么不到祠堂去？"

周昭阳神色无异："回来得急，落了件行李在机场，回去找了。"

"找到了吗？"

"没有。"他摇摇头，"还好，不是什么贵重的东西。"

"毕竟是行李，那还是要找到才好。"林婉如轻咳了声，拍拍他的肩膀，"进屋吧，爷爷奶奶念叨你好久了。"

"嗯。"

两个人一前一后进了屋，林疏星坐在那里，心里不是滋味。明明她们才是这个家里唯一有血缘关系的人，可偏偏，她倒更像是外人。

吃过年夜饭，长辈们围在沙发上陪两个老人看春晚。林疏星不大想过去，领着几个堂弟堂妹在楼梯口搭积木。

几个伯伯都是做生意的，见多识广，听到不少趣事，这会儿都打开了话茬，一句接着一句。

笑声从客厅里传出来，林疏星从旁边拽了张毛垫，盘着腿坐在上面，心不在焉地拿着积木往上堆，时不时看几眼手机。

过了大半会，林婉如突然叫了她一声。林疏星应了声，起身的时候不小心踢倒了刚堆起来的积木,耳边响起哗啦啦的的声音。

她没有在意,走到客厅坐在林婉如身旁的空位上,周昭阳坐在她对面。

老爷子拿了红包给她,眉目慈祥:"星星今年也有十九了吧?"

林疏星乖乖点头。

"大姑娘了。"

旁边一个伯伯笑着问了句:"星星在学校谈朋友没啊?"

林疏星不知道这个年纪谈恋爱在这群长辈眼里到底是好还是坏,犹豫了片刻,还是诚实地答道:"谈了。"

听到这话,周昭阳眼神黯了黯,紧跟着几个长辈又旁敲侧击地问了些关于她男朋友的事情。

听到徐迟学的是体育专业时,林疏星的三伯母眉头皱了皱:"学体育的啊,这专业毕业后可不好找工作啊。"

旁边另外一个伯母接了话:"又是体育特长生,也比不上人家专业体校的。"

"是吧,这专业可不好了。"

闻言,林疏星心底有些不愉快,刚想反驳,口袋里的手机突然震动起来。

她拿出来,看了眼屏幕,抿了抿嘴角,拿着手机站起来,语气硬邦邦的:"不好意思,我出去接个电话。"

走了几步,林疏星听她们还在聊这件事,忍不住回了一句:"都是通过努力考上的学校,我不觉得体育专业有什么不好的。"

几个长辈噤了声,面面相觑。

她没有心思关注她们,拿着手机快步走了出去,走到院子里才接通了电话:"徐迟?"

"是我。"听筒那端不像这边鞭炮声连天,很安静,连他呼吸的声音都能听得见。

他语气低沉，带着歉意："对不起，下午手机在充电，没有看到电话。"

林疏星站在院子里，回头看到客厅里的人影，打开院子的门走了出去，淡淡地说道的："没关系，你吃饭了吗？"

"吃了，你呢？"

"刚刚吃过。"林疏星走到以前常来的小卖部门口，停下脚步，随口问道，"你在干吗啊？"

徐迟一本正经："给你打电话。"

她笑了笑："我说在这之前。"

"之前啊……"他停顿了几秒才说，"在看电视。"

"看春晚吗？"

徐迟"嗯"了一声。

林疏星握着手机，蹲在路边："好看吗？"

"一般吧。"说完话，徐迟抬眼看着对面墙壁上挂着的剪纸画，语气淡淡的，"老爷子喜欢，就陪着看了。"

"哦，我爷爷也喜欢看。"

徐迟靠着墙壁，扯了扯嘴角："老人都喜欢看。"

"是吗。"林疏星抹了抹眼睛，"那你老了也会喜欢看吗？"

他轻轻笑开了，抬手搓着僵硬的脖颈，耸耸肩，语气温柔："到时候你不就知道了。"

"也对。"

二人彼此沉默了会。

"徐迟。"林疏星突然叫了他一声，声线隐隐有些崩溃，"我们会一直在一起的对吗？"

他"嗯"了一声："会的。"

"徐迟。"她又叫他的名字。

"嗯？"

"我有点难过。"说完这句话，林疏星的眼泪突然就跟忍不住一样，啪嗒啪嗒掉在地上，哽咽着说道，"明明我才是……她的女儿，可为什么到头来，我却更像个……外人。"

闻言，徐迟的呼吸沉了沉。

他知道，她母亲的事情一直是她心头的一道刺，这道刺已经深深地扎到了血肉里，拔不出也永远不会消失。

这个寒假林疏星已经感觉到了林婉如对自己的变化，心里那根尖锐锋利的刺已经有了软化的迹象。

可到了今天，一切又好像回到了原点。她心头生疼，手指紧揪着胸前的衣服，忍不住深呼吸着，哽咽而小声地说道："徐迟，你在哪儿，我来找你好不好？"

听筒对面的人沉默了片刻。

徐迟嘴角抿着，扭头看了眼病房里的老人，犹豫了会儿才道："你在哪儿，我找人过来接你。"

林疏星报了个地址，他没有多说，挂了她的电话，就给家里的二哥打了个电话，把她的地址发过去。

如果放在以前，徐迟一定会立马飞奔到她身边，可现在不行。老爷子几天前在家里突然昏倒，送到医院检查，发现是之前检查出来的小碎片转移了位置。

情况紧急，几个专家连夜会诊，和他们家属商量过后，当即花了十几个小时给老爷子做了开颅手术。碎片是取出来了，老爷子却一直昏迷不醒，家里的小辈几乎衣不解带地守在病床前。而在这一众小辈里，老爷子又对徐迟更加偏爱，愧疚也比别人更多，徐迟对家里这个长辈，更是亲近。

从老爷子生病开始，他几乎没有离开医院。

这件事情他一直都瞒着林疏星，每天依旧照常给她打电话发消息，让人看不出异样。

但到了这个时候，她需要他，老爷子也离不开他，瞒是瞒不下去了。

林疏星坐上了车才知道徐迟爷爷的事情，心里愧疚得不行，想过去找他的念头顿时消了一半。

徐培风从后视镜看到她紧皱的眉头，安慰道："阿迟在医院待了几天，这孩子跟我们不大亲近，话也说不上几句。

"他现在肯定也是想要个人在身边的，你过去，我们也能放心点。"

林疏星之前听他说过家里的事情，心里情绪复杂，目光看着黑黢黢的夜色，点点头，没有再说话。

到医院的时候已经不早了，凛冬的夜色掺着浓浓的雾气，市中心不比郊区，有严格的燃放烟花限令。

这会儿四周除了偶尔的汽笛声，几乎是静谧无声。

医院里面更是如此。

徐培风领着林疏星进去，坐电梯去楼上的病房。徐迟提前接到电话，他们过去的时候，他正好从病房里出来。

徐培风脱了外套，里面是一件淡绿色的军装。徐迟朝他走来，目光却是看着林疏星，敛眸叫了一声："二哥。"

"人给你带过来了，你们聊，我去看看爷爷。"

"谢谢二哥。"

"一家人，客气什么。"徐培风拍拍他肩膀，回头朝林疏星笑了笑，继续往前走。

时间不早了，走廊上没有别人，林疏星站在那里，看着他有些憔悴的眉眼，心里酸涩涩的。她走到他面前，伸手抱住他。

她的脑袋抵着他的肩窝，眼睛盯着地上两个人相对的脚尖，小声抱怨着："我什么都跟你说，你什么都不跟我说。"

这么多天来，徐迟几乎没怎么休息，什么事都憋在心里。徐培风说得对，他真的需要跟一个人好好说说话了。

他弯下腰，脑袋枕着她的肩膀，声音有些憔悴："多一个人担心，也没有什么用处。

"我只想跟你说开心的事情。"

林疏星推开他胳膊，抬起头寻问道："爷爷怎么样了？"

"情况稳定了。"

徐迟握住她的手腕，垂眸静静地看了她一会儿，又把人抱进怀里："想你了。"

这个不快乐的新年，因她在身边，好像也没有那么不快乐了。

过完新年，林婉如由于身体原因去了国外，林疏星也没住在家里，搬去了徐迟之前在平城高中附近的公寓。

徐迟爷爷的情况虽然稳定下来，但一直都处在昏迷中。医生也说过几次，老爷子年纪大了，这一关过了就是幸事，挨不过来那就是老爷子到了该走的时候。

徐迟也从一开始的难以接受，到现在也开始接受这个事实，每天白天依旧待在医院里，到了晚上再回去。

林疏星有时会陪他一起过去，但更多的时候是留在家里，晚上等他回来之后，两个人跟以前一样去附近的小吃街吃饭，去操场散步消食。

新学期就在这平淡无奇的生活中到来。

大一下学期，林疏星比上学期多了四门专业课，每天都很忙，到了晚上还要去实验室，忙起来的时候连饭都顾不上吃。

学生会也比刚来的时候多了很多活动，林疏星作为宣传部的骨干成员，三天两头都要写策划案。

徐迟也比上学期忙碌，除了平时的训练和课业的增加，每个月都要回一趟平城，林疏星有空也会陪他一起回去。

春天到夏天，六个月的时间仿佛不过一瞬。

星期五傍晚，林疏星上完课和温时尔一块泡在实验室，研究培植的小细胞。

这学期多了组胚和细胞生物两门专业课，她们在实验室的时间都快要超过宿舍了。

"星星。"温时尔捏着手机站在更衣室门口，细长的眼睛微垂着，"你五四青年节的策划案是不是没交？副部长在群里面催你了。"

"啊？"林疏星换好白大褂，皱了皱眉，"好像是没交。我给念念打个电话，让她帮我交一下。"

温时尔点点头："那我帮你跟副部长说一声。"

"好。"

随后林疏星给室友贺念念打了电话，简单地把事情讲了一遍："策划案就放在电脑桌面，你从我的社交软件发给备注叫'谭部长'的好友就可以了。"

贺念念温声道："行，我在外面吃饭，等会儿回去帮你弄。"

"好，谢谢啊。"

"客气什么。"

挂了电话林疏星就没怎么在意这件事，把手机往白大褂兜里一揣就进了实验室。

窗外暮色来袭，天空像是一幅水彩画，瑰丽璀璨，金色的光芒透过树枝的罅隙，藏在梧桐叶简单明朗的脉络里。

等待细胞分裂的过程，林疏星摸出手机便看到徐迟发来的消息："回一趟平城，周末回来。"

她抿了抿嘴角，似乎已经习惯了，随手敲了三个字发过去："知道了。"

那边回："嗯，记得按时吃饭。"

林疏星笑了笑："好，你路上小心。"

徐迟没有再回消息。

林疏星把手机放在一旁，左胳膊抬起来捏着右肩，脑袋歪着，一双大眼盯着一旁的钟表。

时间一分一秒过去，她闲得无聊，跟着读秒，一、二、三、四……

还没数过一分钟，搁在桌上的手机突然震动起来。

贺念念打来的电话。

她没多想，摁开了电话："念念，怎么啦？"

"星星，你那个策划案确定是放在桌面吗？我没有看到啊。"贺念念记着林疏星的话，吃过饭匆匆忙忙赶回宿舍，开了她的电脑找了一圈，也没找到她说的策划案。

闻言，林疏星脑袋咯噔了一声，下意识地以为是自己昨晚做完，忘记保存到桌面了："那你帮我看一下E盘，有个学生会的文件夹里面有没有。"

"好。"贺念念挪动鼠标轻击，隔了大半分钟才迟疑道，"星星，你E盘里面什么都没有啊，你是不是记错了？"

林疏星这下彻底蒙了。

一旁的温时尔走过来，淡声问道："怎么了？"

她和贺念念说了声，便把电话挂了："念念说我策划案没了。"

闻言，温时尔眉头皱了下："没了？那你要不先回去看看？"

林疏星轻叹了声气，有些烦躁："算了，我还是把这组数据整理出来再回去。"

林疏星只在实验室待了半个小时，数据记录好就急匆匆回了宿舍。

宿舍里没有人，她开门进去直接在桌边坐下。电脑是之前贺念念打开的，还没有关机，她打开之后桌面上确实没有文档。

林疏星抿了抿嘴角，打开E盘。她写过的所有策划案都单独放在这个磁盘里，可这会儿，里面却是空荡荡的，什么都没有。

林疏星心里堵得慌，她不明白，为什么好好的文件放在电脑里，怎么过了一晚上突然就没了。

可没了就是没了，再怎么想也无益。

她先给谭端发了消息，把策划案的事情简单地说了一遍。谭端倒是好说话，什么也没说，反而多给了她两天时间，让她周一开会之前交过去。

她道完歉又道了谢，才退出聊天页面。得到了宽限时间之后，林疏星微微松了口气，打开文档开始重新写。

中途室友秦思回来过一趟，嘴里哼着歌，心情看起来很好。她只在宿舍里停留了几分钟，但从头到尾都没有和林疏星讲过话。

秦思出门的时候，温时尔正好从外面进来，她们两个人很早之前就不对盘了。温时尔目不斜视地从秦思身侧走过，秦思在她背后轻哼了一声，嘴里嘀咕了一句："装什么装。"

温时尔听到了，停下脚步，回头看了她一眼，什么也没说，却在气势上压了她一半。

在宿舍里的林疏星看到温时尔进来，随口问了句："你怎么也这么早回来了？"

温时尔捏捏肩膀："累了，你呢，策划案找到了吗？"

"没有。"林疏星搓了搓眉尖，语气稍显躁意，"不知道是不是电脑出了故障，我之前存在 E 盘里的文件都没了。"

听到这话，温时尔喝水的动作一顿，沉默了会儿，她放下杯子，伸手把林疏星的电脑拿过来，噼里啪啦对着键盘一通敲，中途还给朋友打了一个电话："是，就是突然不见的。"

"检查了，电脑没有问题。"

"是吗，谢谢啊。"

挂了电话，她又敲了敲键盘，在电脑里找到朋友说的系统隐藏文件夹，看了眼上面的创建时间：4月12号，18：09。

也就是今天下午，她们在实验室的那会儿。

林疏星看着她皱起眉头，脑袋凑了过去："怎么了？"

温时尔抿了抿嘴角："不是你电脑的问题，应该是有人把你的硬盘格式化了。每个硬盘格式化之后都会自动产生一个隐藏文件，上面的创建时间就是格式化的时间。我刚刚在你电脑里找到了这个文件。"

林疏星有些难以置信："可谁没事会去格式化别人的硬盘？"

话是这么说，她的脑袋里却在下一秒毫无预兆地冒出了一个名字：秦思。

从上学期学生会那件事开始，秦思和她们就有了隔阂，只不过碍着同班同学又是室友，彼此都没有撕破脸皮。

温时尔猜出她的想法，淡声道："我跟你想的一样。"

林疏星紧抿着嘴角，低头想了会儿，还是摇摇头："没有证据，如果真是她做的，她也不会承认的。"

到了晚上，林疏星和徐迟打电话。宿舍四个人都在，她故意当着秦思的面提起这件事情："硬盘被格式化了，之前做的一些策划案都没有了。"

她的声音不大，但足够让宿舍里的每个人都能听得见。

秦思正坐在底下卸妆，听到这话手腕一抖，卸妆水洒了一桌子。她故作镇定地从旁边抽了几张纸擦干净，随后立马起身去了阳台。

林疏星坐在床上，把秦思的反应尽收眼底，嘴角抿出一道平直的线。原本她还对秦思抱有一点希望，现在这点希望完全被击碎了。

秦思刚刚的模样，看起来比任何时候都要慌张。但这一切都只不过是林疏星自己的猜测，她还没有找到直接证据证明这件事情是秦思做的。

再加上这是女生之间的矛盾，林疏星也就没有跟徐迟多说别的，只说是自己不小心清除的。

他已经很累了，林疏星不想把自己的烦恼分给他。

她也想，只跟他说开心的事情。

格式化之后，文件如果恢复也只能恢复一部分，再加上恢复也需要一段时间，林疏星也就放弃了。

花了一个通宵重新赶了一份策划案出来，第二天上午温时尔起床时，她刚刚关了电脑爬上床，整个人困得眼皮都抬不动，迷迷糊糊之中好像还接了个电话，她只"嗯"了几声就没了动静，手机从枕头旁滑落，被子压上去，再也听不到声音。

听筒那端，徐迟听着手机里传来窸窸窣窣的动静，试探性地喊了声："林疏星？

"林疏星？！"

连着几声都没有回应，他抿了抿嘴角，挂了电话之后看了眼时间，已经十点半了，他打开社交软件给温时尔发了消息。

那边回得很快："是还没起床，她昨天累了一晚上。你有事吗，没事先不要吵她了。"

徐迟："她怎么了？"

林疏星这一觉睡得极长，醒来的时候天空已经完全暗下来，被她失手丢在被窝里的手机嗡嗡震动不停。

她揉了揉眼睛，掀开被子坐起身，伸手在被窝里摸了摸，找到手机直接摁开了电话，声音还带着刚睡醒时的软糯："喂……"

手机那端，徐迟的声音掺着嘈杂刺耳的汽笛声："吃饭吗？我马上到学校了，你想吃什么？"

林疏星还没完全睡醒，迷迷糊糊地应了几声，也不知道说了什么，就听见耳边传来他的小声嘀咕。

"还没醒？昨晚到底是有多累。"

大概过了三四分钟，林疏星缓过刚起床时残留的困意，看到还在通话中的手机，愣了下才拿起来，迟疑地喊了声："徐迟？"

依旧是熟悉的淡淡嗓音："怎么了？"

林疏星揉了揉太阳穴，胳膊放下来，揪着被单上的图案，温声道："没事，你还有多久到学校？"

"十分钟。"徐迟放软了嗓音，"等会儿下来一起吃饭。"

"好啊。"

挂了电话之后，林疏星抬手抓了抓头发，刚把手机放下，温时尔又打来了电话。

她开了免提，接通电话的同时，换下了身上的睡衣："喂，尔尔。"

温时尔的语气一如既往的寡淡："醒了吗，八点钟部门开会，你还来不来？"

"开会？"林疏星穿衣服的动作一顿，看了眼时间，已经七点多了，她想了会儿，说，"行吧，我等会儿过来。"

"路上帮我带瓶水。"

她穿好衣服捏着手机下床："知道啦。"

温时尔"嗯"了一声，刚准备挂电话，就听见那边传来一声尖叫，紧跟着是什么东西砸到地上的声音。

过了几秒，听筒那端传来林疏星带着哭腔的嗓音："尔尔……"

晚上七点半，校园里灯光明亮，斑驳的树荫下不时地走过人影。徐迟从出租车上下来，穿着简单的衬衫和黑裤，裤脚收紧了些许，显出修长的腿部线条，衬衫紧贴着肩臂，线条流畅平滑。

夜色交织着灯光，在他硬朗的脸庞分割出形状不同的阴影，五官曲线硬朗，眉眼略显锋芒。

徐迟径直走到女生宿舍楼下，给林疏星发了消息就站在那里没有走动。周围走过的女生不时对他投来目光，有大胆的犹犹豫豫走上前问他要联系方式。

他神情寡淡，漆眸微凛着，语气礼貌疏离："抱歉，我在等我女朋友。"

话音刚落，站在附近的女生皆露出失望又理所当然的神情。

这么好看的男生，怎么可能会没有女朋友。

徐迟在楼下等了十多分钟，见林疏星一直没回消息，直接打了电话过去。

漫长的嘟声过后，是一道刻板冷硬的声音："抱歉，你所拨打的电话暂时无法接听，请稍后再拨。sorry……"

他皱了皱眉，准备再打一遍时，林疏星先给他回了电话。

接通之后，听筒里传来一道清冷的声音："星星腿摔伤了，在市医院这边，你直接过来吧。"

徐迟心头一紧，挂了电话之后，急匆匆赶去了医院。

市医院离医大不远，隔着几条马路的距离，只不过这个点堵车严重，徐迟花了半个多小时才到医院。

他在路上这段时间，林疏星从医生办公室里出来，温时尔把电话给她："你男朋友给你打电话了，估计等会儿就到。"

林疏星点了点头，把手机握在手里，酸痛感从全身的各个骨节传来。她却始终抿着嘴角，不喊痛也不哭。

站在一旁的江屿成看着她强撑的模样，温声安慰道："要是疼得厉害，你就哭出来，这又不是什么丢人的事情。"

林疏星勉强扯了扯嘴角："我还好。"说完，她看着江屿成，声线隐隐有些发抖，"今天麻烦师兄了。"

她当时从爬梯上踩空摔下来，是温时尔和江屿成赶到宿舍把她送到了医院。

江屿成垂眸看着她："不客气，举手之劳而已。"

林疏星笑了笑，没有再说什么。

走廊处人来人往，一道急促的脚步声掺杂在其中。

徐迟停在林疏星面前，额头上都是汗，以往看到她就舒展开的眉头，这次始终都紧锁着。

他急促呼吸着，喉间滚了滚，握住她的手腕蹲下来，眼睛看着她，开了口："没事了，别怕。"

这句话像是一根针，戳破了林疏星心里的坚强。在没有看到他的时候，她都没觉得有多委屈，可当他一站在自己面前，委屈一瞬间就从四面八方涌过来，眼泪跟止不住一样。

徐迟看着她一声不吭地哭，心里生疼，嘴角紧抿着，指腹擦着她的眼角，动作温柔地擦拭着，嘴里一直重复说着没事了。

恰好此时，护士从房间里出来："二十三号林疏星，可以进来了。"

温时尔和江屿成都默契地没有动。

徐迟站起身，抬手摸了摸她的眼睛，弯腰将她从轮椅上抱了起来，温软的唇瓣碰了碰她的额头："我陪你进去。"

林疏星"嗯"了一声，抬手钩住他的脖颈，脑袋贴上去，小声而委屈地说道："徐迟，我疼。"

闻言，他收紧了手臂，垂眸看着她："我知道。"

其实，她有多疼，徐迟并不知道。

他只知道，她一哭，他甚至连命都想给她了。

徐迟抱着林疏星进了 CT 室，温时尔和江屿成站在外面，从玻璃窗里能清楚地看到里面。她一直紧紧揪着他的衣服，从未松开过。

温时尔懒洋洋地靠着墙壁，偏过头看着站在一旁的江屿成，嗓音松散慵懒："人啊，总是会把最脆弱的一面留给最爱的人。"

江屿成抿着唇，没有说话，他知道温时尔话里的意思。

你看，她不是不哭，她只是不会在你面前哭。

林疏星右腿骨折，上下楼都不方便，徐迟为了照顾她，索性在学校附近租了一套带电梯的公寓。

平时有课，他就骑车送她去学校，等到下课了再过去接她。

有时候，徐迟要训练，来不及过去接，林疏星就在教室里等他，温时尔没事就会留下来陪她。

期末考试就这样悄无声息到来，林疏星这学期的必修课多，考试时间有将近一个多星期，考完隔天正好是英语四六级。

医大有规定，除了外语系，其他系院的学生只能在大二以后报考四六级考试。

林疏星这学期没法报名，考完试她索性就待在公寓里，没有出过门。

体育生跟其他专业不一样，期末考试结束后，还有一个月的训练，所以这个暑假，林疏星跟徐迟都没有回家。

林婉如从年后去了国外，便很少回国。

林疏星有时会给她的助理方亭打电话问问近况，得到的回答都是"她最近挺好的""没什么问题""近期不会回来"之类的。

时间久了，她也很少打电话过去了。

暑假开始没多久就是林疏星的生日，徐迟很重视和她有关的每个日子，训练完没事的时候，他都会在网上搜一搜适合送什么东西。

两个人在一起后，其实大大小小的东西送得也不少了，只不过每年彼此都把这件事记着，都当成很重要的事情对待，仪式感也比在别的事情上要多得多。

生日前一晚，徐迟提前结束训练，回家的时候在楼下买了点东西，还拿了个大西瓜。

到家的时候，林疏星正踮着脚在厨房熬汤。她这段时间拆了石膏，医生说了可以适当活动活动，要不然，到了后期骨头僵硬会承受不住。

听到开门的动静，她放下汤勺，刚想说话，身后突然贴过来一道温热的胸膛："煮什么呢？"

耳畔的气息温热，林疏星不禁颤抖了下，扭过头看着他："排骨汤，我第一次煮，还不知道味道怎么样？"

她试探性地问道："你要不要尝一尝？"

提到尝一尝，徐迟不由得想起半个月前。她心血来潮在公寓煮水果茶，五颜六色的水果倒是放了一堆，煮出来的味道却是一言难尽。为了不打击她的积极性，那一大杯果茶都是他一个人喝完的，留下的阴影可想而知。

这会儿他轻咳了一声，松开手往后退了一步，对上她的视线，无奈地笑了声："我明天还有训练，不能尝多了。"

林疏星："……"

吃过晚饭，两个人坐在沙发上看电视，看了没一会儿就开始放广告。林疏星也懒得动了，靠着沙发，另一只腿被徐迟捏在手里。

他这几天不知道从哪里学了一套按摩手法，每晚吃过饭都会给她捏半个小时，效果也没有很明显。

有时候捏到不对劲的地方，林疏星还会觉得痒，总是想把腿缩回来。

徐迟捏着她的脚腕，抬起头，对上她的视线："别动。"

"你捏得好痒啊。"林疏星软声笑着，头发不知不觉已经没过肩膀，松松散散地垂在脑后。

又捏了一会，徐迟停下动作，两个人看着彼此。

林疏星愣住了，问道："怎么了？"

徐迟皱着眉头，似是在思考什么扰人的问题。不知过了多久，他突然倾身朝她靠过来，温热的唇压下来，细长的眼里带着戏谑的笑意："今天还没有亲你。"

林疏星："……"

隔天早上，林疏星起来的时候徐迟已经出门了，厨房里有他煮好的面条，上面还有一个荷包蛋，他故意煎成了心形的形状。

面一直放在锅里保温，除了有一点坨之外，口感都还比较好。

林疏星吃完面，回房间拿了手机，社交软件上有很多同学和朋友发来的消息。

她一一回复，最后点开和许糯的聊天框，发了一个表情过去。

许糯直接给她发来了视频电话，视频里她消瘦了许多，眉眼间似乎都带着忧愁，笑意勉强："星星，生日快乐呀！"

林疏星抿了抿嘴角："糯糯。"

两个人聊了一会儿，林疏星想到周一扬今年高考，随口问了一句："对了，周一扬高考成绩出来了吗？"

闻言，许糯嘴角的笑意淡了些："出来了，他考得挺好的。"

"那很好啊，你们可以在一个学校了。"

"是的啊，这很好。"许糯沉默了片刻，抬起头看着屏幕里的林疏星，眼尾泛着红，"星星，如果有一天，徐迟跟你说，他可能喜欢上别的女生了，你会怎么办？"

林疏星愣了下，摇摇头："我没有想过。"

好像确实是这样，从两个人在一起的那天开始，她就从来都没有想过这个问题，就好像两个人都已经认定，这一辈子都会在一起，也不会有别的人出现。

"也是。"许糯极快地抹了抹眼睛，"徐迟怎么可能还会喜欢上别人。"

高中的时候，只要有林疏星的地方，徐迟的眼里就再也看不见别的人，他满心满眼都只有她一个人。

今天是林疏星的生日，许糯没有跟她说太多不开心的事情，送了祝福就挂掉了视频电话。

徐迟今天回来得比较早，到家的时候林疏星还在睡觉。他走进去，看到枕头被她踢在地上，轻笑了声，走过去捡起来，轻手轻脚地放在一旁。

他站在原地，垂眸看了她一会儿，将房间里的空调温度调高，这才拿着衣服走了出去。

等徐迟洗完澡出来，林疏星醒了。她迷迷糊糊坐在床上，听到门口的动静，一抬头就对上他的视线。

他刚洗过澡，只在腰上围了条松垮的浴巾。林疏星压根儿没想到一觉醒来能看到这样的画面，修长的脖颈不禁红了起来，整个人犹如被放在炭火上炙烤，滚烫发热。

徐迟被她毫不掩饰的目光看得浑身不自在，忍不住喉结滚动，提醒道："别看了。"

林疏星"哦"了一声，默默躺下来，把被子盖在脑袋上。被子遮住了眼睛，却挡不住耳朵，他所有的动静她都听得一清二楚。

不知过了多长时间，房间里没了动静，林疏星没有动，但盖在脑袋上的被子却突然被人掀开。

徐迟站在一旁："想闷死自己？"

他已经换好了衣服，依旧是黑色的短袖短裤，脚上踩着和她同款的家居拖鞋，眉眼清俊如画，板寸头利落分明。

林疏星没有说话，圆亮湿润的眼睛看着他，细软的头发有些凌乱，些许发丝黏在她的左边，她就这样静静地看着他。

不知道怎么的，徐迟的心突然就软了一角，抬手在她下巴处挠了挠，温声问道："中午吃的什么？"

"面啊，你早上煮了好多。"林疏星把下巴搁到他手心蹭了几下，"我觉得你都已经把我当成猪来养了。"

闻言，徐迟皱了皱眉："你胡说什么。"

林疏星抬起头看他，还没说什么，就看到他突然扯着嘴角露出笑容，漫不经心地说道："猪可比你可爱多了。"

林疏星："……"

看着她露出匪夷所思又难以置信的神情，徐迟的笑意更深了，抬手在她脑袋上揉了揉："跟你开玩笑的，你比猪可爱多了。"

林疏星："……"

虽然话是这么说，可林疏星总觉得哪里有些不太对劲。她刚想说什么，还没来得及开口，就听见徐迟语气里带着戏谑，不紧不慢地说道："可我想不通，你为什么要跟一只猪比可爱？"

林疏星："……"

晚饭是徐迟弄的，林疏星不方便出门，他就在家里做了几道平常她爱吃的菜。

吃过饭，两个人坐在地上玩了会儿飞行棋，又看了部电影。

快到十二点的时候，徐迟起身从冰箱里拿出下午买的蛋糕，摆在茶几上，认真地插了蜡烛。

他忙活的时候，林疏星就坐在那里看着，不知怎么，突然想起许糯提到的那个问题，低声喊他的名字："徐迟。"

"嗯？"

她抿了抿嘴角："如果有一天我喜欢上别人，你会怎么办？"

话音刚落，徐迟捏着打火机的手一抖，食指蹭到蜡烛的火焰，顿时被烫了个泡。

他没有在意，停下手里的动作，起身开了房间的灯，站在那里一言不发地看着她。

借着灯光，林疏星这才看到他的眼尾已经有了湿意。她心里一乱，也顾不得什么了，匆忙站起来，走过去搂住他的脖子，着急地说道："我没有别的意思，只是今天糯糯问了我这个问题，我就想问问你。"

徐迟攥着手，声音低哑："真的？"

林疏星用力点了点头，看着他小心翼翼的模样，心里既甜蜜又后悔，只能用最简单的方式去安慰他。

她抬手钩着他的脖颈往下压，唇瓣凑上去："喜欢你之后，我就再也没有多余的力气去喜欢别人了。"

徐迟很快反客为主，不知过了多久，他才松开手，额头抵着她的额头，眼眸带着难以隐忍的情绪："这个问题我回答不了。"

如果有一天，她不再喜欢他，他可能会心如死灰吧。

徐迟关了灯，牵着林疏星重新坐到茶几旁，蛋糕上先点燃的蜡烛已经烧了三分之一，他把旁边几根没着的也点了。

盛夏的夜晚，璀璨的星光从窗前照进屋里，交织着烛火，光晕朦胧昏暗，像是一幅美好的画卷。

徐迟垂眸看着她，晃动的光影落在他脸上，温温柔柔的。他喉结滚动，突然启唇，低沉的嗓音在房间回荡。

"有人问我你究竟哪里好，这么多年我还忘不了，春风再美也比上你的笑，没见过你的人不会明了……"

多年前的徐迟不可一世，嚣张跋扈，直到遇见了林疏星。

她对他笑，他便愿意为她敛下所有的锋芒，让她成为自己的软肋，让自己再也不能离开她。

午夜万物寂静，窗外星光不黯。

徐迟唱完歌，静静地看着她，等她许完愿望，吹灭蜡烛，才温温出声："手给我。"

林疏星没有疑问，把手递了过去，他往前倾身，捏住她的手，从口袋里摸出一个戒指盒。

林疏星呼吸一窒，手指微微蜷曲着，莫名紧张起来，心跳蹦得乱七八糟，没有频率。

徐迟取出戒指套在她手上，看着她的时候，眉目温柔："人生有很多重要的第一次，同样也有很多重要的最后一次，那么我希望你的第一次和最后一次，都能与我有关。"

你人生里的第一枚戒指是我送给你的，我希望，最后一枚也是我。

第一枚是我给你的承诺，最后一枚是婚礼。这些，我希望都是我给你的。

"生日快乐，我的小星星。"

林疏星眼眶湿热，泪眼蒙眬地看着无名指上的银戒。款式没有特别华丽，很朴素的银环，顶端镶着细细碎碎的钻，不仔细看，似乎都注意不到。

她哭红了眼，乱七八糟地说着胡话："为什么没有鸽子蛋大的钻戒……"

徐迟蓦地笑了出来，眼尾微扬。

他突然倾身，手臂撑着桌沿，隔着一张桌子，亲了亲她的眼睛，轻声说道："是不是傻？鸽子蛋，等求婚了再给你。"

林疏星推开他："你为什么现在就跟我说求婚送的戒指，那我到时候都没有惊喜了……"

徐迟闭了闭眼，仅存的耐心被她的眼泪消磨，单手扣住她的脑袋，堵住她喋喋不休的唇。

这一次，彼此都比以往要热情。等到回过神时，时间已经不早了，徐迟抱着林疏星躺在床上。过了几秒，他不知道是想到了什么，开了房间的大灯，起身下了床。

林疏星困极了，也没在意，大概过了大半分钟，他又走进了房间，在床侧坐下，捏起她受伤的那只腿，覆上一块冰凉的毛巾。

林疏星刚刚还困着，这会儿突然沾了凉意，稍微有了精神，抬头看着他的动作，声音还有些哑："你干吗呢？"

闻言，徐迟抬起头，对上她的视线，手里的动作没有停，语气有些懊恼："刚刚没注意，好像碰到你的腿了。"

"没有。"林疏星躺回去，目光看着天花板，抿了抿嘴角，拿脚趾碰了碰他的小腿，"要是碰到了，我会跟你说的。"

她低声道："徐迟，我没事的。"

徐迟"嗯"了一声，依旧坚持替她冷敷了十几分钟，最后又给她抹了药油，再三跟她确定了之后，才重新躺回床上。

房间里关了灯。

徐迟搂住林疏星，淡淡的药香味在呼吸间漫开，林疏星脑袋在他怀里蹭了蹭，嘟囔了声："好难闻哟。"

他低低地笑了几声："嗯，怪我。"

听到这话，林疏星迷迷糊糊地摸到他的手腕，像之前很多候一样，轻轻摩挲着，声音带着倦意："没事的。"

徐迟低头亲了亲她的额头："睡吧，晚安。"

林疏星没有再说话，回应他的是她沉稳绵长的呼吸。他静静地听了会儿动静，突然抬手解下手腕上戴了十几年的红绳，然后戴到了她的手腕上。

## 第四章 他的一辈子

第二天早上，林疏星醒来的时候，阳光明晃晃地照进屋里，房间里已经没有人，旁边的枕头还留有褶皱，看样子他也是起来没多久。

她揉了揉眼睛，起身坐起来，掀开被子的时候才发现，昨晚抹了药酒的地方不知道什么时候贴了张膏药。

林疏星低头穿上拖鞋，突然看到自己手腕上的红绳，愣了片刻，趿拉着鞋走出房间。

半开放式的厨房里，徐迟站在流理台旁边，背对着她，不知道在忙活什么，弄出乒乒乓乓的声音。

林疏星走过去，他听到脚步声，捏着汤勺回头，看到她时，眉眼不自觉地舒展："睡好了吗？"

"睡好了。"她走到厨房门口，目光落在他空荡荡的手腕上，又低头看了看自己手腕，低声问道，"这个不是你的吗？"

闻言，徐迟又扭头对上她的视线，嘴角微勾，漫不经心地说道："嗯，现在是你的了。"

林疏星摸了摸红绳上一块小小的玉石，指腹摸到一点凹凸不平，她凑近了看，只看到纹路，却不知道刻的什么，好奇地问了句："这上面刻的是字吗？"

"嗯，我的名字。"徐迟关了火，往锅里丢了一截葱段，"我出生的时候，爷爷找师父刻的字。"

"可是看起来不像徐迟这两个字啊。"

他笑了声："只有迟字，用篆体刻的。"

吃过饭，两个人坐在客厅看电视时，林疏星才意识到他今天没有去学校，伸手碰了碰他的胳膊："你今天不用去训练吗？"

徐迟顺势握住她的手，回应道："请假了。"

"怎么了，你不舒服吗？"林疏星以为他受了凉，抬手摸了摸他的额头，"是不是发烧了？"

"没有。"徐迟再一次捉住她的手，看着她，深邃的眼神里有复杂的情绪，"我帮你约了张医生，下午四点过去。"

林疏星愣了下，随即反应过来他是在担心自己的腿，软声软气："我跟你说了啊，我没事的。"

"我不放心。"他语气有些担忧，"让医生再看看。"

夏天的午后倦怠慵懒，阳光透过层叠枝叶落进屋里，斑驳的光影落在沙发的一角上。

那里有个少年正温柔地吻着他的姑娘。

下午徐迟叫了车到公寓楼下，上大学之后的事情太多，他一直没有时间去考驾照。

这会儿坐在车里，他在考虑该是时候买一辆车了，这样以后出行都会方便许多。

林疏星不知道他在想些什么，玩手机的时候看到许糯最新发的动态，抬头看着徐迟："对了，你跟周一扬最近有联系吗？"

徐迟点点头："有啊，怎么了？"

"他是不是喜欢上别的女生了？"林疏星把昨天和许糯聊天的事情跟他提了一遍，"周一扬跟你提过吗？"

听到这话，徐迟的眉头微拧着："没说过，我和他最近一次联系，还是他考完试那几天。"

林疏星还想说什么，徐迟先一步截断她的话："感情是两个人的事情，他们怎么样是他们的事情，你就不要多担心了。"

闻言，林疏星在他胳膊上拍了一下："你就知道护着他。"

徐迟笑了："护你一个就够了，哪还有精力去护别人。"

林疏星："……"

到医院之后，徐迟原先略显轻松的神情变得紧绷。医生给林疏星检查的时候，他就站在后面。

一旁的小护士偷偷地和她低语："你男朋友今天心情不好啊？"

林疏星侧头看了徐迟一眼，弯了弯嘴角："他一直都这样。"

"那你脾气真好。"

她唇边的笑意更甚："是啊。"

过了会儿，去 CT 室拍片子的时候，林疏星把护士的话跟徐迟提了，他听了不仅没什么太大的反应，反而还应和道："嗯，你脾气好。"

林疏星笑眯眯地捏了捏他的脸："我也觉得我脾气好。"

闻言，徐迟轻啧了声，没有说话，摸出手机，低头看着屏幕，林疏星好奇地凑了过去："你看什么呢？"

他把手机屏幕对着林疏星，不紧不慢地吐了几个字："《我不是凶手》最后一话。"

一听到这几个字，林疏星一改之前笑嘻嘻的模样，接连往旁边挪了两步远，语气恶狠狠地说："你不要跟我说话！"

《我不是凶手》是她最近在追的一部悬疑漫画，这两天正好第一部要完结了，作者留言说要在最后一话公布第一个案子的凶手。

她都还没看到结局，天知道他是怎么看到的。

徐迟看着她紧张兮兮的模样，嘴角微勾，眼底晕开笑意，不紧不慢地说道："你不是脾气好吗？"

林疏星生怕他下一秒就把结局给说出来，忙不迭说道："没有没有，我脾气很差的，这个世界上没有人比我脾气还差了。"

徐迟："……"

暑假结束之后，就是新学期的到来。

开学之后，林疏星和徐迟因为住不住宿舍的问题吵了几次架，其实也算不上吵架，因为大部分时间都是她一个人在说话。

等到她说累了，徐迟就默默递给她一杯水，有时候还会问一句"骂舒服了吗，舒服了就去睡觉了，我明天还有训练"。

语气自然，就像在问她今天晚上吃了什么。

林疏星被他这样一噎，也有点搞不清楚自己刚刚在说些什么，然后就糊里糊涂地被他拉进了房间。

等到回过神，她已经被徐迟狠狠地欺负了一顿。林疏星把脸埋在枕头里，心底暗暗发誓，明天一定要搬回宿舍。

紧跟着下一秒，林疏星咬着徐迟的胳膊，脸颊沾着几根发丝，嘴里哼哼了一声："混蛋，我明天要搬回宿舍。"

徐迟低笑，声线低沉磁性，尾音带着磨人的质感："嗯，都听你的。"

结果到了第二天，当林疏星真拿出行李箱时，他一点都没有昨天晚上好说话，眉头皱着，一脸不快："搁这儿住，我是缺了你吃的，还是缺了你喝的，非要回去做什么？"

林疏星吸取了教训，也不跟他呛声，反而一本正经地说道："是，在你这住是吃喝不缺，但我这学期有好多课。"

徐迟面无表情地看着她。

她伸手把行李箱从他手里拽过来，清了清嗓子，轻声说："在这儿睡，影响我睡眠质量。"

徐迟："……"

在她的据理力争之下，徐迟只好勉强答应让她搬回宿舍。

结果没想到的是，林疏星搬回去的当天晚上，温时尔就和秦思打了一架。

起因是秦思在和朋友视频电话的时候，故意把摄像头转向刚从卫生间里出来的温时尔。

温时尔当时只穿了件单薄的吊带裙，看到秦思的动作，夺过她的手机直接砸到了地上，语气冷冽："你没长眼睛啊？"

秦思一向娇惯，哪里受得了这样的委屈，眼泪吧嗒吧嗒就落了下来："你凭什么摔我手机？我又不是故意拍到你的。"

"故意不故意只有你心里清楚。"温时尔懒得跟她掰扯，从床上扯了件外套套在身上，"我不是你父母，也不是你男朋友，没理由惯着你。"

恰好此时，林疏星提着行李从外面回来，进门的时候没注意，一脚将地上的手机从门口踢到了秦思脚边。

秦思忍不住朝她吼了一声："你有病啊！看不到我手机吗？"

站在一旁的温时尔当即回头瞪了她一眼，冷冷地道："你才有病，没事朝别人吼什么？"

林疏星被这气氛整蒙了，把行李箱推到一旁，走到温时尔身边，低声问道："怎么了？"

"没事，疯狗乱叫罢了。"

闻言，秦思随手拿起椅子上的靠枕朝温时尔砸了过去："你骂谁呢？"

这一下彻底把温时尔惹火了，她转过身，抬手给了秦思一巴掌："骂你呢，现在知道了吗？"

"你凭什么打人啊！"秦思彻底崩溃了，上前一步想要打她。

女生打架少不了扯头发抓胳膊，可温时尔不一样，她自幼就被父母送到武馆学习武术，真要动起手来，秦思压根儿都碰不到她一根手指头。

只见她轻轻松松将秦思的两只手捉住，随便往后一推，说道："秦思，你别欺人太甚。"

眼见着打不过也闹不过，秦思深呼吸了几次，幼稚地放下狠话："你们等着。"

随即她拿上包，走出了宿舍。

温时尔轻蔑地哼了一声，随手把毛巾丢在一旁，目光看向林疏星："你怎么回来了？"

"回来住啊。"

她点点头，没说什么，拿着衣服重新进了浴室。

林疏星抿了抿嘴角，拉过一旁的行李箱，从里面把自己的衣服拿出来放到柜子里。

过了会儿，温时尔换好衣服进来，把睡衣往床上一丢："我出去了，这几天宿舍都没有人，你晚上睡觉记得把门锁了。"

林疏星傻了，那她搬回宿舍还有什么意义？

隔天下午，林疏星和温时尔下课后被辅导员叫去办公室，询问关于昨天晚上她们几个在宿舍打架的事情。

"秦思早上给我打的电话，说是你们两个昨天晚上联合起来把她打了一顿。"辅导员是过来人，对女生这些叽叽歪歪的琐事也是深有体会，"这种事情，我也不会只听一个人的片面之词，所以今天找你们俩过来，想了解一下情况。毕竟都是一个班的同学，我也不希望你们闹得太僵。"

闻言，林疏星和温时尔都没太大的反应，对于秦思告状这件事，她们早就做好了心理准备。

温时尔抿了抿嘴角，倒也诚实："人是我打的，跟林疏星没有关系。"她声线平静如波，听不出什么多余的情绪，"但错不在我们，是她先惹我的。"

停了几秒，她又继续道："至于老师您说的不要闹得太僵，估计是不可能了，我们昨晚已经撕破脸了。"

辅导员有些哭笑不得："那你跟我说说秦思怎么惹到你了，在宿舍打架可是要受到处分的。"

温时尔倒也没隐瞒，不紧不慢地把昨晚的事情都说了："处分我认，但这件事秦思也逃不了责任，希望老师能公平处理。"

辅导员想了会儿，也没再多说别的，把目光挪到了林疏星身上："你这学期是不是不在宿舍住了？"

林疏星犹豫了几秒，点了点头，避重就轻道："是在外面住，因为上学期腿受了伤，进出不方便才搬出去的。"

"是这样啊。"辅导员点了点头，若有所思，"那行吧，到时候你记得去宿管办那里开个请假条。至于打架这件事，我会再调查，这段时间你们两个和秦思就尽量不要正面接触了。"

"知道了，谢谢老师。"

林疏星和温时尔一同出了办公室，外面的天空暗沉，乌云卷着风，像是大雨来临之前的预兆。

温时尔叹了一口气："抱歉啊，把你牵扯进来了。"

"啊？"林疏星无所谓地笑了笑，"没关系的，反正我也早就跟秦思不对盘了，闹掰是迟早的事情。"

她扭头看着温时尔，一脸崇拜："不过你昨晚真的很酷哦。"

温时尔勾唇，没有多说。两人出了教学楼，温时尔接到朋友电话，要去市中心一趟，临走前反过来安慰林疏星："放心好了，秦思她这样的人是不会一直得意下去的。"

林疏星点点头："知道了。"

到了晚上，林疏星洗完澡坐在沙发上看书的时候，顺便把这件事跟徐迟提了，言语之间都是对温时尔的崇拜："尔尔真的很酷。"

闻言，徐迟轻哼了一声，捏着遥控器随便换着台，语气不咸不淡："打女生算什么男人。"

林疏星不乐意地踢了他一脚："尔尔是女生！"

"哦。"徐迟把遥控器随手丢在一旁，握住她的脚踝一扯，倾身靠了过去，哂笑一声，"那是我记错了。"

两个人的姿势太过暧昧，林疏星用力挣扎了一下，没挣动，忍不住推了推他的肩膀，嘟囔道："你起来啊，我还要看书。"

徐迟眉眼一抬，漫不经心地说道："你看啊，我又没让你不看。"

林疏星："……"

她撇了撇嘴角，又挣扎了几次，由于力量悬殊，一点用处都没有："你好烦哦。"

闻言，徐迟哦了一声："我还能更烦。"

他伸手拿开挡在两个人之间的书，低头覆上她的唇。林疏星几乎完全是被徐迟禁锢在怀里，铺天盖地都是他的气息。

她偷偷睁开眼，他就是像有感应一般，指腹覆在她的眼皮上温声道："闭着。"

林疏星："……"

过了一会儿，徐迟搁在桌上的手机嗡嗡震动不停。他空出手摸到手机正准备挂断，余光瞥见屏幕上的来电显示，动作一顿。

随即倏地起身坐了起来，轻咳了声才接通电话："二哥。"

电话那端，徐培风言简意赅，只说了一句话："爷爷醒了，你什么时候有空回来一趟吧。"

听到这话，徐迟搓着眉心的动作停了一瞬，呼吸沉了三分，语气又快又急："爷爷他什么时候醒的，现在怎么样了？"

"今天傍晚，下午忙着做检查，忘了通知你一声。"徐培风不疾不徐地说，"爷爷恢复得挺好，醒了之后一直在念叨你。"

徐迟心里积攒许久的大石瞬间落了下去，连带着说话时的语气都轻松了许多："明天吧，我明天回来。"

"知道了，你早点休息吧。"徐培风还有公务在身，没跟他说几句就挂了电话。

林疏星坐在一旁，把电话里徐培风的话听得一清二楚。等挂了电话，她捏了捏徐迟手指："爷爷怎么样了？"

徐迟反握住她的手，眉眼舒展，脸上挂着笑："挺好的，我明天要回去看一下。"

"知道啊，我听到了。"她抬起头，杏眼圆亮湿润，看着他的时候，目光专注而温柔，"你回去待几天？要不要我给你收拾行李？"

"不用，明天我自己收拾就好了。"他攥住她的手腕，语气漫不经心带着笑意，"现在，我有更重要的事情要做。"

林疏星心跳的速度陡然一变，下意识地想抽回手，说话时还忍不住咽了咽口水："什么？"

徐迟看着她紧张兮兮的模样，喉结滚动下，故意慢悠悠凑到她眼前，一字一句道："去洗澡啊。"

就你有嘴，一天到晚叽叽喳喳的。

徐迟去洗澡，林疏星在客厅坐了会儿，不知是想到了什么，起身从书房里拿了个特大号行李箱，提到了房间里。

男朋友要出远门，她得尽到女朋友的职责——亲自给他收拾行李。

林疏星一个人在房间里吭哧吭哧忙活半天，等徐迟洗完澡出来的时候，她正好将最后一件衣服艰难地塞进已经满了的行李箱里。

徐迟在外面叫她的名字，她应了一声，匆匆扣上行李箱的密码锁，把箱子往墙边一靠，立马跑了出去："怎么了？"

"你电话一直在响。"徐迟手里拿着她的手机，看到来电显示上"昭阳哥哥"四个字，眉头轻蹙着，不咸不淡地说道，"昭阳哥哥找你。"

林疏星讶异周昭阳这个时间找她做什么，也觉得徐迟的神情好笑，直接当着他的面接通了电话："喂。"

听筒那端，周昭阳的声音一如平常，温和而清浅："疏星，我要出国了，去非洲做支教老师。"

林疏星的脑袋有一瞬间的停滞，她从未想过天之骄子的周昭阳有一天会做出这样的决定，一时间也不知道该说什么。

周昭阳的声音还在继续："有件事情，我知道现在告诉你可能已经迟了，但我还是自私地想要告诉你。"

他的语气有些压抑："当年我突然又答应保送，是因为阿姨知道了我们的事情。"

当年周昭阳原本是要留在平城上学的，他想要留在喜欢的姑娘身边，好好守护她，等到了合适的机会再对她说出"我喜欢你"这几个字。可计划永远赶不上变化，林婉如意外发现了林疏星的日记本，看到了她对周昭阳所有的少女心思。

林婉如瞒着林疏星和周昭阳谈过很多次话，几次谈话不欢而散之后，她威胁道："昭阳，虽然你的父亲现在不在了，但我和你父亲是一天的夫妻，就是一辈子的夫妻，你和星星永远只能是兄妹。

"你要是不做出决定，我就带着星星离开平城，让你永远都见不到她。"

无奈之下，周昭阳只好忍痛割下所有的不舍，独身一人去陌生的城市。

他在学校里发了疯似的学习，参加各种各样的项目研究，想要更快地步入成人的世界，急着丰满自己的羽翼，急着成为一个可以担起一切的男人，而不是无能为力的男生。可等到他真正成为这样的人时，他想守护的人却已经不在原地了。

"我从来没有想过你会喜欢上别人。"周昭阳有些崩溃，却也有些释然，"就这样吧，你原谅最后自私一次的我，也请记住这个自私的我。"

要不然，他可真的太苦了。

对于过去的事情林疏星已经释怀，听到他说的话，除了些许的遗憾之外，更多的却是坦然，"昭阳哥哥，你自己好好的。

"另外，这件事情谁都没有错，错的是时间和运气。"

听筒里有细微的动静传出，林疏星没有再说话，紧捏着手机，默默听着那边的动静。

过了一会儿，周昭阳重新开了口，像很多年前一样，平静地喊她的名字："林疏星。"

"嗯？"

"对不起，这一次又是我先走了。"

像很多年前一样，这一走他就完全走出了她的生命。从此以后，山高水远，她的喜怒哀乐，都与他没有关系。

挂了电话之后，林疏星轻叹了一口气，捏着手机站在原地，低头不知道在想些什么，下巴突然被人捏着抬了起来。

她一愣，徐迟站在她面前，紧皱着眉头，盯着她的眼睛，确定她没有掉眼泪之后，才松了一口气："还好你没哭。"

隔天一早，徐迟坐了最早的航班回平城。林疏星醒来时房间里窗帘拉得严实，没有一丝光亮，她一时半会儿也分不清是什么时候。

林疏星坐起来，伸手拿过床头的水喝了一口，闭着眼缓了几分钟，才起身下床，拉开窗帘的刹那，大片日光倾泻进来。

她下意识地扭头避开，等眼睛的不适过去，看到窗外有雨后初歇的迹象，远处的天边隐约有一道模糊的彩虹。

空气里有雨后清新的气味，掺着泥土和青草的味道，沁人心脾。林疏星在窗边站了会儿，伸了伸懒腰后，转身去外面找手机。

昨晚挂了周昭阳的电话，手机就被她丢在外面，等找到手机的时候，已经因为电量不足自动关机了。

等充上电开了机，林疏星才发现时间已经是下午了，也不知道是不是心电感应，她想徐迟的时候，徐迟刚好打来了电话。

林疏星嘟囔了一声，不情不愿地接通了电话："喂。"

徐迟的声音低沉抑扬，语气带着点质问："林疏星，你昨晚给我收拾的什么行李？"

提到这个，林疏星猛然反应过来，因为昨晚没挤兑他，给他收拾行李的时候，往里塞的都是冬天的衣服。

这个月份，平城还有一丝夏日的燥热，她一件短袖都没有给他装。

本想着晚些时候再给他重新收拾，结果被周昭阳的一通电话给打断了，后面两个人又闹腾了半宿，行李的事情自然就被她抛之脑后了。

一想到这儿，林疏星不禁有些心虚，但不管怎么着，徐迟现在人也不在跟前。

她抿抿唇，硬气道："就收拾的行李啊，还能是什么。"

徐迟蓦地笑了笑，刚想说话，徐培风从外面推门进来，简言道："走吧，去医院。"

他回头应了一声，转头对着手机这边漫不经心地威胁道："等我回来，你死定了。"

林疏星："……"

医院里，徐迟跟着徐培风进去的时候，徐致清正和徐穆国坐在阳台下棋。父子俩话也不多，房间里很安静，只有棋子和棋盘

100

触碰的声音。

他们两个后辈走过去，默不作声地站在一旁。

徐迟和徐穆国的目光简短交会了几秒，又冷淡地撇开了眼，嘴角微微往下压了压。

过了大半会，一盘棋结束。

徐穆国起身扶着徐致清走到小客厅坐下，徐迟和徐培风跟着走过去坐在对面。老爷子端起茶杯喝了几口热茶，目光落在徐迟身上，什么也没说，目光却是带着各种复杂的情绪。

良久，老爷子长叹了声气："我累了，你们都回去吧，阿迟留下来看着就好了。"

"好。"

徐穆国和徐培风很快离开病房，徐迟坐着没动，抿了抿嘴角，这才沉沉叫出口："爷爷。"

老爷子应了声，大病初愈之后浑身少了些许硬气，更显慈眉善目："最近在学校怎么样？"

徐迟点点头："还好。"

"之前听你外公说，你带了个小姑娘去他那里待了一阵。"提到这儿，老爷子不知怎么又叹了一口气，却是什么也没说。

徐迟心绪微动，低声道："今年过年，我带她回来见见您跟奶奶，您看可以吗？"

老爷子神情有些惊讶，又隐隐有些激动，黑亮的眼睛有些泛红，没头没脑地连着说了几个"好"字。

爷孙俩也没聊多久，护士便进来叮嘱徐致清吃药休息，徐迟在一旁看着老爷子吃完药，等着他睡下才离开病房。

出了门，徐迟转头就看到站在不远处的徐穆国和他的妻子女儿，三个人站在一起，看起来其乐融融。

徐穆国的妻子章程不经意间看到他，稍稍收敛了笑容。多年来，道德枷锁让她对这个孩子满是愧疚，以至于这么多年都未曾踏足过平城这片土地。

她扯了扯徐穆国的衣袖："阿迟在那边。"

徐穆国神情一凝，扭过头只看到徐迟走往楼梯口的背影。他不由得想起刚刚在房间里徐迟看着他的目光，像是看个陌生人，甚至连陌生人都算不上。

他轻叹了一声，压下心头涌起的复杂情绪，拍拍妻子的肩膀，没有一丝精气神："走吧。"

不远处的楼梯口，徐迟走了出来，看向之前的位置，已经是空无一人。他像是自嘲地笑了笑，给徐培风发了短信。

这时林疏星刚好发过来一条社交软件消息："我刚刚不小心把咖啡泼在你电脑上了。"

怕他不相信，她还拍了张图片："还有救吗？"

徐迟发了一个捶打的表情，摁下语音，不咸不淡地说道："你是问它还有救，还是你自己？"

林疏星隔了几分钟才回的消息："我觉得我们都还有救。"

她拍了一个小视频发过来，视频里原先洒在键盘的"咖啡"被她拿了起来，背景音是她清脆的说话声："骗你的啦，这是个模型，看起来是不是超级逼真。"

徐迟听着她的声音，不知怎的，忽然就红了眼睛，在这淡薄的人世里，她已是他最后的温暖。

徐迟请了一个星期的假，基本上都待在医院。徐穆国知道徐迟不待见他，那几天几乎没有再来过医院。

徐迟也不怎么在意，平日里没事就陪着老爷子下下棋，偶尔得到医生准许，和奶奶一块推着老爷子去楼下的花园散步。

假期的最后一天，徐迟陪着老爷子在楼下遛弯，绕着医院的人工湖走了一半，徐培风也过来了。

徐培凤刚从部队下来，穿着淡青色的常服。老爷子眼睛盯着那一身衣服，又不动声色地看了看站在一旁的徐迟，微不可察地叹了声气。

这个孩子吃过的苦太多了，他不忍心再把自己的意愿强加给他，像现在这样，或许也没有什么坏处。

回到南城之后的生活一如既往。

徐迟和林疏星提了寒假见家长的事情，她没什么很惊讶的反应，好像觉得这就是水到渠成的事情。

时间不紧不慢地溜走，不知不觉就到了期末考试。林疏星比徐迟要多考几天，但他考试结束之后，还要在学校集训一段时间。

等到两个人彻底把学校的事情处理完，离除夕只剩下几天的时间。

林婉如因为身体原因依旧留在美国，只托方亭回国带了几份礼物过来，林疏星似乎也习惯了这样。

她和林婉如每年新年总会因为一些琐碎的事情闹得不愉快，这样不见面，倒省去了很多烦心的事情。

方亭回来的那天是个大晴天，平城下了小半个月的雪停了，阳光清澈明亮，空气里都是冰冷的气息。

早上林疏星接到她的电话，告知她自己新的住址："对，就在我以前高中对面的小区。"

林婉如去了美国，周昭阳也去了非洲，那个家在很多年前早就算不上家了。

挂了电话之后，林疏星和徐迟去楼下吃了早餐。

回来的路上，她摘下手套，动手捏了个小雪人，举到徐迟眼前："捏了个你，像不像？"

徐迟轻笑了一声，伸手接过她手里的小雪人，不知道是不是没控制好力度，直接把脑袋给捏碎了。

林疏星扑哧笑了声，把冰凉的手塞到他口袋里："你没有脑袋了。"

"嗯。"徐迟扣住她的手指，张开手臂将她整个人裹进大衣里，低头亲她，"我脑袋疼，你给我充充电。"

两个人在楼下闹腾了会儿，回去之后没多久，方亭就过来了，大包小包提了很多东西。

徐迟帮她把东西提了进来，简单地打了招呼就进了书房，把空间留给她们两个。

两个人有一搭没一搭聊了些近况，林疏星摩挲着杯壁，淡淡问道："她最近怎么样？"

闻言，方亭嘴角的笑意一僵，但很快便掩盖过去："还可以，只不过目前还受不了长途飞行的劳累。"

林疏星点点头，没有说话。

方亭犹豫了片刻，还是没有将那句话说出口："行吧，礼物我也送到了，就先回去了。"

"中午一起吃个饭吧。"

她摇头笑了笑："不了，得回家看一趟。"

"那好。"林疏星送方亭到楼下，看着她坐进车里，才温声道，"方亭姐，这些年谢谢你。"

方亭敛眸看着她，想到临走前林婉如的交代，沉思了许久，第一次做出违背林婉如的事情，"星星，我过完年就要回美国，你要不要跟我过去看看她？"

她顿了顿，索性什么都说了："她其实没你想象中那么好。在美国的这段时间，她的身体出现了很多问题，记忆也是时好时坏。可她一直都记着你，不论什么时候都带着你的照片。

"星星，她是你母亲。

"是一旦消失，这个世界上就不会再有的人。"

一年又一年，年味愈发淡薄，林疏星抓住假期的尾巴，踏上了飞去大洋彼岸的飞机。方亭说得没有错，林婉如是她的母亲，是这个世界上一旦消失，就不会存在的人。

　　林疏星看着窗外漂浮的大块云朵，微不可察地叹了声气，她在心里默默念道，最后一次了。

　　飞机平缓行驶，机翼在空中留下一道绵长的阴影，随着细风慢慢消散。

　　深夜的洛杉矶没有多少旅客，林疏星推着行李从机场出来，隔着一条马路，看着远处墨黑的天空和一旁的皎洁弯月。

　　古人说得对，家乡的月亮永远是最圆最亮的。

　　此时此刻，没有多余的时间给她感慨。

　　不远处，方亭从车里下来，过膝的风衣随着她的步伐略微向后摆动，行走间隐约带着风。

　　强势冷淡的眉眼在看到林疏星时慢慢舒展，嫣红的唇勾着一抹笑意："冷不冷？"

　　林疏星看着方亭的这一身打扮，愣是晃了几秒才回过神："方亭姐，你怎么换风格了？"

　　方亭接过她手中的行李，模糊解释了两句，便岔开了话题："走吧，天怪冷的，先回家吧。"

　　"嗯。"

　　林婉如住在市郊，一栋两层的小别墅。

　　此时是深夜，客厅里却依旧亮着灯，跟着方亭走进院子，她看到院内的空地处堆了一个体积庞大的雪人。

　　夜色深沉，借着朦胧灯光，只能看到个大概轮廓。

　　两人一前一后进了屋，客厅里的壁炉正燃着，林婉如坐在一旁的木椅上，手里拿着本书。

似乎是听到开门的动静，她淡淡开口，没有回头："阿姨给你留了吃的，在厨房，自己去弄吧。"

"好，我等会儿去。"方亭回头看了眼林疏星，抿唇笑了笑，却什么也没说，直接拉着她走到林婉如面前，温声道，"你看看，这是谁来了。"

林疏星这会儿才看到林婉如的模样。

明明才几个月不见，她却像是换了个人一般，脸庞没了精致的妆容，眼角的细纹比以往更加清晰，发间也有了许多银丝。

更加不同的是，她看着林疏星的目光也比以前要陌生，就好像……她从未见过林疏星一样。

这个可怕的事实在下一秒得到了验证。

林婉如合上手里的书，目光掠过林疏星，径直看着方亭："你又在胡闹了，这么晚了还随便带个人回来给我认。"

闻言，方亭微不可察地叹了一口气，唇边的笑意僵滞了几秒，微抿着唇："好了，我下次不带了，你早点休息。"

林婉如点点头，把书放在一旁的小桌上，起身往楼上去时，朝林疏星微微颔了颔首。

木质的楼梯踩上去，有细微的声音传出。

不过这声音很短，一会儿便没了动静。

林疏星的心随着这声音的消失往下沉了沉，直至坠入深渊里，后背冒着些许虚汗。

她舔了舔嘴角，嗓子由于长时间没有进水，又或是其他原因，有些发涩："她……我妈妈她怎么了？"

方亭微咬着腮帮，慢慢呼出一口气，沉声道："阿尔兹海默症，就是你们常说的老年痴呆。"

方亭回头看着站在身后的人，微敛着眸："我说她状态不好，是真的很不好。"

林疏星听着她的话，脑袋里"嗡"一下，有什么东西炸开了，持续地炸裂着，仿佛要将她所有的神经都断裂开。

她嘴角抿着，目光投向方亭，却又没有聚焦，整个人好似灵魂出窍，无法思考也没有任何动作。

方亭知晓这对于林疏星来说是很大的冲击，也没有再多说什么，起身将落在一旁的毛毯捡起来，叠好放在椅子上，走到门口提上她的行李，回头看着她："先回房间泡个澡吧，坐了那么长时间飞机，肯定不舒服。"

林疏星抬眼看过去，松开紧抿的嘴角。

良久。

"好吧。"

房间在二楼，方亭帮她把行李提上去："你先洗澡，我去楼下看看有什么吃的。"

"好。"

伴随着低沉的关门声，屋里重新安静下来，林疏星在屋里来回走着，最后直接躺在床上，天花板上是复杂的木刻。

她盯着其中一个纹路，视线跟着它走动，反反复复。

不知过了多久，林疏星轻叹了一声，从口袋里摸出手机，看到徐迟一个小时前发来的微信。

"落地回信。"

她眼皮垂下来，盯着这四个字看了一会儿，还没有什么动作，铃声突然响了起来。

电话接通后，传来熟悉的声音："睡了？"

林疏星摇头，又想到此时此刻他看不见，重新开了口，声音有些低："还没有，刚到没多久。"

说完这句话，她翻了个身，把脸埋到被子里，瓮声瓮气道："她不认识我了。"

来洛杉矶之前，林疏星设想了很多种两人见面的画面，冲突、争吵，又或是平静、无声。

每一种她都想过，唯独没有想到，林婉如会把她忘记了。也许有一天，林婉如会把所有人都忘记，可这一天来得也太快了，林疏星有些措手不及，甚至在这措手不及之下，还藏着些许恐慌。


国内，徐迟坐在沙发上，电视机的声音盖过了电话，他拿遥控器直接关了电视。

这下屋内安静了，电话里的哭声也清楚了。

徐迟眉头微蹙着，抿了一下嘴角，倒什么也没说，静静地等着她哭完。

时间一分一秒过去。

林疏星停了下来，听不到电话里的动静，侧头看了眼手机，显示还在通话中，她迟疑地喊了一声："徐迟？"

那边应了一声："嗯。"

她抹了抹眼睛，起身坐起来，声音还带着些哭腔："你刚刚在做什么，怎么不说话？"

他一个字一个字往外蹦："在等你哭完。"

"然后呢？"

"哄你。"

林疏星破涕为笑，心里的阴郁稍微散了散："你现在又不在这里，要怎么哄我？"

话音落，徐迟没再说话，背景音是一阵急促的汽笛声。

过了片刻，他的声音重新从听筒里传出来。

"别哭了，我的心肝宝贝。"

林疏星："……"

临近开学，林疏星只在洛杉矶待了一个星期。回国的那天，洛杉矶是个大好的晴天。

阳光照进这寒冷的空气里，挥走了所有的冷意。

一大早，方亭开车带着林婉如，送林疏星去机场。

这一个多星期里，林婉如的记忆时好时坏，清醒的时候记得林疏星是她的女儿，不清醒的时候，仍然拿她当方亭家的小妹妹。

林疏星从一开始的难以接受，慢慢也就习惯了，毕竟现在不管是哪种状态，都要比之前在国内的时候要好很多。

记不得也好过永无停休的争吵。

从家里到机场有两个小时的车程，林婉如的身体状态不足以支撑她全程保持清醒，才走了一半她就睡着了。怕吵着她，方亭和林疏星没有再说话，林疏星坐在后座，目光落在窗外飞驰而过的景物。

方亭时而抬头从后视镜看她一眼，神情欲言又止，到最后也只是微不可察地叹了声气，什么也没说，也不知道怎么说。剩下的路程走得非常快。

车子刚刚在机场附近的临时车位停下，林婉如像是有所感应，慢吞吞地睁开眼，声音平静："到了吗？"

方亭应了一声，解开安全带的同时扭头看着她："下车吧，一起送她进去。"

林婉如偏过头看着站在车外的林疏星，在她看不见的地方微红了眼睛，没有多余的话语："好。"

白天的机场要比之前的深夜热闹些许，来往的旅客络绎不绝，行色匆匆又或是喜悦溢于言表。

林疏星没有把心思放在这些不相干的人身上，垂眸看了眼林婉如，温声道："你们回去吧。"

方亭抿唇挤出笑容，拍拍她肩膀："一路平安。"

林疏星笑着点了点头，临走前看了眼林婉如，犹豫了片刻，突然上前一步抱住了她。

这个久违的怀抱，让彼此都沉默着。

过了片刻，登机提示回荡在机场内，林疏星抬手抹了抹眼睛，往后退一步，轻吐了口气："好了，我走了，你们也回去吧。"

她转身往里走，林婉如看着她的背影，眼眶湿红。

这么些年，对于这个女儿她亏欠了太多，想要弥补，似乎都已经来不及了。

下了飞机之后，林疏星直接打车往家里赶。她没有告诉徐迟自己回国的时间。

徐迟比她早开学，前两天已经来学校这边的公寓。

林疏星一进门，看到的是餐桌上水杯里的水还有三分之一没喝完，摆在沙发上的靠枕掉了一个在地上，这就是他这几天的生活状态。

她弯腰换了鞋，把行李箱拿进卧室，床上的被子卷成一团堆在床尾，他的睡衣掺杂在其中。

林疏星收拾好行李，看着房间里乱糟糟的，突然来了兴致，把公寓里里外外都给收拾了一遍。完了之后，她拿着衣服走进了浴室。

等洗完澡出来，已经快四点多，林疏星吹干头发，趿拉着拖鞋到厨房。她拉开冰箱一看，里面除了几颗鸡蛋，没别的东西。

她撇了撇嘴角，扯下搭在脖子上的毛巾，回房间换了身衣服，跑去小区外面的超市买了一堆食材回来。

这几天刚开学，队里的训练强度不大，每天结束的时间也早，徐迟平常都是和队友在外面吃过饭，再去网吧玩一会儿才回家。

这一天有点例外，训练结束后，几个大男生勾肩搭背去更衣室洗澡。周图南搭着徐迟的肩膀："哎，天这么冷，要不我们今晚去你家吃火锅呗？"

闻言，旁边一个白白净净的男生附议道："我觉得成！阿迟你搬出去这么久，我们都还没去你家看过呢。"

徐迟笑道："要去行啊，食材你们负责，我只负责吃。"

几个男生不仅是语言上的巨人，更是行动中的超级巨人，三两下就把任务分配好了。

"那就这么定了，回头六点钟在阿迟家楼下集合。"周图南看了眼在一旁收拾书包的徐迟，"阿迟，你还有什么意见吗？"

徐迟抬眸，无所谓地一耸肩："随你们安排。"说完，他把书包往肩上一甩，从口袋里摸出颗糖，剥开塞进嘴里，"我先走了。"

"好。"

徐迟从校门口出来，路过小区门口的超市，拿了两包烟，准备付钱的时候想了想，又给换成了两包薄荷糖。

老板笑呵呵地收钱，随口问道："在戒烟啊？"

"嗯。"徐迟拿过糖，随手揣在羽绒服的口袋里，推开门往外走。小区里的积雪还没有化完，走在上面发出吱呀吱呀的声响。

刚走到楼下，徐迟想起来家里好像没有水喝了，又折回去提了两桶纯净水，磨磨蹭蹭走到家门口。

他空出手在口袋里摸钥匙，还没找到，眼前的门突然开了。

林疏星穿着家居服，提着一袋垃圾从屋里出来，抬头看到站在外面的徐迟，两个人皆是一愣。

安静了几秒，林疏星反应过来，把手里的垃圾递过去，笑嘻嘻地看着他："你回来得正好，去楼下把垃圾丢了。"

徐迟看着她递过来的东西，慢吞吞地把嘴里的糖嚼碎，沉默着伸手握住垃圾袋的袋口，也顺势握住了她的手腕。

在林疏星的眼神中，他突然拉着她手腕往自己这边扯了下，把人扯到了怀里，压低了声音："我先抱一会儿。"

林疏星低笑了声："只是让你丢个垃圾，你要求好多哦。"

闻言，徐迟脑袋里的温情画面咔嚓一声碎裂了。

他松开手，黑沉的眸盯着林疏星，在心里做了万般斗争之后，抬手捏了捏她的脸颊："话多。"

徐迟没再多说，提起掉在地上的垃圾，转身往楼下走。

没走两步，林疏星叫了声他的名字："徐迟。"

他回头，只来得及看到眼前凑过来一道人影。他还没反应过来，便被对方亲了一口，林疏星在他回过神之前笑眯眯地往后退了一步，软糯的声音甜到徐迟的心坎里。

"就喜欢你要求多。"

徐迟没料到林疏星会提前回来，到楼下丢完垃圾就看着不远处勾肩搭背走来的一群男生，忍不住骂了句脏话，早知道就不该答应他们过来吃火锅。

他暗自叹了一口气，站在原地等着那帮男生走近。他接过周图南递来的一袋东西，沉了声气道："走吧。"

七八个男生吆喝着挤进楼道，又挤进电梯里，热热闹闹的气氛好比过年。

徐迟伸手按了楼层，摸出手机给林疏星发了条微信："晚上周图南他们几个要来家里吃火锅。"末了，又发了个捏拳懊恼的表情。

家里这边，林疏星看到徐迟发来的消息，先是一怔，然后笑着敲下几个字："那等一会儿你去买点食材。"

消息刚发出去，门口就传来转动门锁的声音，林疏星把手机随手一丢，起身走了过去。她才走到玄关，门一开，好几个男生争先挤了进来。"阿迟……阿迟你家媳妇……"

为首的男生连着换了好几个称呼，最后才不好意思地挠了挠头，咧嘴一笑："嫂子好。"

林疏星也被他们的架势给惊到了，缓了几秒才反应过来，往旁边让了两步："进来吧。"

"得嘞。"

人一个接一个进来，徐迟开得门反倒被挤在最后。林疏星等他们都进来了，才朝他走过去。

徐迟把手里的东西提了起来："不用买了，他们都买好了。他们不知道你回来，所以想着过来玩玩。"顿了顿，又补充了句，"我也不知道。"

林疏星笑了笑，回头看着一屋子的男生，打趣道："那我岂不是打扰到你们了。"

徐迟偏头看了她一眼，想想也跟着笑了："你说呢。"

冬天的夜晚比往日要黑，也比往日来得早很多。大家热热闹闹吃完火锅，周图南和另外两个男生自告奋勇包下了刷碗的事情，其余的人都窝在客厅的沙发上。

这样寒冷的夜晚，没有什么比待在空调房里更舒服的事情了。

过了一会儿，周图南他们收拾干净从厨房出来，跟着坐在沙发上。几个人一点也没有要走的意思，围在一起看了大半个小时的大型家庭伦理剧。

直到一集电视结束，周图南觉得再待下去，以后的追剧水平就要直线下降了。他站起身伸了个懒腰："时候不早了，我们撤吧。"

"行吧，走了。"

几个人稀稀拉拉地站起来，穿上外套，出门的时候还不忘和林疏星打招呼："嫂子，我们走了啊。"

"好，注意安全。"等他们都离开之后，林疏星转身往沙发走，徐迟从后面抱住她："你妈妈怎么样？"

提到林婉如，林疏星顿了顿，眉心不由自主地皱了一下："说不好，但也没有很糟糕。"

"嗯。"徐迟低应了一声，没有再接着问下去。

两个人在一块耳鬓厮磨，直到林疏星的手机响了几次才停下，徐迟把手机递给她："我先去洗澡。"

林疏星点点头，接过手机。电话是许糯打过来的，一开口还没怎么说话，她就哭了起来。林疏星在她上气不接下气的哭诉里，听明白了原因。

她和周一扬分手了。


高考那一年，许糯发挥失常，留在平城读了一个普通一本，周一扬为了和她去一个大学，没按着家里的安排出国读书，而是托关系去了城郊的一所封闭高中复读。

复读的这一年，两个人的矛盾和隔阂也在时间的流逝中渐生。

去年六月周一扬高考结束，填志愿的时候只填了许糯的学校，两人也算是得偿所愿，读了同一所大学。可谁都没有想到，周一扬喜欢上了别的女生。

两个人一路走来，彼此都付出了那么多，可终究是造化弄人，有缘无分。

许糯在电话里哭了一个多小时，到最后还是她室友强制挂了电话。

林疏星握着手机，恍了一会儿神，起身走进房间看到徐迟。

她抿了抿嘴角，看了看他又看了看窗外，突然在徐迟疑惑的目光中她走过去，伸手摁住他的肩膀晃了几下，咬牙切齿地问道："周一扬劈腿的事情，你知不知道？"

徐迟吓了一跳，反应过来之后，一手攥住她的手腕，一脸难以置信："什么玩意儿？"

"周一扬……"林疏星松开手，盘腿坐在一旁，轻叹了一口气，"他和许糯分手了。"

"他劈腿？"徐迟问道。

"嗯。"林疏星抬眸，把床上的粉红豹扔到他身上，有点不相信的意思，"你真不知道？"

"知道才怪。"徐迟摸到手机，刚准备给周一扬打电话，看了眼林疏星的架势，默默起身去了外面。

大概过了半个多小时，徐迟才从外面进来，神色不大好，沉默了会儿才犹豫道："要不，这两天我们抽个时间回去一趟吧。"

林疏星哼了两声，给许糯发了消息，然后说道："我明天回去，车票已经买好了。

"你回去看周一扬，别让我看到，我怕我忍不住会捶死你。"

徐迟："……"

林疏星买了第二天早上八点的高铁，徐迟因为假条没弄好，没跟她一起回平城。

她也没跟许糯说回来的事情，一下高铁就去了学校。

昨晚挂电话的时候，林疏星顺便要了许糯室友的电话，这会儿两人在校门口碰了面，室友直接带她去了宿舍。

到了宿舍才知道，许糯刚睡下没多久。林疏星没叫醒她，在宿舍待了几分钟，出门给周一扬打了个电话，约他出来见一见。

周一扬没拒绝，也没好意思拒绝。

两人约在宿舍附近的奶茶店，林疏星过去的时候，周一扬已经到了，正低着头，不知道在给谁发消息。

她轻叹了一声，走过去坐在他对面。

周一扬抬起头，收起手机。

谁都没先开口说话，沉默又尴尬。

"许糯她……还好吗？"自从分手之后，周一扬对许糯一直避而不见，她室友倒是见过几次，每次见他都追着骂。

林疏星一听他这样问，没压住心里的火，语气也有点冷淡："我

115

说她现在很好，能吃能睡，你信吗？"

周一扬做了一下深呼吸，搓了搓后脖颈，声音有些哑："对不起。"

"'对不起'可真是个万能的理由。"林疏星抿着嘴角，"我今天来找你，也不是来骂你的，我就是站在朋友的角度问问你，从今往后就真的不愿意回头了，是吗？"

周一扬没吭声，算作默认。

林疏星"唰"的一声站了起来，居高临下地看着他："站在你们共同朋友的角度，分手是你们的事情，我只能说好聚好散。但是站在许糯好朋友的角度，"她咬了咬牙根，沉声道，"周一扬，你压根儿就不值得许糯喜欢。"

说完话，她径直往外走，周一扬突然叫住她："许糯……拜托你了。"

林疏白了他一眼："你管得着吗？"

林疏星再回宿舍的时候，许糯已经起来了。

整个人失魂落魄地坐在桌前，眼睛又红又肿，一回头看到她，眼泪跟着就落了下来："星星……"

林疏星叹了一口气，拖了张椅子坐在她旁边："糯糯……"

她想安慰，又无从开口，这个时候说什么都无济于事。

许是看到亲近的人，许糯放开了哭。这几天她已经不知道这样撕心裂肺哭过多少次了。

"为什么呢……我以为我们可以一直走下去！我对他那样好，他为什么要喜欢上别的女生？！

"我知道他觉得累，可我也没要求他怎么样啊，我只是想要和他好好在一起罢了！

"可为什么就这么难呢？"

许糯哭得上气不接下气，室友在一旁递了热毛巾，林疏星接了过来，替许糯擦了擦脸，温声道："没关系的糯糯，那不重要了。"

许糯摇摇头，有些失控："可我忘不掉，明明一开始是他先来招惹我的，可为什么先放弃的也是他呢？"

林疏星也说不出任何可以解释的话。

过了大半会儿，许糯哭够了哭累了，抱着膝盖安静了，平静地说道："我后悔了。"

可现在后悔又有什么用，感情就是这样，没有缘由，一旦开始了就没有机会后悔，哪怕这世上有从一而终的佳话，可也有那么多人不能得偿所愿。

林疏星在感情这回事上，比任何人都要幸运。徐迟给予她的，是他的全部，他的一切，甚至是他的一辈子。

他愿意从一而终，让她得偿所愿。

从许糯学校回去之后，林疏星一直是隔几天就给许糯打电话。也没有多安慰她什么，就像是在高中的时候，跟她说一些在学校的事情。

时间慢慢磨平了伤痕，许糯也渐渐从分手的阴影里走了出来，投身到学习的大军中。

炎热的夏季悄然来袭，蝉鸣立于枝繁叶茂中。烈日骄阳下，树木皆无精打采地垂着脑袋，蒸蒸热气从地面升起。

暑假来临之前，医大和几所名校联名成立了一个实验项目。不久后，医大在老师内部工作群里发了一项通知，负责此次项目的几个总教授提出，要在合作的各大高校里挑选学生参加。

通知下来的第二天傍晚，林疏星被辅导员叫去了办公室，和她一同过去的除了同班级的温时尔，还有另外几个其他班级的学生。

辅导员的办公室在南区的焦武楼，独立的一栋大楼，夕阳的余晖映满一整面砖红的墙壁。

旁边的体育场时不时传来训练的声音，林疏星下意识往那边看了一眼，只看到跑道上如风一般闪过的黑影。

她轻轻地咂了咂舌，踏上台阶跟着人群的步伐，还没走几步，口袋里手机嗡嗡震动起来。

徐迟发来的微信。

"看什么呢？"

林疏星一愣，下意识停下脚步，往体育场的方向看了几眼，确认没看到熟悉的人影。

刚准备打字，他又发来一条："抬头。"

哎？林疏星倏地抬起头。

二楼角落的窗台上趴着个人，瑰丽的晚霞落在他周身，像是浑然天成的滤镜。

夏日来袭，他的头发略长了些，在昏黄的暮色里发着光，毛茸茸的，整个人看起来又柔软了很多。

徐迟的气质很好，无论是什么样子的他，给人的感觉总是痞里痞气里带着点矜贵。

这会儿他勾着唇，朝林疏星轻抬了抬下巴，神态带着漫不经心的慵懒："做什么呢？"

一起来的同学都已经上楼了。

林疏星听到徐迟的话，才猛地反应过来，丢下一句"辅导员找我们"，就急匆匆地从一旁的楼梯跑了上去。

徐迟无奈失笑，指尖搭着窗沿敲了两下，听见身后的开门声才起身走了进去。

三楼的辅导员办公室。

林疏星和几个同学一排站开，默默听着辅导员说："这个项目是由我们医大和其他几所高校承办的，这次的实习生选拔，学校决定从你们大二里面选拔。你们几个是我带的班级里，综合成绩在系里排名前二十的，所以这次的选拔考试，我希望你们都能够参加。

"选拔总共有三轮，一轮在本校，笔试加面试，只有十个名额；二轮去首都的医大，和其他几所高校的十名学生一同参加，选拔方式也是笔试加面试，名额只有五个。

"第三轮，是项目的几个总教授共同面试，选出最后的三个名额。"

辅导员说完话，办公室里安静了几秒，窗外的知了不应景地叫了几声，有个男生提出疑问："进这个项目对我们有什么好处吗？"

林疏星抿抿唇，看着辅导员。她也想问这个问题。

"如果你们能进入这个项目，"辅导员顿了一下，喝了口茶，"毕业之后，直接保研进首都的医大。"

话音刚落，一片哗然。

温时尔向林疏星小声地吐槽了一句："不参加这个项目，我也能直接保研去首都的医大啊。"

林疏星："……"

见讨论得差不多了，辅导员又继续道："而且，据校领导那边说，这个项目是和军方那边合作进行的，项目如果能成功，对你们将来的发展都是极其有利的，老师希望你们能尽全力抓住这次机会。"

辅导员话音刚落，有人忍不住惊呼了声。林疏星也有些好奇，到底是什么样的实验项目，竟然能和军方合作，她隐隐有了期待。

辅导员也没有多说，给了他们一人一份报名表，交代了几句别的，就让他们回去了。

去教室的路上，林疏星和温时尔提了自己的想法："我还挺想去的，感觉蛮有挑战。"

温时尔咬碎嘴里的糖，嘎吱嘎吱嚼了几下，无所谓地说道："嗯，你去我也去。"

林疏星哈哈一笑，露出整齐洁白的牙齿："你怎么说得好像我们俩参加就一定能去一样啊。"

温时尔懒洋洋地松了松肩膀："我们都不能去，你觉得还有谁能去？"

行吧，做人就得这么有自信。

林疏星晚上回去后和徐迟简单地提了这件事，徐迟正好在捣鼓电脑，顿了一分多钟才回应："军方的合作？"

"对啊。"

林疏星从包里扒拉出报名表，报名表总共有三页，前一页是基本信息，中间一页是关于项目的简单介绍，最后一页才是正式的报名表。

她随手翻了翻，徐迟从一旁坐过来，正好拿起项目介绍那一页，随便扫了眼，顿住了。

项目介绍最后一项，特别要求：成功入选的学生需要进入首都医大学习一年。

他突然安静下来，林疏星看完需要填写的基本信息后，转过头看他，满脸好奇："你觉得会是什么项目才能和军方合作？"

徐迟把手里的纸放回原处，懒洋洋地躺回沙发："医大能和军方合作什么？"

林疏星闻言，惊讶地扬了扬眉，脑海里突然冒出五个字——无国界医生。

她有点难以置信，也有点兴奋："好像有点厉害了。"

徐迟双手交叉在胸前，垂眸看着她，唇边是松散的笑意，眼底含着意味不明的情绪，突如其来的一口气堵在心口散不开。

林疏星完全被这个项目调动了所有的心思，在基本资料上填了个姓名后又停下笔，拿起他之前看过的项目介绍。

徐迟叹了一口气，从沙发上拿了个垫枕递给她："垫着，地板凉。"随即起身进了卧室。

林疏星头也没抬，只点了点头道："知道啦。"

项目介绍就只有一面，林疏星很快看完。看到最后一行，她一愣，反应过来徐迟刚刚好像也看了这张纸。

她回头却没见徐迟的身影，卧室里有一星光亮从门缝里钻出来。

林疏星立马把摊在桌上的资料都收了起来，安静地坐了会儿，起身往卧室走了过去。

卧室里还有个小阳台，徐迟站在那里，挺拔宽阔的背影与黑夜融为一体，手臂一抬一松间，指间夹着的猩红暴露在林疏星的视野里。

异地恋，是她想都没有想过的事情。

可是人生哪有那么顺利，这世上多的是鱼和熊掌不可兼得，更有甚者，鱼和熊掌均不可得。林疏星走过去，在他反应过来之前抱住他，脸颊贴着他温热的后背："徐迟。"

他极快掐灭了手里的烟，低垂着脑袋看着她交扣在自己腰间的手指，低声"嗯"了一声。

林疏星开始解释："我也刚刚才看到。"

徐迟恢复了惯常的笑，一针见血点破她内心的想法："可你还是想去，对吗？"

林疏星没说话，脑袋换了个方向，视线乱七八糟地扫着，最后落在摆在阳台边上的玻璃缸。

那里面徐迟养了一只乌龟，这些天不知道是什么原因，乌龟总想着往缸外爬，今晚也不例外。

林疏星盯着它，看着它一次次失败，直到眼睛有些酸疼，才慢慢闭上眼睛，低声说道："我不想做一只永远只能待在玻璃缸里的乌龟。"

井底之蛙的世界永远都只有井口的那么一小点，生活在玻璃缸里的乌龟了解的范围只有玻璃缸大小。如果它们不努力出去，就永远都不会知道，这个世界远比它们见到的还要宽阔。

人也一样，有多远的眼界，就有多宽的世界。

## 第五章 舍不下的人

这件事到底还是就这样定了下来。

人一旦有了明确的目标，努力的步伐就愈发的迅速和果断。

漫长的暑假来临，医大的校园里热闹了两三天，随即便没有了人气，除了林荫道上的知了一直孜孜不倦地在鸣叫。

林疏星在放假之前递交了报名表，这就意味着，这漫长的暑假与她无关了。

辅导员规定，参加选拔考试的学生暑期要留在学校集训，以应对下学期的校内选拔考试。

周日傍晚，林疏星从实验室出来时，晚霞已经铺满树木郁葱的校园，她边走边给徐迟发消息。

校队每年暑假都有为期半个月的集训，比其他专业的学生要晚放假许多。

这段时间，他们俩一个在实验室，一个在训练场，早晚都是同出同进。

林疏星刚发完消息，抬头就看见等在台阶下面的徐迟。

他倚着旁边半人高的花坛，暮色将他笼罩，平常生人勿近的姿态这会儿柔和了许多。

他听见脚步声，刚一抬头，怀里扑了个人影。

徐迟下意识伸手兜住林疏星，整个人被她冲过来的力道逼得往后退了一步，后腰处扭伤的神经发出阵阵刺痛。

他闷哼了一声，待到两人都站稳了，才抬手在她脑袋上揉了一把，嘴角噙笑："你是猪啊。"

林疏星不乐意地瞥了一下嘴角，伸手朝他腰上掐过去，徐迟眼明手快，伸手截住。

"别掐。"

"就掐。"

林疏星趁他没防备，另一只空闲的手直直掐了下去。指腹间的触感有些奇怪，感觉很坚硬。

她还没来得及惊讶，耳边是徐迟突然响起的吃痛声。

电光石火间，林疏星反应过来，手摸到刚刚的位置，确定了心中的疑问："你腰怎么了？"

徐迟深吸一口气，往后退一步，手臂撑着花坛："下午训练的时候不小心扭着了。"

"那你怎么不跟我说啊？"林疏星有些着急，也没顾着场合，急匆匆地要去掀他的衣服。

"哎哎哎。"徐迟伸手去拦她的动作，"在外面呢。"

林疏星想看看他的伤势，哪顾得上什么，更何况现在是暑假，校园里除了他们两个，连半个人影都见不到。

"哎呀，你撒手，我就看一下。"

徐迟无奈，只好松开手，抱着胳膊笑。

林疏星掀开他队服一角，腰上已经贴上了膏药。她这样凭空看也看不出什么，只是手指在膏药那块戳了戳："你去医院拍片子了吗？"

徐迟没回答，伸手拍了拍她脑袋，指着不远处的人影，闲散的语气带着点戏谑："那是你们班辅导员吗？"

嗯？林疏星猛一回头，微眯眼睛，借着还没完全黑下来的天色，努力辨认不远处的身影。

可不就是吗，林疏星老脸一红，下意识地往徐迟身后一躲："你觉得辅导员刚刚看到我了吗？"

虽说大学恋爱自由，可人家毕竟是老师，被老师看到，总有点心虚。

徐迟轻咬了下牙根，笑声朗朗："眼睛没问题的话，应该看到了吧。"

"看到……多少？"

徐迟没说，双手抄进兜里，慢悠悠转身往另一边走。

林疏星三步并两步跟上去："嗯？"

他偏头，又往回看了眼，丢下两个字："全部。"

林疏星："……"

徐迟因为腰伤提前结束了集训，原本是打算回一趟平城，但腰伤不适合长途跋涉，索性留在学校休养。


暑假不知不觉过了一大半，八月下旬的时候，各校的选拔考试陆续开展。

南城医大的笔试时间定在八月二十七号，面试时间暂时定于考试成绩出来的一个星期后。

随着考试安排表的制定，林疏星也结束了集训，学校特地留了一个礼拜的时间给学生放松心情。

集训结束后，林疏星把这段时间用到的资料都打包起来，整整收拾了三个木纸箱。

她把需要用到的资料整理到一个箱子带回家，到家的时候，徐迟正在房间收拾行李。

体育生每年都早两个星期开学，前一阵子因为腰伤，徐迟都在家里休养，这段时间伤好得差不多了，他打算在开学之前回一趟平城看望爷爷。

林疏星把箱子放在客厅，端起放在茶几上的水杯仰头喝完，随即忙不迭地跑进房间，直接坐在他放在床上的一堆衣服里："你明天几点钟的车票，我开车送你啊？"

徐迟趁着拿衣服的空档抬眸扫她一眼，低声哼笑："开车？请问你有驾照吗朋友，无证驾驶我可不敢上车。"

林疏星一脸得意："没有。"

徐迟停下手里的动作，屈指在她脑门上崩了一下："那你开什么车啊。"

"我有车，两个轮子的，充电的，我找尔尔借的。"林疏星勾住他的手指，语气难得温软起来，"你回去待多久啊？"

"五六天吧。"徐迟由着她握着手，侧身单手从柜子又拿了个黑色的T恤随便丢在箱子里，"你考试前我肯定回来。"

"好哎。"林疏星心满意足地撒开手，往后倒了下去。

在一起这么久了，她也只有在他身边才会露出这么黏人的一面，也只有他这么无条件地宠着她。

集训这么长时间，林疏星也没怎么睡过一个安稳觉。

这会儿躺在床上，吹着空调，睡意不知不觉涌了上来，眼皮撑着和徐迟说了会儿话，便沉沉睡了过去。

"晚上吃……"徐迟收拾好行李，抬头一看某人已经卷着被子，埋头睡得正熟。

他拍腿站起来，把行李箱提到外面，关门的声音非常轻柔。

林疏星一觉醒来已经到了晚上，夏天的夜晚朗月繁星，黑漆漆的夜幕难得亮堂堂的，像是一面明镜。

她躺在床上缓了会儿，听到外面叮叮当当的声音，掀开被子起身走了出去。

半开放式的厨房里，徐迟站在水池旁，低头认真洗着手里的东西，长时间没剃的头发垂在额前，侧脸的轮廓分明。

他是长得极好看的，哪怕是这么平常的事情，由他来做好像也变得有所不同。

林疏星站在原地，静静看着他的动作，直到一通电话，才把她从沉思中拉出来。

手机放在客厅，这会儿突然响了起来，林疏星走过去，徐迟听到动静也抬头往客厅扫了眼。电话是实验室的吴教授打来的。

几天前，林疏星有个课题想要请教一下吴教授，无奈人教授太忙，这几天一直在外面参加研讨会，压根儿没时间回学校，林疏星就给教授的邮箱发了封邮件，这会儿教授看到了邮件，直接回了电话。

林疏星握着手机，急匆匆打开电脑，再打开课题报告，两人直接在电话里聊了起来。

徐迟从厨房出来倒了杯水，给她放在桌上，然后坐在一旁安静了听了会儿内容。

他们聊的内容大多是关于中国近几年突发的几种瘟疫研究。各种专业名词，徐迟只觉得像是在听天书。

他垂眸，看着林疏星认真严肃的模样，下意识地抿了抿嘴角。

这一通电话打了将近三个小时，临结束的时候，吴教授表达了自己对林疏星的看好，说希望明年能在首都医大见到她。林疏星表示受宠若惊，态度谦虚地应下吴教授的话。

结束电话后，林疏星长呼出一口气，抻了个大大的懒腰才从地上站起来。

徐迟刚好洗完澡，换了衣服从卧室出来，见她结束了，才走过去揉了揉她的脑袋，温声问道："饿了吗？"

林疏星撇撇嘴，抱住他的胳膊，有些撒娇的意味："饿了。"

徐迟嘴角噙笑："吃饭吧。"

吃过饭，林疏星收拾一下就去洗澡，再出来的时候，家里已经不见徐迟的人影了。

她擦着头发，走到客厅找到手机，发现有一条徐迟二十分钟前发来的微信。

"丢个垃圾，顺便去超市给你买点东西。"

林疏星看着那条微信，很合理，也挑不出任何毛病。可她就是觉得哪里有些不对劲，但要具体说哪里不对劲，她也说不好。

还没等她怎么细想，门口传来拧锁的动静，下一秒，徐迟提着一大包东西走了进来。

他站在玄关处换鞋，从这里看不到客厅。他换好鞋提着东西往里走时，被突然冒出的林疏星吓了一大跳。

徐迟下意识地伸手搂住她，慢吞吞地往里挪，把东西放在沙发上，在这过程中林疏星一直没撒手。

他无奈笑了笑："怎么了？"

林疏星揪着他衣服前前后后闻了闻。香水味倒是没有，可这满身的烟味……

她伸出食指在他心口处戳了戳，一脸笃定："你是不是又抽烟了？"

徐迟挑眉，垂眸看着她的眼睛，拿手捏了捏她的鼻子："狗鼻子啊。"

林疏星不乐意地往后躲："你不是在戒烟吗？怎么又抽。"

"没抽。"徐迟揽着她的腰，低头去亲她，"回来在小区里看几个大爷下棋，不小心沾到的。"

林疏星还想说什么，下一秒直接被人堵住了唇。

第二天中午，林疏星被响了几遍的手机铃声吵醒。昨晚和徐迟一直折腾到后半夜，这会儿她人还没清醒。铃声一遍结束，还没怎么消停，又响了起来。

林疏星没辙，从被窝里钻出来，在桌子上摸到手机，声音带着刚睡醒时的软糯："喂……"

"星星，是我。"电话那头是许久未联系的许糯。

林疏星愣神了几秒，随即清醒了不少，抓了抓头发起身坐了起来，电话里声音还在继续。

"我要去英国了，你这几天有时间吗，我想跟你见一面再走。"

"去英国？"林疏星被这突如其来的信息整蒙了，"你怎么，怎么突然就要去英国了？"

许糯笑了笑，语调轻松："去求学啊，去感受一下不同的文化与风情。"

许糯没说实话。

林疏星差不多也猜到了个大概，也没明着问下去了，爽快应下："好啊，我这两天正好休息。"

"那好，我明天一早的飞机。"

"行，到时候我去机场接你。"

敲定见面时间后，许糯那边有人叫她，两人也没多聊，就挂了。

林疏星握着手机想了想，什么也没想明白，轻叹一声。起身穿上拖鞋，拉开房间的窗帘，大片的阳光落进来，整个世界亮堂堂的，看着很是舒服。

她走出去，徐迟的行李箱已经不在了，客厅的餐桌上放着早餐，素白的碗底压着一张字条，字迹苍劲有力，笔锋锐利。

——回去了，早餐记得吃。

落款是：你的迟哥哥。

林疏星蓦地笑了出来，把字条放在一旁，回房间简单洗漱过后把早餐吃了。

收拾好自己，林疏星拿出电脑，继续修改之前的课题。

这一忙活就是整个白天，烈日骄阳慢悠悠从西边落下，换成弯月繁星，蝉鸣声依旧不知疲倦。

盛夏的夜晚，总是不得安静，林疏星呼出一口气，把修正好的课题发给吴教授，揉着眼睛往后靠着椅背。

坐了一天，再加上昨夜的折腾，这会儿腰背早就酸痛不已。她靠着椅背休息了片刻，摸到手机关了飞行模式。

半分钟后，未接电话和微信消息全都冒了出来。

林疏星先看了下未接的五个电话，三个是徐迟的，两个是温时尔的，接着看了微信，各种消息都有。

她每个信息都翻了下，先给温时尔回了消息，最后给徐迟打了电话。

嘟声不过五下就接通，对面就有人说话了，是个小男孩的声音："哥哥，你有电话啦。"

接着小男孩对电话这边糯声糯气道："你不要着急哦，我哥哥马上就来了。"

林疏星弯唇笑了声："好，不着急，谢谢你哦。"

小男孩抱着电话不撒手："姐姐，你跟我哥哥是什么关系呀？"

林疏星还没来得及说话，就听电话那边传来徐迟的声音："男女朋友的关系。"

林疏星："……"

紧跟着，手机就换到了徐迟的手里："刚和老爷子在说话。"

林疏星盘腿坐在椅子上，电脑上登着微信，在回温时尔的消息："你刚刚那么说会教坏小孩子的。"

徐迟笑了笑："教坏他？这小孩鬼着呢。"

说完，小男孩不乐意地回了他一句："我跟爷爷说你交女朋友了。"

徐迟一巴掌扣在他脑袋上，幼稚得不像话："你去告状吧，我马上和你妈说，你今天吃了两盒冰激凌，而且还是一次吃的。"

小男孩嘴角一撇："我不跟你玩了！大坏蛋哥哥！"

"小屁孩。"

林疏星在这边听着好玩，笑声隔着听筒传出来："我说你怎么这么幼稚啊，还跟小孩吵架。"

徐迟哼笑一声，握着电话起身往屋外走："这小屁孩皮得很，我们以后还是生个女儿吧。"

林疏星："……"

林疏星没脸跟他掰扯这些，乱七八糟的，不知道说了些什么，最后突然想到许糯早上的电话："对了，许糯说她要出国，打算明天过来找我。"

"我知道。"

林疏星愣了下："你怎么知道？"

"周一扬说的，今天回来和他碰了一面。"徐迟开了院子的大门，继续往外面走。

"呵，负心汉。"自从周一扬和许糯分手之后，林疏星就拉黑了他所有的社交账号，连名字都不叫了，直接喊他"负心汉"，"他怎么还好意思打听许糯的消息？谁给他的脸？"

提到周一扬，林疏星就一肚子的火，徐迟也知道，平时基本上都是避开这个话题的。

今晚他极其无奈地笑了声："人家恋爱自由，分个手而已，你至于这样吗？"

"恋爱自由是一回事，可当初要不是他非上赶着招惹许糯，许糯现在哪能是这个样子。

"既然招惹了，就得做好一辈子的准备，哪能说不喜欢就不喜欢了！这样的话，还不如不开始。"

林疏星提到周一扬就有些愤懑："男人没一个好东西，都是

131

当面一套背后一套。"

徐迟忍不住为自己正名："你别一竿子打倒一船人啊，天地作证，我可是天上地下绝无仅有的新世纪好男人。"

林疏星："……"

徐迟和林疏星聊完电话，顺着来时的林荫道往回走。树影婆娑，月光从枝叶的罅隙里露出，蝉鸣伴着树叶拂动的窸窣声。

突然一道急促的汽笛声打破了这片刻的和谐，徐迟往边上挪了挪脚步。

身后的汽笛声却一直不依不饶，他不得已停下脚步，把视线从手机上挪开，扭头往后看了一眼。

一辆黑色的越野在几步远的位置，见徐迟停下来，越野车主人慢慢悠悠地把车开到他身旁。

驾驶位的车窗降下来，露出一张跟徐迟有几分相似的脸。

徐培风单手扶着方向盘，另一胳膊搭着窗，笑着道："从后面看身形，我就感觉是你，没想到还真是，你怎么回来了？"

"回来过暑假啊。"徐迟看着徐培风肩上的两杠一星，语调波澜不惊，"什么时候升的官？"

"前两天的事。"徐培风收回手，"上车，捎你一段。"

徐迟扑哧笑着，露出整齐洁白的牙齿："算了吧，就这么几步路，你先回，我走回去了。"

说着还真就两腿一迈，漫不经心地往前走着。

徐培风哼笑一声，油门一踩，直接开着车从他身边飞驰而过，路过他身旁时还刻意按了下喇叭，声音短而急，惊得徐迟差点一脚踩空。

徐迟抬头望着早已看不见的车影，忍不住骂出了声。

"你大爷的！"

等他慢悠悠地晃到家，徐培风已经换了身衣服在门口等他了。

见他回来，徐培风走过去，试探性地问道："聊聊？"

徐迟抬眉看他，拒绝的话刚到嘴边，却又咽了下去，沉默了几秒才开口道："行吧，聊什么？"

"都可以，你想聊什么？"

徐迟斜他一眼："你有病啊？"

徐培风哈哈一笑，不再和他插科打诨了："最近怎么样了，下学期大三了吧？"

徐迟从鼻子里"哼"了一声，算作回答。

"都老大不小的人了，怎么还跟小孩子一样。"徐培风走到车前停下，整个人倚着车头，"这趟回来，你那小女朋友怎么没跟你一起？"

"她忙。"徐迟跟着走到他身旁，"她最近在参加和你们合作的实验项目。"

徐培风微皱着眉头，从口袋里摸出烟盒，抖了根烟咬在唇间，又把烟盒递给徐迟。

徐迟肩膀一耸："戒烟呢。"

"嗯。"徐培风把烟盒丢在引擎盖上，点着烟，沉默了会儿才沉沉开口，"这些年来，中东地区的战事不断，除去在战场上牺牲的人，还有许多因为战后突然爆发的瘟疫去世的。

"这类瘟疫还不像国内的禽流感这样，它们来得猛而急，很多人都来不及送医就没了。

"上面很重视这个实验项目。"徐培风抖了抖烟灰，偏头看着徐迟，"你那个小女友看来很优秀了啊。"

徐迟眼里是毫不掩饰的骄傲："那当然了，也不看是谁女朋友。"

徐培风给了他一个白眼，低头看着脚边的人影，突然发问："那你呢？"

133

"……"徐迟顿了下，不知道怎么说。

"甘愿这辈子就当个体育生，毕了业混个体育老师？"徐培风一针见血地指出他心里的矛盾，"你不愿意的，我们徐家的男人都不是这样甘于平凡的人。"

徐迟垂着脑袋没说话，徐培风倒也没再多说什么，只拍拍他的肩膀："早点休息，明早带你去个地方。"

去哪儿他也没说，徐迟也没问，可徐迟心里清楚，一旦去了这个地方，他就得做出决定。

这个决定不管是对他，还是对谁，都无比重要，甚至关系到他和林疏星的将来。

隔天一大早，徐迟跟着徐培风出门，路过在花园晨练的老爷子，两人也没打招呼，急匆匆地就出门了。

老太太端着早茶从家里出来，指着门口不见的两人，疑惑道："这哥俩一大早往哪儿去呢？"

老爷子打着太极，一放一收几个来回才停了架势，接过老伴儿递来的毛巾擦了擦额头，才沉着声道："培风做事有分寸。"

言下之意是，你也不用多担心他们干什么坏事去。老太太懒得再过问。

另一边徐培风已经开着车出了大院，徐迟坐在副驾驶，车窗开了一半，夏末早晨的风已经沾了些许的凉意，摆在车后座的小雏菊随风飘出淡雅的香气。

等车子上了高架，徐迟突然开口问了句："去哪儿？"

徐培风这才扭头看了他一眼，唇边勾着一抹笑："还以为你能憋多久呢。"他单手扶着方向盘，另只手点开导航，指着上面的一个小点放到最大，"去这儿。"

徐迟偏头看了过去，地图上显示的是早几年建的一座烈士陵

134

园，在平城西郊，离这儿差不多百八十公里。

知道了去处，徐迟也清楚徐培风带他走这趟路的想法。

两个大老爷们都不是话多的人，除了中途下车买了一次水，两人都没怎么交流，皆是各怀心事。

徐培风在部队是开坦克的，到了路上，开起越野也是一股子猛劲，下了高架之后车速拉也拉不住，一趟三个小时的路程，他缩减了三分之一。

下车的时候，徐迟特意摸出手机开静音，然后跟在徐培风的身后进了陵园。

这陵园建立的时间不到十年，可里面立起的墓碑已经是数不胜数，站立在陵园四周的松柏郁葱挺拔。

徐培风径直走到靠南边的那一片，在第三排第二块墓碑前停下，徐迟跟着走过去。

墓碑上贴着一张小小的照片，白皙清俊的面容永远停留在那一刻。

在照片底下刻着几行小字——赴非维和部队三连赵鑫源烈士之墓。

"赵鑫源，前两年加入中国赴非洲的新一批维和部队。后来，非洲南部发生暴动，赵鑫源在护送中国公民时不幸遭遇伏击，其为掩护中国公民的安全，壮烈牺牲，年仅20岁。"徐培风缓缓开口介绍起来。

徐迟静静地听完这些，重新把目光落到那张照片上。少年的眼神坚定有力，充满了年轻的气息，可是也就只到这里了。

徐培风蹲在碑前，把怀里的小雏菊放在一旁，摸出手帕擦了擦碑上的照片："鑫源是我亲自选出来的人，当时护送公民出境的命令是我下达的。

"我们找到他的时候，他整个人都被埋在沙堆里。

"我们把他从沙堆里扒出来，他一只手紧攥着，几个大老爷们使了劲才掰开。等看到他手里攥着的东西，那几个大老爷们都红了眼。"徐培风看着徐迟，"你知道他一直攥在手里，到死都没放开的是什么吗？"

徐迟摇头，徐培风从肩上拆下一个五角星放在赵鑫源的碑前，一字一句道："是一颗像这样的五角星。"

这就是中国军人的精神，他们为了祖国洒出一腔热血，献出铮铮铁骨，毫无怨言，也从不后悔。

从陵园出来后，徐培风的眼尾一直是红的，情绪一直也不怎么高，开车的速度也慢下来很多。

徐迟靠着椅背，目光落在窗外一排连一排的松柏，心里翻涌着复杂的情绪。

不知过了多久，徐培风慢慢提了速度。一路飞驰，再回到大院的时候刚好是饭点，两人路过餐厅，都说不饿，各自回了房间。

老爷子把他带到书房聊了大半个小时才放人。

徐迟回了房间。

徐老太太敲门进来："阿迟，要不要吃点东西？"

徐迟坐在书桌边，扭头朝老太太笑了笑："不吃了，奶奶，你去休息吧，我早上起得早，这会儿有点困了。"

"你二哥也真是的，难得回来一趟，还带你出去跑。"老太太唠叨了几句，叮嘱道，"我给你留点吃的，你要是饿了就下来吃。"

"好。"

老太太走后，徐迟坐在那里想了很久，徐培风今天的用意他不是不清楚。这么多年来，不管是老爷子还是他那个算不上父亲的人，甚至是家里的几个同辈，都有旁敲侧击地提到当兵这件事。

那时候徐迟眼里心里要的全都是林疏星，再加上和家里的关系都不大亲近，这话也就是左耳进右耳出，当兵这事压根儿就没

136

上过心。

后来老爷子身体出了毛病，进了医院，也不知道是交代了什么，这事就再没提过。

徐培风也不知道是抽什么风，这趟回来破天荒地带他跑了这么一遭。

今天的所见所闻，让徐迟的心里面有了触动。都说男人的心里都有一个军人梦，更何况他从小就是在这样的环境里长大的。再怎么混，对那身军装说不动心都是假话。

可怎么办呢，他碰上了一个舍不下的人。

徐迟阖上眼睛，整个人往后仰着。过了会儿，他摸出手机，才发现早些时间林疏星给他打了电话。

手机一直开着静音，他没听见，他捏着手机沉默片刻，才回了电话。

嘟声响了很长，接通的时候还能听见那边的笑声，林疏星的声音清脆响亮："你今天在干吗呢，给你打电话都没接。"

"上午出去了一趟，手机开静音没听到。"徐迟手指漫不经心地敲着桌沿，"你在外面吗，怎么这么闹腾？"

"没呢。"林疏星穿上拖鞋，趿拉着往里走，"我昨天跟你说了啊，许糯来找我，刚接她到家。"

"哦。"

林疏星低头捡起因早上走得急而掉在地上的睡衣，像是意识到什么，小心翼翼地问道："你怎么了？是不是爷爷……"

徐迟蓦地笑了笑："人天天早上太极打得可溜了。"

林疏星撇了下嘴角："那我怎么听你的声音好像不大高兴。"

"很明显吗？"

林疏星眼皮一跳："还真不高兴啊？"

徐迟一条腿屈着，另一条腿往桌空里伸："嗯，谁让我女朋友没心没肺的，只知道自己开心。"

林疏星差点一口气没提上来："你到底真不高兴还是假不高兴，还是装作假不高兴啊？"

"你说什么绕口令呢。"徐迟眼睛盯着窗外的苍劲绿柏，"林疏星。"

"嗯？"

"如果我……"徐迟抿着唇，不知道怎么说，怕她起疑心，故意开玩笑道，"如果我提前回来了，你能让许糯去住酒店吗？"

林疏星："滚。"

徐迟："……"


电话挂了没多久，徐迟就被老爷子叫去了书房，他估摸着老爷子差不多也是和徐培风一个意思。

书房里，徐致清自从身子骨不怎么硬朗后，就鲜少会提笔写字，今儿又重新把那套文房四宝摆弄了出来。

徐迟进去的时候，他刚提笔写完一个"国"字，收尾的笔锋依旧利索果断。

"你二哥今早带你去西郊了？"老爷子笔下没停，一句话写完才停笔，闪着黑光的眼睛看向徐迟，"你是怎么想的？"

徐迟盯着老爷子写的那一句"国大则人众，兵强则士勇"，认认真真地说道："没想好。"

"也罢。"老爷子拿旁边的湿毛巾擦了擦手，"这件事我已经和你二哥提过了，你要是不想，没人能强迫你去。"

"要是想进公司，家里那么多公司，你开口提一下，去哪儿都行。"老爷子站得时间久了，有些疲累，走了几步坐在椅子上，"别把自己当成外人，你是我徐家的孩子。"

徐迟垂首，难得乖巧："知道了。"

"听你二哥说，你那女朋友在参加你堂哥那边的项目啊。"老爷子喝了口热茶，"需不需要我和你二哥说一下？"

徐迟猛一抬头，正色道："不用，她不喜欢这样，她很优秀。"

老爷子吹胡子瞪眼："我也没说她不优秀。"

徐迟轻笑一声，温声道："我知道您的好意，我替她谢谢您。这件事我就当您没提过吧，您也别和二哥说什么了。"

老爷子摆摆手："行吧，出去吧，也没什么跟你说的了。"

徐迟颔首，欲出门前，老爷子又道："不管你二哥今天和你说什么了，都别放在心上，他那人就这样，部队里待久了，死板得很。"

徐迟嘴角噙着笑："爷爷，这是把您自个儿也给算上了啊。"

老爷子扬起拐杖，作势在他胳膊上敲了下："浑小子。"

徐迟还和小时候一样跳着躲开，三步两步走到门边："你这说打就打的毛病，什么时候能改改啊。"

老爷子横了他一眼，轻咳几声，声音带着倦意："你那女朋友也谈那么长时间了，什么时候带回来给我和你奶奶看看吧。"

徐迟顿了一下，收起吊儿郎当的笑容："今年过年吧。"他抬起头，看着面前的老人，"到时候您老人家可别为难她。"

"你给我滚出去！"

徐迟："……"


想去当兵这个念头一旦冒出来，就再也压不住了。从平城回到学校之后，徐迟一直在考虑怎么跟林疏星提这件事，毕竟一旦进了部队，个人时间就成了沙漠里的绿洲，少之又少。

学校已经开学，校队的训练也回到正轨，徐迟前段时间因为腰伤耽误了不少训练项目，这几天早出晚归的，全都泡在体育场。

今天是实习生选拔的校内面试，面试的顺序是根据考试成绩来的，只不过是成绩差的先来，林疏星笔试第三，按顺序排到了下午。

徐迟请了半天假，中午吃过饭特意带林疏星去校外的神仙树下溜达了几圈。

关于这个神仙树，其实就是一棵上百年的银杏树，只不过不知道是哪年，有个学生在树下复习期末考试的时候不小心睡着了，醒来的时候复习的那本书上正好掉了银杏叶。那个学生只当是好兆头，就把银杏叶夹在书里带了回去。

也是赶巧了，那年期末考，那个学生考了年级第一，拿了奖学金。后面那个学生考研前又来这里待了一下午，结果就考上了理想的学校。

那个学生毕业后成了社会上比较厉害的人物，有一年回母校参加校庆，校方记者问他是如何有了今天的成绩。

那个学生顺口提了这件事，结果没想到，医大的学生都把这树当成了许愿树，每年考试都来这里捡一片叶子回去，还把这树称作神仙树。后来也不知是不是心理作用，那些捡了银杏叶的人，都考得比以往要好。

这消息一传十十传百，来捡叶子的学生愈发多了，后来校方为了保护这棵银杏树，特意在四周列了半人高的防护栏，严令禁止学生进去捡树叶。

这段盛事也逐渐被流传下来，列为医大的奇闻美事之一。

这天才刚入秋，杏叶还泛着青，微风拂动下枝叶窸窸窣窣晃动着，偶尔也会落下几片早枯的叶。

徐迟牵着林疏星在树下来回走了几圈，忍不住嘀咕道："可真奇了，以前往这儿一走，这树叶是哗啦啦往下掉，今天怎么就掉了这么几片枯蔫蔫的叶子。"

林疏星扑哧一笑："搞了这么半天，你就带我来这里捡树叶的啊？"

徐迟没看她，看着这半人高的护栏，长腿蠢蠢欲动："你等着，我进去给你捞几片。"

"哎哎哎。"林疏星眼疾手快地拦住他，"别呀，给学校知道是要被处分的。再说了，你还不相信我啊。"

徐迟轻啧了一声，温热的手掌在她脑袋上囫囵揉了揉："不是不信你，我这不是想给你减轻点紧张感么。"

毕竟是头一回碰到这么大的考试，林疏星再怎么优秀，紧张还是难免的，都连着失眠好几晚了。

徐迟心想，早知道这样，还不如一开始听老爷子的话，让家里给打点一下了。

到底想归想，要真做了，别说林疏星，连他自己心里都不会舒坦。

林疏星听了他的话，心里一暖，趁着没人，飞快地在他侧脸亲了一口："没事的，有你在我就不紧张了。"

因为这一吻，徐迟心里的不舒坦松了许多，唇边重新挂上松散的笑意："那要不我找徐培风想想办法。"

林疏星刚开始还没反应过来，过了几秒突然明白过来："你想找关系？"

徐迟下意识"嗯"了声："怎么……"

话到一半，他也明白了，他还没有跟林疏星说，这次项目军方那边的负责人是他家里人。

"你二哥是负责这次项目的军方代表？"

徐迟摇头："不是。"

林疏星心里刚松下，又听见他说了几个字。

"是我堂哥。"

林疏星："……"

到最后，徐迟在林疏星面前发了个走后门就天打雷劈的毒誓，才打消了林疏星心里的疑虑。

时间也差不多了，两人没在树下多耽搁。起身推车往回走的时候，正好刮过一阵风，银杏树哗啦响，一片绿叶正好落在林疏星跟前。

林疏星弯腰把叶子捡了起来，抬头看了徐迟一眼，两人相视一笑。


一个月后，医大校方在官网上公布了此次校内选拔的前十名，初试结果公布之前都是保密的，辅导员那边也不知道消息。

公布结果刚出来，学校官网就因为浏览量太大，直接崩溃了，林疏星换了几个浏览器都没进去。

想来一时半会儿是查不到了，林疏星索性关了浏览器，继续去整理之前的资料。

等结果的中途，温时尔给她打了个电话，一问都是同样的情况，临挂电话前，温时尔打了个哈欠道："没事，我找了个黑客大神，过会儿应该就能查到了。"

林疏星："……"

挂了电话还没一分钟，徐迟在微信上给她发了张图片。

录取名单表：

陈铭

江劲颂

……

林疏星

最后一个是温时尔。

林疏星先是松了口气，然后又把心提到了嗓子眼："这名单是真是假？你不会给我走后门了吧？"

142

"哪敢走，"徐迟敲敲打打发了一句话，"校内的录取名单是要给军部那边一份的，作为考察。"

"好的。"

发完消息，徐迟把手机丢在桌上，抬头看着坐在对面的徐培风，试探性地问了句："你没给你弟媳走后门吧？我可是发了毒誓的，走了就要天打雷劈的。"

徐培风抬眸白了他一眼："你俩有病？"

徐迟嗤笑一声，懒得跟他争辩。

徐培风放下手里的咖啡杯，骨节分明的手搭在膝盖上，声线清冷润朗："事情考虑得怎么样了？"

"差不多吧。"徐迟往后靠着椅背，叹了一口气，"还没想好怎么跟她说。"

得到满意的答案，徐培风的笑意稍微明显了许多："不着急，你现在才大三，要真去，也得大四上学期才能过去。"

"嗯。"

徐培风抬手看了眼时间，拿起桌角的军帽，假意拍了拍："还有一年时间，你慢慢说。"

徐迟："……"

林疏星和温时尔都通过了初试，下学期开始就要去首都医大学习一年，以实习生的身份参加项目研究。

研究的时间长短暂时还没有定下，但是几个负责这次项目的教授的意思就是，只要你进了实验室，直接保研首都医大，选导师这边他们开直通车。

这就相当于给学生们打了针强心剂。

大三是课程最重的一年，各种专业课齐齐冒了出来。

林疏星这段时间忙得昏天暗地，有时候从实验室出来都已经凌晨了。

这段时间她忙，他也忙，两人白天碰不到什么面，也就晚上这会能说说话。到家的时间也不早了，洗漱完了就直接睡觉，这一个月下来，他俩都瘦了不少。

徐迟倒还好，平时训练强度大，瘦下去也没什么，反倒是林疏星，瘦了之后体质变弱了许多。

南城刚入冬，她就发了场高烧，人直接倒在实验台上，坐在一旁的温时尔吓了一大跳。

但好歹一屋子都是未来的医生，随即反应过来，立马把她送到了医务室。

下午五点多，徐迟结束训练，回到休息室冲了澡，换完衣服才看到手机上温时尔发来的消息。

"星星发烧了，在医务室，你结束了过来一趟。"

一旁的周图南穿好鞋，朝他走过去："阿迟，晚上教练说聚……"

话还未说完，眼前人突然，跑没了影。

周图南喊道："哎！那晚上的聚会你还去不去啊！"

回应他的是休息室吱呀两声便合上的门。

等徐迟到医务室的时候，林疏星已经挂完水，正躺在病床上睡觉。温时尔坐在一旁玩手机，见他过来，收起手机伸了个懒腰："就发烧，没什么大事，她就没让我去找你。"

"谢谢。"徐迟松了一口气，"这里我看着吧，你们晚上是不是还有课。"

温时尔点点头，轻手轻脚地走了出去。

医务室里暖气打得足，徐迟一路跑过来，这会儿热得很，刚把外套脱下来，林疏星就醒了。

徐迟搬了椅子坐过去，低声问道："要不要喝点水？"

兴许是烧得厉害，她的眼尾有些湿润和泛红，看起来可怜兮兮的："不想喝，有点难受。"

"发烧了。"徐迟拿手摸摸她脑袋，还有点烫，想了想还是起身给她倒了杯热水，"喝点。"

林疏星只喝了几口。

徐迟把水杯放到一旁，手伸到被窝里勾住她的手指，低声哄道："再睡一会儿，晚点我们再回去。"

"嗯。"林疏星没什么力气说话，强撑了会儿又睡着了。

房间里很安静，徐迟等她睡着了，慢慢把手抽出来，坐在一旁盯着她的睡颜，不知道在想些什么。

墙上的时钟走过一圈又一圈，等指针指到数字七的时候，他深呼吸几次，从口袋里摸出手机给徐培风发了条微信。

"二哥，我不想去了。"

林疏星这场病来得有点凶猛，连着两天高烧不退，到第三天的时候才慢慢退下去。

辅导员特意给她批了一个多星期的假，白天她就在医务室挂水，中午徐迟接她回家，下午他训练，林疏星就在家里躺着。

至于徐迟发给徐培风的那条微信。

徐培风当时就给他回了俩字："胡闹。"

过了大半小时，他又回了一条："我这阵子忙，等我忙完再说。"

显然是已经冷静下来了。

后面倒也真的没了消息，徐迟也落得个清净，正好也趁着这段时间再好好考虑这件事。

林疏星在家躺了几天，再回实验室的时候已经是十二月份了。

这忙碌而充实的一年又要过去了。

到了期末，还是跟往年一样，考完试就是寒假。

今年南城的气温低得很，难得下了几场大雪，学校也就没有再给参加实验研究的学生增加什么集训，直接大手一挥，放了假。

离校前一晚，徐迟想到暑假和老爷子提到的事情，看了眼正在一旁收拾行李的林疏星，起身走了过去，把她放在一旁的两件羽绒服给塞了进去，顺其自然地提道："今年跟我回去过年吧。"

林疏星疑惑地看着他："不是每年都跟你回去过年吗？"

徐迟头也没抬，把行李箱的拉链拉好，拍腿站起来："是回大院，爷爷奶奶那边。"

林疏星默默消化他说的，低头想了会儿，应道："好。"

徐迟闻声回头，眼底的情绪浮动万千，心里有着说不出的温暖，他朝林疏星钩钩手指："过来。"

"干吗？"

他张开手臂，压低了声音说话："要抱抱。"

啊……真的是。

在一起这么久了，林疏星最受不了他突如其来的撒娇，每次只要他这么说话，她就拿他没有任何办法。

这会儿她乖乖起身走到他跟前，脑袋贴着他温热的胸膛，有些无奈："好好好，抱抱。"

徐迟随意懒散地笑了声，手掌扣着她脑袋揉了几下，随即把人摁在行李箱上，柔软的指腹捏着她的下巴，低头亲了上去。

他的动作有些猛了，要不然林疏星坐着的行李箱也不会往后滑了一截，还好她及时踩住了，才没让他亲了个空。


小年夜。

徐迟和林疏星坐上了回平城的高铁，大雪天气，机场很多航班都停飞了，其中就有回平城的，而坐火车得要八个多小时。

徐迟买的是特等座，座椅什么的都是比较优质的，车厢内也都比较安静，两人戴着耳机看电影，偶尔沟通一下剧情。

窗外是飞逝的景色，路过连绵的群山，远远望去，铺在上面的皑皑白雪像是一条盘踞的龙。

列车突然进入一段山洞，车厢内猛地没了光亮，林疏星下意识惊动了一下，下一秒，徐迟握住她的手，暖意融融。

"别怕。"

她无声地笑，不肯承认："没怕。"

徐迟轻哼了一声，作势要收回手，林疏星连忙拉住，十指紧扣，到下车也没松开过。

出了高铁站，林疏星隔着很远就看到站在马路对面，举着牌子的许糯，上面用黑色记号笔写着她和徐迟的名字，中间还故意画了个爱心。

这倒不是关键，主要是她的牌子比一般的要大，举在人群里异常扎眼，不知道的还以为是来接什么大明星。

林疏星一脸黑线地跑过去，拉着她胳膊把牌子放了下来："你下回干脆拉个横幅算了。"

许糯笑哈哈地把牌子收起来："你别说，我一开始还真有这想法。"

徐迟从后面走过来，听见这话附和了一句："上道。"

许糯扬眉："是吧。"

林疏星懒得在这个问题上纠结什么，随口问道："这半年在英国感觉怎么样？"

"还行，挺悠闲的。"许糯打了几个哈欠，"就是时差比较难倒。"

她刚去英国的时候，因为忘不掉周一扬，常常失眠，到早上才能匆匆睡两三个小时，后来那边的室友给她介绍了个心理咨询师，失眠的状况才好了许多。

只不过，这些她谁都没说。

林疏星不动声色地看了她几眼，她比暑假那会精神多了，气

147

色也好了很多，就是眼底一圈青色太明显了。林疏星问道："你要不先回去睡一觉，晚上也可以吃饭啊。"

许糯摆摆手："没事，我就是刚回来，时差倒不过来。"说着，又打了两个哈欠。

"行吧。"

三个人先把行李送回徐迟在学校附近的住处，然后去学校旁边新开的一家火锅店吃饭。

因为是寒假，店里面坐满了人，还有一部分穿着平城高中的校服，估计是高三补课的学生。

许糯拿了号，前面正好空了一个四人桌。

三个人由服务员领到座位。

热火朝天地吃完火锅，徐迟起身去结了账。

出了火锅店，许糯提议去学校里面转转，林疏星没什么意见，倒是徐迟，被林嘉让给叫走了。

说到林嘉让，这人也是稀奇，高中毕业后，他家里人把他送去了国外，也不知道是不是开了窍，学习跟开了挂一样，今年刚拿到哈佛大学的通知书。

原本徐迟还想叫着林疏星和许糯一块过去，但一想到周一扬估计也在，也就作罢了。

临走前，徐迟交代了句："你们早点回去。"

林疏星挥挥手："知道啦，你少喝点酒。"

"行。"

等他走了，许糯发自内心地感慨道："真好，你们两一点都没变。"

林疏星知道她是想到了什么，故意打趣道："哪里没变了，你没发现徐迟变胖了吗？"

许糯白了她一眼："刚刚还你侬我侬，这人一走，你背后就

148

这么黑人家，不好吧。"

林疏星："……"那我是为了谁嘛！

小年夜过了没几天就是除夕。

徐迟提前和家里两个老人打了招呼，今年除夕带女朋友回家。

徐老太太那个高兴啊，前天晚上就在给未来孙媳妇收拾房间，第二天一早，天还没亮就爬了起来，和家里的阿姨出去买了一堆食材。

晚上八点，老太太直接带着人等在大院门口。

八点四十多，一辆出租车停在路边，徐迟站在车边，居高临下地看着坐在车里不肯下车的林疏星："你到底下不下？"

林疏星狂摇头："不下。"

本来是不紧张的，但随着距离越来越近，林疏星心里就跟敲鼓一般，紧张到腿软。

两人还在僵持，那边徐老太太已经迎过来了。

"阿迟。"

徐迟扶着车门扭回头："奶奶。"转而又看向车里的林疏星，挑了挑眉，"真不下？"

林疏星用了三秒做了个心理建设，动作迅速地从车里钻出来，站到徐迟旁边，声音轻轻的："奶奶好。"

"哎，好好好。"徐老太太笑得眉眼都眯起来了，很熟稔地挽住林疏星，"外面冷吧。"

"还好，我穿得多呢。"

老人问什么，林疏星答什么。

等到了家，老爷子也早早就等在了客厅，林疏星和徐迟乖乖地问了好，被安排在老爷子旁边，陪着一起看军事新闻。

快十点钟的时候，徐家几个小辈都回来了，这其中就有徐培风。他一进门，先和两个老人问了好，又和林疏星打了声招呼，最后把徐迟叫了出去。

老太太怕林疏星和几个大老爷们在一起拘谨，把人带进了厨房："家里这一脉下来，全是男孩子。阿迟母亲怀他的时候，我和他爷爷左盼右盼，就祈祷这是个女孩。

"他爷爷年轻的时候当兵，到老了也信了佛。阿迟出生之前跟我去了几趟寺庙，结果出生那天知道是个男孩，他到现在都再没去过一趟庙里。"

林疏星听着好玩，笑了笑："爷爷还蛮可爱的。"

"古板起来的时候也比谁都古板的。"徐老太太轻叹了声气，"阿迟他命不好，母亲去世得早，原先跟我们也还好。后来他父亲娶了人，他就闹脾气，怨他父亲，也怨我跟他爷爷，跟我们也不比他外公那边亲厚了，连他爷爷七十大寿那天都没回来。"

徐老太太停下手里的动作，看着林疏星："幸好是遇到了好姑娘，这么些年，脾气也好了很多，跟我们也亲近了许多。"

林疏星抿了抿嘴角，不知道怎么安慰，只好开口道："徐迟他很敬重您和爷爷的。"

徐老太太抬手抹了抹眼角，低头继续拾掇手里的东西："阿迟他是个好孩子，就是有时候脾气太倔了，要是让你受了委屈，你跟我们说，我替你教训他。"

"不会的，徐迟对我很好。"林疏星看着面前的老人，无比认真地说道，"他比任何人都好。"

除夕夜徐家大院难得热热闹闹的，小辈们都从天南地北赶了回来，满满当当坐了一大桌。

吃完饭，家里几个小孩子对新来的小婶婶充满了好奇，全都围着林疏星吵个不停。

林疏星笑着从口袋里抓了一把糖果，然后分给他们。

小孩子吃了糖，玩得兴起，非要拉着林疏星去外面的空地上放烟花："小婶婶，我们一起走呀。"

林疏星没辙，只好被他们拉着走出去。

院子外面有一整片空地，几个小孩子屁颠屁颠地从家里拿了好几捆仙女棒。林疏星帮他们分好仙女棒，最后是一人手里抓了两根。

火星噼里啪啦往外冒，几个小孩玩得不亦乐乎。

差不多玩了二十多分钟，林疏星看时间差不多了，就带着几个小孩往回走，迎面碰到出来找他们的徐迟。

其中一个小男孩看到徐迟，撒腿就跑了过去："小叔叔！"

徐迟正准备给林疏星发消息，听到声音还没反应过来，腿就给人抱住了。他收起手机，把人抱起来颠了两下，嗤笑道："徐念辉，你爸是不是又背着你妈给你买零食了？我都快抱不动你了啊。"

小男孩嗤嗤笑着，在徐迟怀里乱动："我已经好长时间没吃到大鸡腿了！妈妈不给我吃，还让爸爸不带我去吃。"

"你妈做得对，再吃你就成小胖墩了啊。"

说话间，林疏星带着人走了过来，徐迟把怀里的小孩放下，空出手去牵林疏星："去哪儿玩了？"

"前面放烟花去了。"林疏星在他手心划拉两下，"松开吧，这都是小孩子呢。"

徐迟笑了一声，没答，顺势把两人交握的手一起放进了他外套的口袋里："走吧，回去了。"

距离新的一年还有两个多小时，一大家子人都坐在客厅里看春晚，有说有笑地等着新年的到来，气氛热闹融洽。

十一点左右，门口传来汽笛声。

过了半分钟，家里阿姨从外面匆匆跑进来，看了看两位老人，又看了看徐迟，欲言又止。

老爷子倒是没说什么，随口问了句："谁回来了？"

"是穆国。"阿姨又看了下徐迟，才迟疑道，"带着一家人一起回来了。"

话音刚落下，屋里说话的声音顿时小了下来，只有仍在播放的电视机里时不时传出阵阵笑声。

徐老太太先发了话："阿迟，你带小星去楼上待会儿。"

林疏星看了眼徐迟，他神色淡淡的，看不出什么情绪。

她嘴唇抿了抿，伸手握住他的手，轻轻地捏了一下。

徐迟攥紧了她的手，什么也没说，大概僵持了半分多钟，他带着林疏星去了楼上。

房间在二楼的楼梯口，关上门也能隐约听到楼下的动静，开门进门声，一阵脚步声，接着是几句问好，后面的声音就听得不大清楚了。

林疏星收回注意力，刚想张口说话，门口便传来一阵敲门声。

她看了眼徐迟，后者只顾着垂头摆弄手里的飞机模型，丝毫没有起身开门的迹象。

林疏星无奈叹了声气，只好自己去开门。

门外是家里的阿姨，手里端了些小吃，还有两碗刚煮好的莲子羹。

见是林疏星来开的门，阿姨温和地笑了笑："老太太怕你们在屋里待着饿，让我上来给你们送些吃的解解馋。"

林疏星伸手接过："麻烦阿姨了。"

阿姨偏头朝屋里看了眼，叹了声气，随即又自若道："行，那你们玩吧，我先下去了。"

"好。"

林疏星把吃的端进屋里，放到桌上，转而坐到徐迟身旁，温声问道："要吃点东西吗？"

徐迟摇摇头，没作声。

林疏星抿着嘴角，从沙发上起身，在屋里转悠。看了几张照片后，她突然折回去从后面抱住了徐迟。

一个很用力的拥抱，将他整个人搂在怀里。

林疏星下巴搭着他的肩膀，说话时有温热的呼吸在他颈间萦绕："我不知道该说什么，就只能抱抱你。"

你别难过，你还有我呢。她在心里默默念道。

徐迟的目光闪烁了一下，手里的动作也停了下来，轻轻地抿了抿嘴角，终于开了口："我没事。"

"我知道。"林疏星索性直接趴在他后背上，胳膊搂着他的脖子，"我就是想抱抱你。"

徐迟把手里的飞机模型放到一旁，伸手拉着她的手腕，侧过身，顺势把人抱在了怀里。

林疏星盯着他的下巴，仰起头亲了一口，笑意盈盈地看着他："也想亲你。"

徐迟垂眸看着她，弯唇露出松散的笑容，蓦地提起别的话题："前些天见面的时候，林嘉让说，过完年弄个高中同学的聚会，让我问问你什么意见。"

林疏星正把玩着他之前摆弄的模型，闻言眼睛一亮："同学聚会？我没意见啊。"

徐迟"嗯"了一声，伸手替她把机翼给拼了上去，不着边际地又提了件事："周一扬谈了个新女朋友。"

"咔嚓——"林疏星手一用力，弄掉了一个小零件："你刚说什么玩意儿？"

徐迟瞥她一眼，低头捡起零件，漫不经心地重复了一遍："周一扬谈了个新女朋友。"

林疏星皱着眉："你见着了？"

徐迟迟了几秒，才点头说："见了。"

"好看吗？"

徐迟煞有介事地回忆了下，没想起来："没印象了。"

林疏星轻哼了一声，倒也没再多说什么。

徐迟略一挑眉，对于她这样平静的反应表示稀奇："怎么，今天不骂人一句了？"

林疏星懒得搭理："他不配。"

徐迟："……"

两人在房间里有一搭没一搭地聊了会儿，差不多快到十二点的时候，老太太亲自上楼来叫他俩下去。

徐迟没动，问了句："他走了吗？"

徐老太太顿了下，委婉地解释了起来："今天毕竟是除夕，你爷爷也不好赶人走。"

徐迟"嗯"了一声，转身收了几样东西装在包里，沉声道："那我们就先回去了。"

"阿迟，你这……"

"奶奶，您也别劝我留下了，我也不想让您和爷爷为难。"徐迟从一旁拿起林疏星的外套递给她，"走吧，我们回家。"

林疏星乖乖地穿上外套，和老太太告了别。

两人下了楼，在走廊的徐培风先看到徐迟手里提着的包，轻喷了声，快步迎了上去，把人堵在楼梯口："怎么着，大半夜的还要往外跑？"

徐老太太跟在后面下来："是啊，这么晚了，你们出去也不好坐车啊。"

徐迟没作声，林疏星也不好说话。

站在一旁的徐培风无奈笑了声："走吧，我送你们回去。"

"培风！"徐老太太不乐意地叫唤道。

徐培风"哎"了一声，揽着老太太的肩膀安慰道："奶奶，您看怎么多年了，阿迟他什么时候给过大伯好脸色，你怎么着也让人大伯过个舒坦的除夕吧。"

林疏星也是佩服徐培风，这会儿还有开玩笑的心思。

僵持了片刻，老太太也只好妥协："那你把他俩安全送回去。"

估摸着是早料到徐迟不会留下来，老太太上楼前就在口袋里揣了两个红包，还全塞给了林疏星："你头一回来我们这里过新年，还让你这么来回折腾，奶奶心里真是过意不去。这是我跟阿迟爷爷的一点心意，你拿着。"

林疏星推脱着不收，但老太太态度强硬，她也只得收下，礼貌地道了谢："谢谢奶奶。"

"行吧，路上注意安全。"老太太看着徐培风，叮嘱道。

徐培风笑着应下："我知道。"

"那走吧，我去和你爷爷说一声。"老太太往客厅走，徐培风领着两人往大门口去。

刚走出没几步，就听见屋里一阵声响，像是什么碎了的声音。

林疏星脚步顿了一下，还没说什么，就听见走在前头的徐培风说道："没事，老爷子年纪大了，见不得人不听话。"

林疏星"嗯"了一声，握紧了徐迟的手，他也一样回握。

一路飞驰，一点多的时候，车子在小区门口停下，徐培风解了安全带，跟着两人一起下了车。

许是新年，大半夜的路上没有什么人。

徐培风看着眼前的两人，想说些什么，到最后也只是摆了摆手："上去吧，我回去了。"

"二哥。"徐迟抬眸对上他的目光，张了张唇，"新年快乐。"

徐培风蓦地嗤笑了一下，跟小时候一样在他脑袋上轻拍了一下：“快滚。”

林疏星朝他笑了一下：“二哥再见。”

徐培风“嗯”了一声，突然伸手帮她弄了下羽绒服的帽子，随即往后退了步，漫不经心地说道：“我看着有点歪。”

林疏星有些莫名，抬手往后抓了下帽子：“谢谢……二哥。”

“行，你俩上去吧，我走了。”说完他往后一转，几步便没了身影。

到家之后，林疏星喝了杯水才脱下外套，随手往沙发一丢，突然一个红包从帽子里掉了出来。

她一愣，坐在沙发上的徐迟看到红包，弯腰捡了起来。

红包薄薄的，里面塞了张银行卡，还有一张字条，字迹龙飞凤舞，笔锋锐利。

——密码是阿迟生日，当哥的一点心意，别见外。


过完新年，徐迟又带着林疏星去了趟杉城看望外公，两人在那里小住了一个多星期。

回来的第二天就是同学聚会，地点定在平城高中附近的云来酒店。

云来酒店是他们上高中那会儿常去的云来小饭馆，他们毕业后老板把上面三层楼给买了下来。饭馆的位置好，客流量大，逐渐成为这一带比较有名的招牌，来往的客人也多了些有身份的人。

林嘉让在高中时候就比较有号召力，这次同学会更是体现了他这个能力。班里当时五六十人，他叫来了四十多个人，没来的那部分同学还是因为临时有事赶不及回来。

酒店的位置离林疏星他们住的位置不远，所以他俩反倒是最后才到的。

还没进包厢就听见里面传来的吵闹声，毕竟曾经都是一个班的学生，毕业三年之久，现在再见面，多少隔阂都成了过眼云烟。

林疏星和徐迟推门进去，坐在人堆里的林嘉让吆喝了声："哎哟，这俩是谁啊？"

周围人理所当然地笑着，林嘉让自己给自己接茬："可不是我们的大班长和她的小跟班吗！"

起哄声不断。

徐迟还是跟高中的时候一样，顺手抄起柜台边上的单页朝林嘉让丢了过去："找打啊你。"

"不不不，迟哥还是我们迟哥。"

林嘉让笑着躲开，林疏星松开徐迟的手，坐到许糯那边，看着这一屋子闹腾的男生，好像又回到了高中的时候。

毕业三年了，大家似乎都没有什么变化，大学还没有将他们身上的稚气磨干净。

吃饭的时候，包厢里摆了两张桌子，熟悉的挨着熟悉的坐，林疏星依旧被徐迟和许糯夹在中间。

男生喝酒，女生喝果汁。

气氛烘托着，林疏星也没拦着徐迟让他少喝点，只是趁着没人注意，偷偷往他的空杯里添了几次白水。

看着跟白酒没什么区别。

徐迟偏头看她一眼，白皙的面孔沾染了点点醉意，微微泛着红，看着她的动作也不阻拦，只是在桌底偷偷抓住了她的手。

同学聚会的老套路，吃过饭必定要去 KTV 吼一吼才算圆满。

KTV 还是以前的老位置，和云来饭店隔着马路。林嘉让订了个豪华包厢，四十多人待在里面也不显得拥挤。

林疏星不大唱歌，和许糯一起坐在女生这边聊八卦，男生们要了扑克，围着包厢里的大桌站开。

余下的人，唱歌的唱歌，聊天的聊天，气氛融洽而温暖。

到十点左右，有几个人提前离了场，徐迟也从牌堆里撤出来，坐在林疏星身旁，手往她口袋里一塞。

林疏星偏头看他，手顺势往口袋里摸了摸，随口问道："什么呀？"

徐迟明显有点喝多了，气息温热，凑到她耳边低语："钱。"

林疏星一顿，还没说什么，又听见他献宝似的说道："刚赢的，给你了。"

她蓦地笑了一声，端起自己的果茶递给他："喝点？"

徐迟摇摇头，抬手抹了把脸："我去趟卫生间。"

"我陪你一起？"

"一起进去？"

林疏星："……"

徐迟起身，林嘉让正好过来和他一起勾肩搭背地走了出去。看样子，两个人都有点喝多了。

林疏星也没管了，转过头，坐在对面的女生看着她，感慨道："这么多年，你们俩还这么好，我又开始重新相信爱情了。"

林疏星笑了笑，没有说什么。

聚会十一点多结束，林嘉让把每个人安排得明明白白，然后直接扒在路边的垃圾桶上，吐了个昏天暗地。

徐迟这会儿倒是清醒了，把人扶起来，叫了车又付了车费："师傅，麻烦您了，给人送到家。"

"好。"

等出租车走远了，他才和林疏星转身往回走。路过旁边的药店，林疏星进去买了两盒醒酒茶。

两人并排走在路上，徐迟勾着她的手放在自己口袋里，看到小区楼下的馄饨摊，提议道："要不要吃点夜宵？"

"成啊。"

一人点了一碗鸡汤小馄饨。

徐迟大概是饿了，几口就吃完了，坐在旁边垂眸看着她，脑海里想的却是另外一件事。

除夕那天回大院，徐培风跟他谈了一个多小时，主要是关于他决定不去当兵这事。

最后徐培风也没多说什么，只留下一句"你自己再好好考虑吧"。

这会儿徐迟借着余下的一点酒意开了口："你觉得我去当兵怎么样？"

林疏星愣了一下，没反应过来："什么？"

徐迟喉结滚动，不知道怎么再说第二遍。

林疏星沉默着放下手里的瓷勺，手指无措地扣着桌子上的一小块凸起，视线落在一旁，没有说话。

大概过了十多分钟，她重新抬起头看着徐迟："你还记得高中的时候，你瞒着我去参加校队，我和你说过什么吗？"

徐迟想了下，说了什么？

她说——

"这是你自己的选择，如果你觉得这样好，那我就尊重你的决定。"

林疏星定定地看着他："现在我也是一样，只要这是你觉得对的选择，那我就尊重你的选择。

"徐迟，我不是小孩子了。"

很多年后，当徐迟再想起今天时，这漫长的十几分钟，始终是他人生里最难以忘怀的时刻。

## 第六章 我们结婚吧

一旦做出了决定，事情好像就变得简单了许多。

大三下学期开学之际，林疏星回学校办理了交换生手续，以单向交换生的身份从南城去往首都医大，参加为期一年的实验学习。

徐迟则留在医大继续校队训练，并且在徐培风的监督下，增加了部分部队里的训练模式。

两个人头一回经历正儿八经的异地恋，靠着手机联络感情。

刚到首都的时候，林疏星几乎受不了这里干燥的天气、时常刮起的大风。更重要的是，这里没有徐迟。

可这仅仅只是开始，往后还有更长的时间。

这天是周六，首都早早入了夏，满校园的树木郁郁葱葱，阳光从窗户照进宿舍的时候，林疏星已经和温时尔去楼下跑完了八百米。

她们虽然是交换生，但正常的课程还是有的，比如学校过阵子的八百米测试。

这是林疏星的弱项，为了不耽误学分点，她只能每天早上在温时尔的监督下去操场跑步。

这会儿她俩从操场上回来，洗漱干净后，便坐在宿舍看实验报告。

八点五十。

另外两个室友从床帘里钻出脑袋，看到摆在各自桌上的豆浆油条，感慨了一句："你们俩这一大早上当劳模呢。"

林疏星笑了笑："快起来吧，豆浆都快凉了。"

"成。"

宿舍里另外两个室友都是北方人，跟林疏星和温时尔一样，是一个学校的，只不过不同班级。

这次从几大高校的初试选拔里选出来的学生，只有十个女生，另外几个住在隔壁。

林疏星说完话，重新把注意力放到了报告上，桌上电脑开着，右下角微信的图标闪了起来。

徐迟发来的微信。

"起床了吗，起床了就下来一起吃个早饭。"

林疏星蒙住了，手指在键盘上敲着："你来……"

还没敲完，那边估计是看到她的微信状态，像是为了证明她的猜测，迅速发了条微信过来。

"在你宿舍楼下。"

林疏星倏地站起来，拿上挂在一旁的包急匆匆地就往外跑，带着椅子都往后挪了一段。

室友洗漱完进来，看着她的身影啧啧舌："这速度，还用担心跑不过八百米吗？"

温时尔在一旁悠闲地接了话："那也得看是什么人站在终点。"

林疏星只花了五分钟就跑下了楼，看到站在楼下的人，直接跑过去扑了个满怀，言语之间透露着欣喜："你怎么过来了啊？"

"看升旗。"徐迟伸手兜住她，"培养我的爱国情怀。"

林疏星："……"

其实也不全是，徐培风这两天在这边出差，临走前顺道把他就给捎来了。凌晨三四点没事，徐培风还突发奇想地把他带到天安门，看了场正儿八经的升旗仪式，这才把人放了。

徐迟早上没吃，林疏星带他去食堂吃了点东西。两人边吃边聊，顺便就提到了他要去当兵的事情，她随口问了句："你什么时候去部队？"

"九月份吧。"徐迟吃完最后一个包子，擦了擦嘴，"具体的报名流程还没开始。"

"确定能去吗？"

徐迟没反应过来："嗯？什么意思？"

"不是说体检不合格的就不能去了吗？"

徐迟哼笑了一声，屈指在她额头上敲了下："是不是学傻了，忘了我的特长了？"徐迟拍拍手站起身，"走吧。"

"去哪儿？"

"难道你不打算带我逛逛你的校园，林女士？"

林疏星差点一口气被噎住，起身在他腰上掐了一把，自顾自往前走："走吧，徐先生。"

周日晚上徐迟跟着徐培风的车回去，他一走，林疏星就像是被戳破了的气球，没了精神。

之前没见着的时候，怎么想都是另外一回事，可只要见了一面，她感觉自己的灵魂好像都跟着徐迟一块回去了。

但好在没过多久就是考试，她这个萎靡不振的状态也就停留了几天，便重新投入紧张的学习当中。

徐迟从首都回来之后，也比之前忙了很多，除了日常的训练，周末徐培风还会特意带他去野外徒步，一走就是百八十公里。

忙碌的生活逐渐冲淡了对彼此的思恋。

八月初，徐迟递交了大学生预征对象登记表，接着就是初审体检和各项审核，批准入伍名单出来的时候暑假已经结束了。

医大把批准入伍的名单放到校内的公告栏，贴了一个星期。

徐迟特意拍了张照片发给林疏星："你说我要是把这个名单发给老陈，他会不会觉得我是在糊弄他？"

老陈是他们以前高中的班主任，陈儒文。

那时候，徐迟在陈儒文眼里就是不学无术且乖戾嚣张的富二代，陈儒文没少在班里批评徐迟，说他的名字除了班里的点名册，最常出现的就是教学楼底下的公告栏。

可谁又能想到呢，六年前那个不学无术的少年，有一天会成为保家卫国的好男儿。

林疏星是深夜从实验室回到宿舍后才看到这条消息的。

一张大红的纸，用黑色的油墨写了几十个名字，她一眼就看到里面的"徐迟"两字，一撇一捺，看得出写字的人很有功底。

林疏星把照片存到了手机里，点开聊天框："老陈只会觉得这大概是老天终于开眼了吧。"

这会儿已经是凌晨了，林疏星也没指望徐迟能及时回消息。她发完消息之后就放下手机，然后拿着睡衣进了浴室，花五分钟洗了个澡。

新学期开始，实验室的任务量猛增，他们每天的时间几乎都是从海绵里挤出来的，像吃饭洗澡这种小事，就只占了一个小时左右，甚至更少。

等全部都收拾好熄灯，都已经是凌晨两点了，林疏星随便梳了两下头发，匆匆爬上床躺着。没过多久，她突然想起来什么，伸手拿过放在一旁的手机。

徐迟半个小时前回了消息："这么晚还没睡？"

林疏星换了个姿势，侧着身敲手机："已经准备睡觉啦，你怎么这么晚也没睡？"

徐迟还在线，给她发了张夜晚星空的照片，回道："被我二哥拉到山里面来了。信号不太好，你早点休息，过几天我去看你。"

随后又是一条只有一秒的语音，林疏星从枕头底下摸出耳机插上，点击播放。

那边传来徐迟的声音，有些低沉。

"乖，晚安。"

徐迟倒真没有诓她，没过多久他就来了趟首都。不巧的是，那几天林疏星和教授在外地参加研讨会，这一面没见上。后面各自的时间也都凑不到一起，见一面的事情就耽搁下来了。

这一耽搁就到了九月底，徐迟到了要去部队的时间。出发的前天晚上，徐迟特意来了趟首都医大，陪林疏星吃了顿晚饭，之后两人在学校的操场散步。

首都已经入秋，到了晚上气温比白天要低很多，偶尔有风，凉意似乎更加明显。

林疏星下午从宿舍出来只穿了件单薄的线衫，这会儿站在四处毫无遮挡的操场，只感觉凉飕飕的。一阵风吹来，她忍不住打了个寒战。

徐迟察觉到她的动作，停下脚步，把外套脱下来穿在她身上，低头替她将拉链拉好，然后毫无预兆地开口："我明天就走了。"

林疏星最开始还没反应过来，以为他说的是从这里回平城："啊，可是我今天晚上要查寝，不能陪你了。"

徐迟拉了拉她的衣领，低声说："不是回平城。"

林疏星怔住了，张张嘴却什么都说不出来，脑袋里一片混乱。

过了很长时间，她才问了一句："明天什么时候走？"

徐迟紧咬了下牙根，松开近乎要抿出一道直线的唇，尽量将语速放缓："明天早上七点半的火车。"

"去多久？"

"两年。"

说完两个人都沉默着。

林疏星低垂着脑袋，无措地踢着脚边的石子，踢着踢着眼泪就流了出来，吧嗒吧嗒地掉在地上。

她以前不是没想过这件事，那时候只觉得还早，可从未想到这一天来得如此之快。

她毫无防备就要接受他将要离开这么长时间。

林疏星觉得接受不了，有一瞬间她甚至不想让徐迟去部队。

她难过，徐迟也不好受，可这条路是他自己选的，他必须走下去，不仅仅是为了自己，更是为了他们两个人的未来。

徐迟盯着林疏星看了许久，忽然抬手将她搂进怀里，有些无可奈何："两年的时间很快就过去了，你在这里好好的，不要不吃早餐，晚上记得早点睡。我会争取早点考上军校。你乖乖的，嗯？"

林疏星的脑袋抵着他的胸膛，没有说话。

徐迟又说："要是想我了，就给二哥打电话，他会带你来见我。只是你不能太想我了，二哥平时也很忙的，你只要每天想我一点就好了。"

他絮絮叨叨地交代着，说得多了，林疏星哭得更凶了。

到最后，徐迟没辙了，口不择言道："你别哭了，我不去了还不行吗，这兵我不当了。"

林疏星说什么都抱着他不肯撒手，哭声也不见消减。

就这么磨了大半个小时，她才停下来，伸手抹了抹哭红的眼睛："你走吧，我回去了。"

徐迟拉住她的手腕，微微用力，温热的胸膛贴着她的后背，下巴抵着她脑袋，轻声说道："听话，嗯？"

林疏星觉得自己泪腺已经完全失灵了，他说一句话，她的眼泪就忍不住往下掉，怎么也控制不住。

可能怎么办呢，这条路是一定要走下去的。

她深呼一口气后，攥紧手指用力到有些发酸，压下心里涌起的所有难过："知道了。"

道别的话没有再多说，这个平凡的夜晚因为分别，注定会多了些遗憾和不圆满。

徐迟走了很长一段时间，林疏星才渐渐习惯没有他陪伴的日子，习惯了每天晚上回去都会在微信上把当天的所见所闻都写给他看，习惯了有什么委屈什么苦都自己往回咽，习惯了每次给他打电话时传来机械的女音。

好在课程任务量重，平时她也没有多余的时间去想徐迟，日子就这样不咸不淡地过着。

到了十二月下旬，所有在首都医大做交换生的课程结课，最后一场考核来临。

跟前两次考核不同的是，最后一次考核是先面试再笔试。

由实验室的几个总教授面试选出表现优异的前十五名参加笔试，没有进入前十五名的学生，直接淘汰。

另外，学生的面试成绩占总成绩的百分之八十，笔试只占余下百分之二十。

面试成绩当天下午就出来了，林疏星排第五，不算特别好，但也不算差。只要笔试不出差错，应该还是有机会的。

然而不赶巧的是，考试前两天，林疏星突然发了烧，笔试的那天早上还在医务室挂水。

这一场病来得太不是时候了。

考完试之后，所有参加这次项目考核的学生都提前放了寒假，录取结果将在一个月之后公布在各学校的官网上。

离开首都的前一晚，医大特地办了场欢送会。

平日里忙着课程鲜少交流的同学，在此时此刻反倒有了些难舍的情绪。这一年相处，虽说大家明着是竞争对手，可私底下也有不少是挚友。

林疏星受这氛围影响喝了几杯白酒，脑袋一时间昏昏沉沉的，似是在恍惚间听到了徐迟的声音，等到回过神来，却也只是幻想，她不禁觉得有些鼻酸。

这半年多来徐迟几乎是毫无音信，林疏星有时候想得心慌了，也会给徐培风打个电话，随便聊上几句，问问近况，却从来不让徐培风把电话交给徐迟，哪怕有时候他可能就在电话那边。

她怕一旦心软了，想要的就更多了，这一点徐迟也清楚。

欢送会结束之后，林疏星把行李打包寄回去，然后跟着温时尔一同去了大西北。


大西北的冬天白茫茫一片，草原的天空上偶尔可以看见几只盘旋的雄鹰。

不似南方刺骨的湿冷，这里的冬天来得明烈而直接，大片的雪花如瀑布般落下。

林疏星和温时尔在民宿里住了小半月。

新年来临之际，温时尔被父母催促，不得已踏上了回程的火车，而林疏星则留在这边，和民宿里来自天南地北的旅客一起跨年。

晚上民宿安排了烟花展，林疏星被同楼层的小姐姐拉去了外面的露台。已经快要到十二点，露台周围都是人。

夜色浓重，每个人的脸上都带着对新年的期盼，林疏星听着小姐姐和朋友说电话，抬头看着不远处黛色相连的山影，轻轻地呼出一口气。她摸出手机，点开微信置顶的聊天框，发现从十月份开始就只有她一个人在说话。

她习惯每天跟他说早晚安，习惯和他说每天的所见所闻。久而久之，这些消息也就多了起来，林疏星花了一分多钟才看完自己以前发的微信。细细想来，平常他在的时候，她好像也没有这么多话可以说。

周围的吵闹声愈加激动，倒计时进入最后三分钟。

林疏星刚准备收起手机，徐培风突然打了个电话过来，这时候倒计时还有最后一分钟。

林疏星接通电话："二哥。"

那头安安静静的，没有应答，只隐隐听见呼吸的动静。

她像是明白了什么，刚想开口说些什么，身旁的动静越发变得热闹起来。

"十、九、八……三、二、一！"

"新年快乐！"

伴随着耳边炸开的响亮欢呼声，电话突然断了。

林疏星茫然地看着断线的电话，显示栏里突然跳出一条微信。

"新年快乐。"

——来自那个半年都毫无动静的置顶聊天框。

——来自徐迟。


半个月后，医大在校官网公布了录取名单，程序员小哥吸取了上次官网崩溃的教训，加强了服务器的稳定性。

这一次官网没有再崩了，林疏星很快就看到了挂在首页的录取名单，于归、赵一城、陈骁漾，却没有她的名字。

林疏星像是早就知道结果一般，平静地关闭了网页，在微信上给辅导员发消息说了这件事。

辅导员没说什么，只是安慰道："没有关系，往后还有更多别的机会，心里别有压力。"

"知道了，谢谢老师。"

今天是周末，宿舍里的两个女生一早就出去约会了，温时尔寒假的时候被父母叫了回去，之后便失去了所有消息，连开学报到都没有来。

此时此刻宿舍里静悄悄的，过了很长时间后，林疏星抬手抹了把眼泪。考试那天她在发烧，最后一道实验分析题她没有写完。

也许这就是命吧，偏偏在那个时间生了病。

可人生的意义不就在于此，众多缺憾与惊喜并行，没有谁会一帆风顺到永远。

林疏星在宿舍坐了一整天，直到夜幕降临，窗外传来吵闹的音乐，她才从乱七八糟的思绪里回过神，视线落到桌上的日历，才反应过来，原来今天是情人节啊。

林疏星扭头看了看窗外五彩斑斓的灯光，耳边萦绕着甜蜜的旋律，忽地有些寂寥地叹了声气。

过了许久，她穿上外套走了出去。

她也没有乱跑，在食堂随便吃了点东西，再去超市买了两罐啤酒，回了之前她和徐迟的住处。

今年开学之后，林疏星不习惯面对空荡荡的房间，索性直接搬回了宿舍，平时也只有周末才会回来住两天。

这会儿家里依旧静悄悄的，客厅的窗帘严丝合缝地拉在一起，没有一丝光亮透进来。

林疏星摁开了灯和暖气，换了鞋走进来，把啤酒放到茶几上。

她习惯性地摸出手机，打开微信和徐迟的聊天框，慢慢敲下一句话："今天我有点难过，喝一点酒应该也没关系的吧。

"我就只喝这么多。"

林疏星打开摄像头，拍了一张照片发过去。

发完消息，林疏星把手机放到一旁，开了罐啤酒，仰头喝了一口，冰凉的液体从喉咙里穿过，直抵胃里。

啤酒的度数也不高，只不过在这样的天气里，稍稍有些凉。

林疏星也没什么感觉，一口一口喝着，不一会儿一罐啤酒就喝完了。易拉罐碰到地板，发出沉闷的声响，她正准备开第二罐的时候，家里的门铃突然响了。

林疏星一开始以为是幻听，自顾自拉开易拉罐拉环，直到门铃声变成拍门声，她才回过神，认真听了几秒后，起身去开了门。

温时尔提着行李箱站在门外，头发剪短了，还染了颜色，是最近流行的灰色，宽大的男款卫衣套在身上，松松垮垮。

林疏星被她这个模样惊讶到，上下打量了半天才咂舌道："你……受什么刺激了？"

温时尔无所谓地耸耸肩："还能怎么样，就是没被录取，心情有点不好，加上刚被父母逐出家门了，心态崩了。"

林疏星一头雾水，侧身让她进来："被逐出家门了？你不是在跟我开玩笑吧？"

温时尔走进来，把行李箱随便往墙边一靠，坐到林疏星之前坐的位置，端起面前的啤酒，一口气喝了大半。

"没跟你开玩笑，就是被赶出来了。"她有些烦躁地搓了搓鼻梁，回头看着林疏星，"万鑫集团知道吗？"

林疏星略一沉思，点点头："知道。"

万鑫集团是南城有名的企业，其公司名下的地产、酒店、度假村都是南城经济发展的顶梁柱。

温时尔收回视线，平静地说道："万鑫是我爸，我随我妈姓。"

林疏星："……"

"我当初报医大是瞒着家里人的，他们都想让我学经商，将来好接手我爸的公司。"温时尔有些自嘲地笑了一声，"他们从来都不会考虑，我想要的是什么。"

林疏星还是头一回碰到这种豪门的烦恼，一时也不知道怎么安慰，只是坐到温时尔身旁，拿起剩下的一半啤酒喝完。

　　酒喝完了，林疏星想着要不要再下去买点，温时尔起身拉开行李箱，从里面摸出两瓶红酒出来。她还是头一回见到有人被逐出家门，不在包里塞点钱，而是塞酒的，还自带开瓶器。

　　温时尔把两瓶酒都开了，递给林疏星一瓶，瓶口碰了碰她的瓶口："这是我爸的藏酒，我出来的时候去他书房偷的。"

　　林疏星忍不住笑出声，刚拿起酒，就听见温时尔有些感慨地念叨："我爸要是知道，我把他这价值几十万的藏酒当成水豪饮，怕是要气昏过去了。"

　　林疏星差点手一抖，把酒瓶给掀了。有钱人的世界，果真是难以琢磨。

　　两个人喝到后半夜，不知道是不是受情绪影响，林疏星今晚喝了那么多酒，头脑依旧还是清醒的。

　　林疏星望着窗外的夜色，长长地叹了口气，起身把温时尔扶到沙发上躺下，又回房间给她抱了床被子，然后把地上的空酒瓶和易拉罐全都打包收了起来。

　　收拾好之后，林疏星躺在另一张沙发上，听着温时尔沉稳的呼吸声，丝毫没有睡意，就这么睁眼到了凌晨四点。

　　窗外渐渐有了动静，林疏星揉了揉有些酸涩的眼睛，困意席卷，然后卷了卷被子，换个姿势，沉沉地睡了过去。

　　早上六点，林疏星搁在桌上的手机嗡嗡震动起来，一阵接着一阵，睡在一旁的温时尔先被吵醒。她伸手摸到手机，也没看来电显示，接通电话，语气有些不耐烦："你再打一个试试？"

　　随即挂了电话。

　　一旁的林疏星只是微微皱了皱眉，翻了个身，继续睡着了。

　　与此同时，停在楼下的一辆越野车里，徐培风放下被挂断的电话，对着坐在一旁的徐迟挑了挑眉："这……"

徐迟开了一晚上的车，也就刚眯了半个多小时，这会儿抬手搓了搓有些发红的眼睛："应该是她室友。"

徐培风："有点儿意思。"

徐迟没什么心思说话，推开车门走了下去。

徐培风昨天晚上才收到录取名单，等去部队带徐迟出来的时候，时间已经不早了。

徐迟走得急，也没去班长那里拿手机，等车开上了高架，他拿徐培风的手机准备给林疏星打电话，徐培风让他看看时间。

那会儿已经是凌晨一点多了。

徐迟也就忍着没打电话过去，这一忍就到了早上，他迫不及待地打电话过去，却被挂了。

他有些不耐烦地踢了下路边的垃圾桶，早起晨练路过的老大爷看了他一眼，无声地摇了摇头。

徐迟在楼下又等了半小时，在打了几遍电话都没打通之后，直接在小区楼下找了开锁的，一起上了楼。

开锁的老师傅还没怎么睡醒就被人叫起来了，上楼的时候哈欠连天，回头看着这一表人才的俩小伙，忍不住叨叨了一句："你们是这里的住户吗？我可不做什么违法犯罪的事情。"

徐迟把徐培风推了出去："这穿着军装呢。"

"这年头骗子的手法可多了去呢，我怎么知道你这衣服是不是从哪里买来的。"

徐迟懒得跟他啰唆，到了楼上，直接指着那道门，狠着脸色道："你开，出事了找我。"

老师傅呵呵笑了一声："开开开，马上开，我这不是没睡醒，开个玩笑醒醒神吗。"

徐培风跟在后面嗤笑了一声，站到走廊的窗户旁，手臂虚搭着窗沿，修长的指间夹着根刚点燃的烟，背脊的线条挺直，身形颀长。

开锁的动静不小，把睡在客厅的两人都吵醒了。温时尔一手掀开盖在脸上的被子，有些迷糊地抓了抓头发，不知道是什么情况，睡在对面的林疏星同样是有些发蒙。

"搞什么呢，这么大清早就装修。"温时尔踢开被子，赤脚走到门口，伸手去开门。

不想她的手刚挨上门把，外面的老师傅刚刚卸了最后一个螺丝，她一碰，门把直接哐当一声，掉在地上了。

温时尔："……"

接着门就从外面被打开了，徐迟和站在后面的徐培风都看了过来。温时尔抓了抓乱糟糟的头发，一时间没反应过来："什么情况？"

林疏星趿拉上拖鞋走过来："尔尔，你怎么……"她的话还未说完，视线却就看到了站在门外的徐迟，脑袋一下就蒙了。

徐迟原本火急火燎地想要见到她，这会儿见到反倒平静了，沉默着走进屋，从装零钱的抽屉里拿钱给开锁师傅："麻烦您了。"

"不麻烦不麻烦。"老师傅原本以为家里没人，没想到开了门，两个小姑娘在里面。看这架势，老师傅还以为又是什么狗血情节，还想再看一会儿八卦，下一秒他就被站在一旁的徐培风推到了电梯里。

等师傅走了，四个人呈直线状站在屋里和走廊处。

温时尔回过神来，去屋里穿上鞋，拿着手机准备出去转一圈，电梯刚刚下去，她直接钻进一旁的安全通道。

徐培风在走廊上站了半分钟，等电梯上来后，便直接坐电梯下去了。

这一会儿只剩屋里的两人了。

徐迟关上门，转身看着站在原地没动的林疏星，默默地叹了口气，走过去将人搂进怀里："傻了？"

温暖而久违的拥抱，林疏星闻到他身上熟悉的味道，眼睛猛地一酸，跟着就哭了出来："你怎么突然回来了……"

徐迟没说话，只俯下身紧紧抱着她。

林疏星像是打开了委屈的开关，忍不住哭诉："我被刷下来了……我不想的……考试的时候发烧了……题目都没有做完……"

她说得断断续续，徐迟却听得清楚，心里揪成一团，压得他呼吸都有些困难。

"没关系，做不到也没有关系。"徐迟抬手揉了揉她的脑袋，"没有谁规定参加了就一定要成功。"

林疏星咬了咬嘴唇，泪眼蒙眬地看着他："我题目都还没有做完……"

"没关系，这不能怪你。"

"我那天还在发烧。"

"是我的错。"

"我很想你。"

徐迟忍不住笑了，低头看着她时，眼神深邃而温情："我知道。"

林疏星抹了把眼泪："你不知道。"

徐迟低低笑着，重新将人搂进怀里："我都知道的，你给我发的消息，给二哥打的电话，我都知道。"

她的思念徐迟都清楚，只是这一段路太难熬，他不敢松懈，生怕知道她过得有一点不好，就轻而易举地选择当个逃兵。

"林疏星。"

"嗯？"

"等你毕业，我们就结婚吧。"

"你这是在求婚吗？"林疏星的声音已经有了点哭腔。

174

徐迟低头亲了亲她额头："你说算就算吧。"

"我不愿意。"林疏星推开他，哭得泪眼蒙眬，"你什么都没准备，我才不要嫁给你。"

徐迟哑然失笑，双手捧着她的脑袋，指腹贴着她的眼睛，抹去一滴眼泪："行，那就等下次。"

林疏星一时间不知道被戳到了什么点，哭得毫无形象，"哪有人求婚还要等下次的啊……"

徐迟无奈，只好将人重新搂在怀里，像哄孩子般低声哄着她，心里软得一塌糊涂。

他们俩在楼上卿卿我我，而另一边的温时尔迷迷糊糊地从楼道里走出去，抬头看着屋外的阳光，揉了揉乱糟糟的头发，手往卫衣的口袋里一插，朝小区外面走。

刚下完台阶，抬眼看到一个男人站在一辆越野车旁。男人穿着淡青色的常服，很高，目测估计有一米八五以上。

温时尔飞快地扫了眼他的腿，腿型又长又直，简直完美，裤脚整齐地扎进军靴里，看不出一丝褶皱。

温时尔在心里吹了一声口哨，极品。

走了几步，温时尔倏地想起来什么，扭头盯着依旧站在身后的男人看了几眼。阳光迎面落下来，有些刺目，她不得已微眯了眯眼。

一直注意她所有动作的徐培风，在她停下脚步时低头，微不可察地弯了弯嘴角。

见她盯着自己打量，他捋了捋衣袖，迈着沉稳的步伐走到人面前，声音像是深山里难以得见的清泉，悦耳之余带着点清冷："早上是你挂的我电话？"

啊……温时尔这才想起来，这人不就是刚刚站在楼道里的男人吗，难怪看起来这么眼熟。

175

至于他说的"电话",温时尔挑眉,略一回忆,好像确实有那么回事。她又细想了会儿,确认自己只是挂了电话没有骂人后,迟疑地应道:"应该是我……吧。"

"是你。"徐培风的手贴着裤缝敲了几下,浅浅笑着,"不是你爸。"

温时尔早上没怎么睡好,这会儿也没什么心思跟他插科打诨,随意摆摆手,丢下一句"随你怎么说"后,便转身快步往外走。

徐培风停在原地看着她走远的身影,目光落在她短翘的发尾上。几秒之后,他静静收回视线,回身从车里摸出烟盒,点了根烟咬在唇边,垂头不知在想些什么。

温时尔在楼下超市买了瓶漱口水,出来的时候蹲在旁边的花坛边漱了漱口。

她清醒了不少之后,顺手把余下的漱口水丢进一旁的垃圾桶里,起身去外面吃了顿早餐。吃完又在超市里逛了一圈,大包小包的零食拿了一堆,看着时间差不多了才结账往回走。

路过门口的早餐铺,她还顺便给楼上的两人一人买了两个饼,转念想了下,又给楼下的人买了一个。

温时尔提着东西慢悠悠地往回走,走到楼下时徐培风已经没站在那里了。她继续往前走,刚迈上台阶,身后传来一道关车门的声音。她回头,徐培风正好从车里下来,军绿色的衬衫领口开了两颗扣,温时尔无声地咽了下口水。

人已经站到她跟前了。

徐培风垂眸看着她细长的眼眸,黑眸慢慢晕染笑意,俯下身朝她靠近。温时尔心里一紧,还没有所反应,手里的重量倏地一轻。

眼前人直起身,手里提着她之前拿在手里的购物袋,似笑非笑地看着她:"走吧,一起上去。"

他从她身边走过,衣袖不经意间擦过她的衣袖。交错之间,温时尔闻见一道淡淡的清香，像儿时喝过的加了柠檬的汽水，又酸又甜。

他们上去的时候，徐迟刚安慰好林疏星。她进浴室洗漱，他正对着早上被拆下来的门锁沉思。

电梯抵达的声音响起，徐迟抬头看了眼，率先入目的是两人的长腿。

徐培风走到他面前，踢了踢这一堆破铜烂铁，假意好心地建议道："把早上的师傅叫回来吧。"

徐迟拍腿站起身："你去叫。"

温时尔从他俩中间走过，去浴室和林疏星打了声招呼："我先回趟学校，得去报个到。"

林疏星拿热毛巾敷着眼睛，说话时声音还有些嘶哑："那中午你过来，我们一起吃饭吧。"

温时尔本想着不打扰她和徐迟，拒绝的话到了嘴边，转念一想，又点了点头："行，到时候电话联系。"

"好。"

两人一前一后从浴室出来。

温时尔走到客厅，从包里找出学生证，随手把翻出来的几本专业书丢在一旁的小柜上，随后自顾自出了门。坐在沙发上的徐培风回头看了眼虚掩上的门，眼睑微垂，没什么动作。

林疏星走过来和他打了一声招呼，随后回房间换衣服，徐迟起身跟着走了进去。

徐培风一个人坐在外面，视线落在温时尔刚刚放在柜子上的书籍，略微侧身，伸手将解剖学的书拿了过来。徐培风翻开封页，干净的扉页签着三个龙飞凤舞的大字，笔锋潇洒，不拘一格，他看了许久才辨认出字形。

"温时尔。"

徐培风低声念了下这三个字，平平仄仄没什么起伏，连着读起来却是讨了个顺口。他低笑了笑，随手把书放回原来的位置，起身走了出去。

到了中午，等师傅过来装好门锁后，四个人就近在小区楼下的餐馆吃了顿简餐。

林疏星的情绪明显缓了过来，和徐迟说话的时候眼里也有了些笑意。

温时尔还是一如既往酷酷的模样，坐在一旁自己吃自己的，偶尔抬头接几句徐培风的话。

吃得差不多了，四个人坐在座位上聊天，中途徐培风出去接了个电话，回来的时候和徐迟交换了下目光，抬手点了点自己的腕表，提醒他时间差不多了。

徐迟抿唇点头，侧身拉住林疏星的手，指腹捏着她的手指骨节，低声道："我去买点东西。"

林疏星反握住他的手，带着些撒娇的意味："那我和你一起。"

徐迟摇摇头："把二哥一个人留在这儿不太好，你陪他说会儿话，我很快就回来了。"

林疏星抿了抿嘴角，松开他的手："那好吧。"

"乖。"徐迟摸摸她脑袋，起身走了出去。

等他走后，徐培风起身去买单，回来的时候给她俩一人拿了瓶酸奶，随后坐在一旁听着两人聊八卦。

徐迟没耽误多长时间，半个多小时后就回来了。只不过他手里空荡荡的，也不见买了什么东西。

见他回来，徐培风收起手机，拍腿站起来："走吧，该回去了。"

这话说得有些含糊，林疏星一时没听出来他说的到底是该回家了，还是该回部队了，她也没细想。

等出了餐馆，温时尔直接一挥手，打车去找朋友。

他们三个人则步行返回小区里，到楼下的时候，徐培风就没跟着一起上楼了，徐迟让林疏星先去等电梯，他和徐培风站在车前说几句话。

"部队那边给我打电话了，你注意点时间。"徐培风侧身坐进车里，"快上去吧。"

徐迟"嗯"了一声，手摩挲着放在口袋里的东西，抬眸看着徐培风："二哥，我能申请提前结婚吗？"

徐培风哼笑了一声，胳膊压着窗沿，狭长的眼尾微眯着，不紧不慢地吐了两字出来："不能。"

"行吧。"徐迟倒也没再多说什么，转身往楼里走，林疏星已经先回去了，他静静地等着电梯下来。

等到了家门口，徐迟拿钥匙开门进去，林疏星坐在客厅，电视里放着一部老电影，音量不是很高。

他走过去，半蹲在她面前。

林疏星心里有了准备，抱着膝盖看着他，黑眸里倒映着他的脸："你是不是要回去了？"

"嗯。"

沉默了一会儿，徐迟低头从口袋里摸出刚买的戒指，单膝跪在地上，把戒指举到她眼前："林疏星。"

去买戒指的路上，他想好了许多要说的话，可真到了此时此刻，他却不知道该从何说起。

"我……"徐迟有些语顿，手心因为紧张出了一层细密的汗。他低头无奈地笑着，而林疏星则在他拿出戒指的那刻就开始流泪。

徐迟不知道是先哄她，还是先把婚求了，到最后干脆什么也没说，直接把戒指套在她的无名指上。尺寸是他临走前用手大概比较出来的，戴上去还有点空隙，但瑕不掩瑜。

徐迟握住她的手，指腹摩挲着简单的戒环，心里这会儿倒是平静下来："林疏星，我想娶你，你考虑下要不要嫁给我。"

他一如既往的霸道，就像许多年前一样，不顾一切地闯进的她的世界，让她知道什么是爱情。

"我愿意。"

这一刻，徐迟觉得这世上再没有什么能够比这三个字要动听的了。

林疏星学着他的措辞："你愿意娶我吗？"

徐迟抬手拭去她眼角的泪水，再次认真而坚定地说出自己的承诺："这是我梦寐以求的事情。"

林疏星几乎哭成泪人，徐迟抬手紧紧地抱住她。

窗外的榕树又冒了新芽，徐迟在这春寒乍暖冰雪消融之际，向自己心爱的姑娘许下最珍贵的诺言。

也许今后还会有许多的不圆满，但只要想到这一天，所有的不圆满都可以被弥补。

在那天之后，徐迟又回了部队。

林疏星也逐渐从失败的阴影中调整过来，重新投入学业，并在辅导员的安排下，加入了中国驻非红十字青年志愿者协会，一同加入的还有温时尔。

大四暑假，林疏星和温时尔跟着协会成员一同前往非洲，在那里当了两个月的志愿者。

从非洲回来之后，温时尔提前修完了大五的课程，并且在考取医生执业证书之后向学校申请了提前毕业。

等到学校准许毕业的通知后，她加入了非洲的无国界医生组织，成了一名无国界医生。

而林疏星仍然致力于战事瘟疫方面的研究，本科的最后一学期，她的关于瘟疫疫苗的论文研究，成功发表在南城医刊上。

论文成功发表后不久，她收到了首都医大的保研通知书。

而这一年暑假，徐迟以优异的成绩成功被解放军理工大学录取。

每个人都在努力地往前跑，向着自己的目标努力奋斗前进，他们就像清晨的朝阳，充满了生机与活力。

他们未来可期。

时光荏苒，片刻不等闲人，一晃三年过去。

盛夏六月，毕业季来临。

研究生论文答辩结束之后，林疏星迎来了二十多年学生生涯最后的毕业典礼。

六月的天，空气沉闷压抑，云黑沉沉地压下来，傍晚一场暴雨落下来。

林疏星从导师办公室出来后，站在屋檐底下躲雨，心里却想着刚刚在办公室里导师说的话。

她本科毕业前来参加过一次关于战事瘟疫实验项目的考核，遗憾的是当时并没有被录取。

后来她来了这里读研，在此期间一直都在对这方面进行研究，并且和班上几个同学成立了实验小组，研究成果颇丰。

只不过相对于专业的实验项目组的研究而言，他们也不过是小巫见大巫，但也不是全无意义，在有些地方，他们的看法或许更加尖锐些。

到现在要毕业了，导师给她提供了两个选择，一是进医学院的附属医院工作，另一个就是继续读博，带着团队进入专业的实验项目组。

林疏星看着这化不开的雨雾，摸出手机在他们的小组群里发了消息，提出明天晚上一起聚餐，顺便打算提一下导师的意见。

毕竟团队不是她一个人的，每个人都有做选择的权利。

群里面应和的消息很快传来，不到十分钟，他们就把聚会的地点和准确时间都定好了。

——明晚七点，校门口烧烤摊，不见不散。

林疏星："……"

他们几个人是从研一起就成了一个小团体，到现在三年过去了，早就培养了深厚的感情，林疏星在他们之中学到了很多东西。

这会儿确定了聚餐的事情，林疏星长长地舒了一口气，把手机放回口袋，等着雨势小点之后直接跑回去。可无奈天公不作美，雨点只见大不见小。

林疏星等得有些着急了，想着大不了淋个浑身湿透，也好过在这里干等着，想着腿脚便迈出一步。

大雨里，不远处的一个人撑着黑色的雨伞正往这里走来，她像是有了心灵感应，抱臂等在原地，等那人走近了，她看到伞下的全貌。

来人穿着一身军绿色常服，妥帖的裤缝紧贴着他修长的腿，往下看，裤脚整齐地扎进黑色的军靴里，步伐稳健。

衣袖间淋了雨，颜色比其他位置要深一点，林疏星视线顺着往上，落在他脸上。

三年过去了，时间待他总是不凡，眉眼褪去了稚气，多了些硬气，脸部的线条更加锐利。

在军校这么多年，他却只是黑了一点，身形比以前更加挺拔，藏在衣服里的臂膀隐隐勾出弧度。

徐迟撑着伞，站到林疏星面前，明明比她矮了一个台阶，视线却依旧和她持平。

林疏星看着他，才反应过来他们已经有整整一年没见了。

这一年他被军校派遣到境外进行维和行动，她留在国内，没有电话没有短信，有的只是无尽的思念和看不完的月亮。

到如今他站在这儿，林疏星还有些恍如隔世。

她扯扯嘴角："回来了？"

"嗯。"

"还走吗？"

"嗯。"

林疏星"喊"了一声，抬手在他胸口处戳了戳，无名指上的戒环微微闪着光。

徐迟眼里覆上暖意，抬手握住她的手："先回家吧。"

一年前，他出任务前替林疏星在学校附近买了套一居室，装修加流通空气花了一个学期的时间，林疏星也是今年下半年才搬进去的。

"好啊，回家吧。"

两个人并肩走在大雨里，雨伞整个偏向她的那一边。

徐迟这一趟回来办的是伤假，前不久他出了趟任务，受了点轻伤，正好队里给假，他才有空来见她。

晚上两人吃过饭，躺在床上聊天，徐迟顺口提起受伤的事情，林疏星"噌"地从床上爬起来，作势要去掀他的衣服。

徐迟也没拦着，左手垫在脑后，另只手覆在她的手腕处，慢慢摩挲着，眼底晕着淡淡的笑意。

伤得确实不是很严重，但也没有他说的那么无足挂齿。

林疏星盘腿坐在他身旁，莹白的手指虚按在他还未拆线的伤口处，语气咄咄逼人："这就是你答应我的，会好好照顾自己？"

徐迟从见到她起，唇边的笑意就没消失过，这会儿依旧挂着笑，淡然地解释道："没办法，职责所在。"

林疏星被他毫不在意的态度气到，沉默地看着他，直到眼眶隐隐泛着红，才倏地别开眼，起身下床走了出去。

徐迟不知道林疏星对自己受伤这件事如此在意，愣了几秒之后也跟着走了出去。

他走出房间，看到林疏星站在客厅的落地窗前，抿唇走过去将人搂进怀里，低头亲了亲她温软的头发："对不起。"

林疏星低头，眼泪滴在他手背上，她抬手一点一点擦拭干净："徐迟，我只想要你好好的。"

"我知道。"徐迟反握住她的手，指腹捏着她无名指上的戒环，"等这次的任务结束之后，我和二哥申请调回国内，然后……"

他笑了笑，说出心里期盼已久的事情："娶你。"

林疏星别过头，黑眸仍然泛着水光，看着他的时候，眼波流转间都是温柔的情绪。

徐迟最受不了她这样的眼神，抬手捏住她的下巴，低头亲了上去。结束之时，窗外已经泛起深青色的光亮，徐迟的时差没倒过来，没有多少睡意。

他起身摸着烟盒走到客厅，开了一扇窗户站在那里。

夜更深，窗外的天更亮。

徐迟抽完半包烟，回房间前先去冲了澡，洗干净身上浓重的烟味，这才去床上躺下。

林疏星下意识往他怀里钻，他在一片黑暗里轻笑一声，把人搂得更紧了。


林疏星一觉睡到中午，醒的时候屋里就剩她一个人。她揉揉眼起身，拉开窗帘，大片阳光照进来。

屋里明显被收拾过，她堆在沙发椅上的衣服都被叠得整整齐齐，摆在房间凌乱的书桌也被收拾利落了，桌上的笔按着高矮摆成一列，一看就是徐迟的手笔。

林疏星笑了笑，进了浴室洗漱。

徐迟一早就出去了一趟，给她闲置的厨房添置了不少东西。林疏星洗漱完，走到客厅时他正站在厨房煮东西，身上围着小碎花的围裙，看起来滑稽却又很温馨。

林疏星轻手轻脚走过去，没等她有所动作，徐迟已经条件反射般转了过来："睡好了？"

"没。"

徐迟笑了笑，没说什么，把早上买的酸奶递给她："先喝点垫垫肚子，等会吃饭了。"

林疏星接了过来，徐迟转身给她拿吸管，她直接撕开盒上的封袋，凑到嘴边一口气喝了大半。

她咬着酸奶盒的一角，站在徐迟身旁，他伸手横在她身前，不让她过来："去外面吧。"

林疏星眼尾挑起，把空盒丢进垃圾桶里，故意说道："用完了，就嫌我碍事了？"

徐迟瞥她一眼，看到残留在她唇边的奶白，喉结滚动，趁着关火的空隙凑过去亲了下："吃饭了，你还要站这儿？"

林疏星："……"

徐迟在部队多年，厨艺与日俱增。

林疏星吃好了，放下筷子的时候疑惑地问了句："你在部队该不会进的是炊事班吧？"

徐迟没回答，屈指在她额头崩了下，力道不轻，松手的时候，一道浅浅的印子在上面。

林疏星疼得抽气，对着他的背影虚张声势。

吃完饭收拾好，两人坐在客厅的长沙发上看电影。

三点多的时候，林疏星困意上来，歪着倒下去枕着他的腿："我睡会儿，五点的时候记得喊我。"

徐迟伸手拿了毛毯盖在她身上，淡淡地问了一句："晚上有事？"

"嗯。"林疏星打了个哈欠，"六点有个聚会。"

"知道了。"

林疏星没应了，过了一会儿她睁开眼，翻身面朝着徐迟的下巴，抬手挠了一下："要不要一起呀？他们还挺想见你的。"

"嗯。"徐迟替她把掉了一半的毛毯捡起来，"到时候一起。"

林疏星弯了弯嘴角，强撑着眼皮和他说了几句话就睡着了，徐迟关了电视的声音，却依旧看得津津有味。

下午五点徐迟准时准点把人叫醒，林疏星抱着他撒娇不肯起。

他垂眸看着她嫣红的唇，没忍住低头亲了上去，语气半是玩笑半是威胁："不起？"

林疏星瞬间清醒，推了他一把，而后迅速爬起身，骂了句"流氓"后匆匆钻进浴室。

徐迟往后靠着沙发，慢慢压下心里因她而起的燥热。

等两人收拾好出门，已经快六点了。到地方的时候，林疏星的那几个同学都已经坐在烧烤摊前了，见她带着人过来，其中一个交好的女生开玩笑道："哇，林疏星你不厚道啊，我们可没说今天是可以带家属的。"

林疏星笑了笑："他来买单的。"

"够意思。"旁边的男生站起来，空出两个位置给他们，"坐这儿吧，我再去找个凳子。"

两人落座了，林疏星给他们介绍徐迟。

"徐迟，我未婚夫。"

话音落，桌上一阵起哄声，几个人自我介绍了一遍，徐迟端起面前的啤酒杯："你们好，我是徐迟，她的未婚夫。"

"你们是来秀恩爱的吧。"

"还吃什么烧烤啊，狗粮都吃饱了。"

186

"老板！来两斤狗粮！"

桌上气氛热闹，研究生不比大学朝夕相处，能够建立起来如此深厚的情谊，实属不易。

在场的几个男生之前对徐迟的身份十分好奇，问了不少问题，徐迟一一回答，只不过某些涉及部队规定的，都一笔带过了。

吃得差不多了，林疏星和他们提了导师的建议，毕竟每个人的选择不同，有人偏向稳定，有人乐于挑战。

一时间，大家都没能给出准确答案。

林疏星也没着急，只是说："不管你们选择哪条路，我们始终都是一个团队。"

几个人都说回去考虑一下，毕业典礼之前给答复，林疏星点头说好。

晚上各自都还有事，吃过烧烤就散了，林疏星和徐迟散步往回走。

夜风温凉，空气里都是夏日的气息，林疏星在小区门口买了根冰棍，吃了几口胃有点受不了，直接丢给了徐迟："吃不下了。"

徐迟接过冰棍几口解决完，把棍丢进垃圾桶："以后少吃这么冰的东西。"

林疏星拉着他胳膊，也没有反驳："知道啦。"

走了几步，她犯了懒："你背我。"

徐迟眼里带着无奈的笑意，拎着裤脚蹲在她面前："上来。"

林疏星笑着趴上去，侧头在他脸颊上亲了一下："走吧。"

朗月当空，繁星密布，月光透过树影落在两人身后，晚风温温柔柔，吹不开两人的低声细语。


六月底，是医大硕士毕业典礼。

林疏星作为优秀学生代表上台发言，徐迟穿着常服，坐在礼堂的最后一排，怀里抱着一捧鲜艳欲滴的红玫瑰，在她演讲结束之后，徐迟走上台，底下起哄声一片。郎才女貌，一段佳话。

参加完毕业典礼之后，徐迟就回了部队。

林疏星休息了半个月，和留下来继续读博的几个同学，一同加入了导师的研究项目。

读博第一年，林疏星跟随导师的团队去境外实地调研，在那里碰见了同样跟着无国界医生组织过来的温时尔。

三个月之后，这里发动暴乱。

一阵声响，大楼倒塌。

林疏星所在的项目团队和温时尔的医疗队被困留在边缘地界，外面炮火连天，出去便是死路。

有人向中国大使馆求助，大使馆收到求救信号，连忙请示上级领导，得到准许后，派遣中国军队前往救援。当天深夜，他们所有人被安全带出危险区。

第二天早上，林疏星坐上前往机场的大巴，旁边的空地上停下几辆越野车，从车里下来数十名穿着作训服的男人。

车辆交错之间，她隐约看到一个熟悉的身影，却也只当看花了眼。

与此同时，徐迟从大使馆的厅长手里拿到一份被困人员名单。

厅长在旁边说话："有七八个是从中国来的，据说是首都医大的学生和老师。"

徐迟的手一顿，随即翻开名单，眼神往下，在第四行看到熟悉的名字。

林疏星，首都医大学生。

在看到后面跟着的已被解救时，他高提的心倏地松了下去，继续镇定地下达命令："一队跟我走，二队去确认是否还有其他被困人员，三队去支援医疗组。"

"是！"

这一次的擦肩而过，是他们这一年里离得最近的一次。


又是一年盛夏。

林疏星博士毕业，在这之前她收到了中国生物与药理研究科学院的就职邀请，为自己的学生生涯画上了一个完美的句号。

同样也是这一年九月，徐迟结束维和任务。

十二月二十四号是平安夜，也是徐迟的生日，这一天早上，他和林疏星请了两个小时假去民政局领证。

领完证出来，两人在民政局门口吃了顿早餐，而后各自开车去往两个方向，完全不把领证当成什么大事。

到了晚上，林疏星洗完澡躺在床上，从包里翻出结婚证，又从徐迟的包里翻出他的那一份，放在一起拍张照片，给许糯和温时尔发了过去。

许糯先回的消息："你们今天才领证？我以为你们大学毕业就领了呢，都这么多年了。"

接着是温时尔的："忙，晚点找你。"

林疏星："……"

这两人，一个比一个不靠谱。

温时尔忙，林疏星就和许糯聊了起来："你是打算这辈子都不回来了吗？"

自从大三那年去了国外，除了刚去的那年寒假回了趟国之外，后面的几年许糯都极少回国。

林疏星平时也只能在微信上见到她。

许糯回："回啊，你什么时候办婚礼，我回来给你当伴娘。"

提到婚礼，林疏星还没有和徐迟认真讨论过这件事，他俩连结婚照都还没拍呢。

"还不知道什么时候办婚礼呢。"

许糯问:"敢情你俩就是心血来潮去领了个证?"

林疏星笑了笑,徐迟刚好从外面进来,见她笑成这般,凑过去把人搂进怀里:"笑什么?"

"喏。"林疏星把她和许糯的聊天记录翻给徐迟看。

他扫了眼,翻开两人的结婚证,看着上面凑在一起笑得如出一辙的人,淡淡道:"你想什么时候办婚礼?"

林疏星抬头看他:"都可以,我不想请太多人。"

"好。"徐迟放下结婚证,低头在她脸上亲了下,"我来安排。"

"嗯。"

简短的对话之后,林疏星继续抱着手机跟许糯聊天,徐迟拿着两人的结婚证不知道在捣饬什么。

没过多久,她的手机上突然接二连三地蹦出消息,一看还都是恭喜之类的。

她点开最上面林嘉让发来的消息:"太不容易了,你们终于领证了,简直是太感人了。"

林嘉让还发了几个红包,林疏星都领了,加在一起算了下,正好是"1314"。

林嘉让说:"给你们讨个好彩头了,要不是阿迟发朋友圈,我还不知道你们今天领证呢。"

林疏星随即点开朋友圈,第一个就是徐迟发的两人的结婚证,还附了一段话。

"有人问我你究竟哪里好,这么多年我还忘不了,春风再美也比不上你的笑,没见过你的人不会明了。"

多年前的徐迟颓丧厌世,每日浑浑噩噩不知所云,直到林疏星的出现,她用一个笑买走了他的一生,然后教会他什么是爱。

爱人如爱己,他爱她却胜过爱自己。

那天晚上之后，徐迟和家里几个老人提了领证的事情，并且迅速敲定了婚礼的时间。

　　定在下一年的六月二十三号，那是林疏星的生日。

　　在婚礼之前，徐迟和林疏星先去拍了婚纱照，选了两个拍摄点，一个是南城医大，另一个是他们许多年前读过的平城高中。在得知他俩要回高中拍婚纱照时，他们高中时候的好友特意赶回来参与拍摄。

　　徐迟还找到了当时的班主任陈儒文。

　　他们一起回到之前的教室，就好像回到了许多年前读高中的时候，凌乱的试卷、堆积成山的书本、课间操和校服，似乎一切都没有变化，却什么都变了。

　　林疏星没穿婚纱，而是穿着高中校服，坐在以前的位置，一抬头看到徐迟，他也穿着校服，像许多年前一样，漫不经心地走进教室，她忽地忍不住哭了出来。

　　许糯在一旁惊呼妆要花啦。

　　摄影师却什么都没说，只是极快地按下快门留下这一幕，快门声在教室里不停响动着。

　　日暮来临，最后一景拍完，一大行人去吃饭。

　　之后徐迟和林疏星一同送陈儒文回去。走在路上，陈儒文提到当年，感慨道："我真是没有想到，我也有看错人的一天。"

　　徐迟低笑，沉声道："您没看错，当时是我太不懂事。"

　　陈儒文看了看徐迟，眼里都是赞赏："你们真的是我带过最……"

　　林疏星接了话："最差劲的一届了。"

　　陈儒文摇头，语气坚定："是最好的一届！"

　　人年纪大了就容易想起过去的事情，一路上，陈儒文替他们回忆了许多已经被遗忘的事情。

"你当时天天在班里偷看漫画的事情，老师可是都记着呢。"陈儒文说得兴起，"还有那个许糯，成天往外班跑，别以为我不知道她是去做什么。"

提到许糯，陈儒文随口问了句："许糯和姓周的那小子怎么样了？"

难怪说高中的班主任堪比福尔摩斯，这么多年过去了，难为陈儒文还记着许糯和周一扬的事情。

林疏星抿唇："他们已经分开好多年了。"

"分了呀。"陈儒文有些惊讶，看着他俩更觉得感慨，"你们能走到现在，老师是真的替你们感到高兴啊。"

徐迟默默拉住林疏星的手，十指紧扣："往后还会走得更久的。"

"要比这柏松还要长久哦。"

"好。"

拍完婚纱照后不久，徐迟接到陈儒文的邀请，回校参加优秀校友分享会。

得知这件事的林疏星，还故意给陈儒文发了消息，打趣道："陈老师，难道我不够优秀吗？"

陈儒文回："你的优秀事迹，学生听得都烦了哦。"

"好吧。"

五月中旬，徐迟回平城参加分享会，林疏星因为许糯回国，要去机场接机，就没有一同回去。

分享会办得比较隆重，还有现场直播。林疏星和许糯吃过饭，在家里看直播。

徐迟是最后一个上台分享的，他今天穿的是白衬黑裤，挺拔利落，灯光下的五官轮廓更加硬朗，光是站在那里，就已经引起不少骚动了。

他没有稿子，完全就是把自己从高中到大学，再到当兵的事情，简单概括了一遍。

现场的主持人明显做过功课："传闻您高中很混，那当时有做过什么疯狂的事情吗？"

现场的气氛瞬间热闹起来，有调皮的男生暗暗起哄。

"有啊。"徐迟笑了笑，看向镜头时目光温柔，"带着一帮人，把一个小姑娘堵在广播室。"

"哦？那结果如何？"

徐迟笑了笑不再多说。

家里林疏星看着电视，坐在一旁的许糯幸灾乐祸道："结果他成了全校的笑话。"

顿了顿，她问："你当时给他点的那首歌叫什么来着？"

林疏星看着电视里的人，唇边扬起笑意："你猜？"

相较于这边的平静，会场的气氛却是异常高涨，到了学生提问环节，有女生好奇地问道："徐学长，你当时成功了吗？"

"当然。"徐迟一笑，话锋转了转，"没有。"

现场一片扼腕声。

女生继续问："那你们现在还有联系吗？"

"联系吗？"徐迟略一垂眸，"联系倒是没什么联系了。"他故意停了一秒，"不过，现在她是我太太。"

现场安静了一秒，转而是要掀破房顶的尖叫声和欢呼声。后来这场分享会关于徐迟的片段被学生传到了网上，关于他高中的事情也被扒了出来。

当初的差生如今成了保家卫国的军人，再加上令人艳羡的爱情故事，反倒让徐迟在平城高中重新火了一段时间。

男生拿他当偶像，女生拿他当男神，这样一比较，分享会也算是成功了一半。

分享会之后，两人的婚期将近，徐迟休了两个月的婚假，专心准备他和林疏星的婚礼，大大小小的细节他都要亲自过目。

婚礼地点定在平城，他们也没打算太过奢华，只邀请了少数人，林疏星给林婉如和周昭阳都发了邀请函。

六月二十三号，天气晴朗，微风，老皇历上写着宜嫁娶。

婚礼当天，从国外赶回来的周昭阳以她兄长的身份，挽着她走到徐迟面前："我就这一个妹妹，以后就交给你了。"

多余的话不用再说。

徐迟握住林疏星的手："知道了，哥。"

在交换戒指之前，林疏星瞒着徐迟偷偷加了一个环节，她给徐迟写了一封信，今天要读给他听。

"第一次见你时，你狼狈地坐在垃圾桶旁边，我笑着称呼你为'垃圾桶怪物'。我以为这只是平凡的遇见，却没有想到这却是我们缘分的开始。

"认识你的时候我才十五岁，可我没想到从十五岁那天起，我人生里所有的喜怒哀乐都会与你有关。

"你会包容我所有的缺点和小脾气，你总是在我最无助的时候出现，你给我你所有的一切，你爱我甚至胜过爱你自己。

"我陪你情窦初开，也想陪你到两鬓斑白。"

信不是很长，徐迟在她读到一半时，眼泪就绷不住了。一个有泪从不轻弹的铮铮男儿，却在爱人的千言万语里红了眼。

交换戒指时，林疏星用只有两人才能听见的声音，低语道："还有句话，我只想说给你一个人听。"

她踮起脚伸手抱住他，凑到他耳边，一字一句道。

"我爱你。"

我爱你，爱你年少时的嚣张，爱你人生里的每个模样。

我们相逢于年少之时，却得上天庇佑，得到足以相伴到老的幸运。

我爱你的最终意义不是生死与共，而是能够与你长久地在一起，久到这世间万物都消失殆尽，唯有我对你的爱依然留存。

与你相遇，好幸运。


（正文完）

## 番外一 "我终于放下了你，也放过了我自己。"

斗转星移，许糯三十岁了。

这一年，她收到了来自斯坦福实验室的邀请，成为一名全球濒危动物保护研究人员。

同年，她还收到了一张来自中国的结婚邀请函，新娘林疏星是她高中时期的好友。

至于新郎徐迟，许糯想，如果不是因为新娘，她或许这辈子都不可能和这样的男生有交集，也或许，她就不会碰见周一扬，那个在分开之后还让她耿耿于怀那么多年的人。

十五年前，许糯在读高一。

那一天是体育课，林疏星在体测的时候意外摔倒，被徐迟送到医务室，许糯和林嘉让跟着过去。

在路过球场时，他们碰见了在那里打球的周一扬。那只是一次很平常的相遇，许糯甚至已经记不起来当时的周一扬穿的是什么衣服，又说过什么话。

当时的她只是觉得，这个剃着光头的高个子男生笑起来的时候傻傻的。

在这之后，许糯很快把这个微不足道的小插曲抛到脑后。

直到一次周末放假在家，她在社交软件上和朋友聊天，右下角的小喇叭突然闪烁起来。

196

她点开，是一条好友申请，备注："许糯同学您好，我是高一（12）班的周一扬，我想和你交个朋友。"

许糯一方面是被他备注里的"您好"两字给整尴尬了，另一方面是脑海里压根儿没这个人的印象，所以没点同意也没拒绝，就把这个页面给关了。

她继续和朋友聊天。

过了十分钟，右下角又闪了闪。

她点开，还是同一条好友申请，只不过备注的内容换了："我们之前见过面的，在篮球场的时候。"

他这么一说，许糯倒是有了点印象，那个剃着光头的高个子。

她犹豫了一会儿才点了同意，那边立马发了消息过来：您好。

许糯说："我们是同龄人，你不用说敬语……"

"啊？好的，你好，我是高一（12）班的周一扬。"

"你好，许糯。"

"我知道，你跟我兄弟阿迟在一个班。"

"嗯。"

话题到这儿就断了，许糯也没在意，和朋友聊了会儿天就退了社交软件，也没有留意他后来有没有回消息。

周一回学校，许糯和往常一样坐在位置上疯狂地补作业。早读之后，她和林疏星去小卖部买零食，回来的路上，刚好碰见抱着篮球往球场去的周一扬。

他先打了招呼，出于礼貌，许糯也朝他笑了笑，随即拉着林疏星快步往教室走，不管身后几个男生传来的哄笑声。

许糯其实对周一扬的印象还好，只是后来在学校里听过太多关于他不好的事迹：学习差，脾气暴。

缺点数不胜数，但他也有一处优点，就是从来不交女朋友，据说是嫌女生哭哭啼啼，太惹人厌。

许糯听朋友提起时，只当玩笑话，也不怎么在意。她也没想过，自己会和他在往后能有什么交集。

直到月考的时候。

许糯的成绩在班里属中上游，考试分考场的时候，正好分在十二班，坐的是周一扬的桌子。

那天下午最后一场考的是英语，许糯的弱项。

考场里有不少人都提前交卷，剩最后半个小时的时候，教室里就只剩下七八个人了。

许糯的完形填空和作文都还没写。

监考老师提醒道："距离考试结束还有半个小时，还没做完的同学注意下时间。"

门外的走廊都是考完试出来的学生，声音嘈杂，监考老师说了几遍"出去"，男生们都当耳旁风，不管不顾。

许糯听着声音，心里完全静不下来，写作文的时候接连写错单词，越着急越容易出错。

偏偏外面还这么吵，有一瞬间，许糯都想干脆直接交卷算了。

可她不能。

这次考试之前，她父母已经下了最后通牒，如果她还是不能考好，可能就要给她转到别的学校了。

许糯烦躁地抓了下头发，不耐烦地看向窗外，正好看到刚从楼下考完试回来的周一扬。

两人视线对了下，后者明显愣住。在看到许糯眼里的不耐烦时，似乎是明白了什么，周一扬朝一旁还在大声嬉闹的男生，抬脚踢了过去："吵什么吵啊，没看到教室里还有人在考试？"

许糯："……"

吵闹声迅速消失，走廊安静下来。

许糯和周一扬又对视了一眼，后者笑了笑，走开了。她屏息，连忙静心抬笔，写完最后一个单词，考试结束铃刚好响起，她匆匆交完卷。

监考老师一走，这个班站在外面的学生都一窝蜂地挤了进来，许糯刚收拾好东西，被来往的人堵在位置上出不去。

靠近走廊的窗户被人打开，一道人影跳了进来。

来人走到她身旁，高大的身形不小心碰到了她的胳膊，她微微往后拿了拿胳膊，低声道："刚刚……谢谢你啊。"

"没事。"周一扬抬手摸了摸脑袋，"那你最后写完了吗？考这么长时间的试，我还不知道你竟然就在我们班里考，早知道的话……"

话音骤停。

许糯疑惑抬头："早知道的话，怎么了？"

周一扬哈哈一笑，露出整齐洁白的牙齿："早知道的话，那我就每次都提前交卷了。"

许糯的脸一热，没有说话，等人少了拿着包急匆匆离开了教室。

这一次的事情之后，许糯对周一扬印象好了很多，平时在校园里碰见也会和他打招呼。

偶尔晚上回去，周一扬在社交软件上找她，她也会回，只不过依旧是不主动的一方。

盛夏。

这一年的暑假，许糯分班选了理科，被父母要挟着送去了辅导班。

原本闲暇的假期时光被成堆的试卷作业填满。

辅导班离许糯家不远，她每天早上八点二十出门，在小区楼下吃完早餐，八点四十五左右走到辅导班，在底下等十分钟才会上楼。

这天早上许糯跟往常一样，出门去早餐店。点完吃的东西，她拿着小票找到空位坐下，从书包里摸出手机刷学校的贴吧。

旁边走过来一道人影，许糯没在意，那人却在她对面的空位坐下来："这里没人吧？"

她抬头，看到坐在对面的周一扬时有些迷茫，过了几秒才摇摇头："没人。"

"那我坐这里了。"

"随你。"

没一会儿许糯点的餐好了，她起身去柜台取餐，回来的时候周一扬依旧坐在对面没动，也没跟她说话，安静得都不像他了。

许糯也没理他，快速解决完碗里的小馄饨，擦擦嘴，起身往辅导班走，周一扬跟着站了起来。

她过马路，他也过马路。她等红灯，他也停下来等。

许糯走到辅导班楼下，在之前的老位置坐下，周一扬这下没跟着了，不知道去了什么地方。

她也不在意。

大概过了五六分钟，周一扬重新折返回来，坐到许糯身旁的空处，许糯扭头看着他："你没作业的吗，一直跟着我？"

"我作业都写完了。"

许糯笑了笑，压根儿不信他会写作业。他不把作业撕掉当垃圾扔了，都已经算是烧高香了。

见她不信，周一扬放下话："我真写完了，你要是不信，我明天带给你看。"

"明天带给你看"这就意味着他们明天还要再见面。

许糯撇了一下嘴角："关我什么事。"

十分钟时间到了，许糯起身去等电梯，周一扬跟着她一起进了电梯，一直跟着她到辅导班门口。

许糯停下脚步："周一扬，你别再跟着我了，辅导班的于老师是我父母的朋友。"

周一扬耸肩一笑："没跟着你啊，我也报了这个辅导班。"

许糯："……"

周一扬没骗她，他是真的报了这个辅导班，只不过他每天过来从不学习，基本是趴在桌上睡觉，只有下课的时候才能听到他的声音。

许糯不知道他用了什么办法，能让辅导班的老师不管他这样无视学习的行为，她也不想关注。

只不过，事情并没有朝着她预想的方向去发展。

暑假结束前一个星期，许糯也结束了在辅导班的补习，最后一次上课那天周一扬没有来。

结课的时候，辅导班里有个和周一扬玩得比较好的男生给许糯带了话："扬哥早上来上课的时候出了车祸，被送到医院了，我现在去看他，你要一起吗？"

许糯的手一抖，刚刚收拾好的笔袋又掉在地上，里面的笔全都散了出来。

她抿抿唇，压下心头的不适："我还有事，不去了。"

男生明显有点意外："好吧。"顿了顿，他突然说道，"他在第二人民医院住院部五楼五〇三室，你要是过去的话，从辅导班附近可以坐六十四路公交直达，太晚了的话，你打车也可以，他管报销。"

许糯没说话，男生摸摸鼻子走了。

从辅导班出来时，天已经黑了，许糯背着包走过一条马路，等红灯的时候，突然转身往旁边的公交站走了过去。

就去看一眼，不严重就回来，她是这么想的。

周一扬伤得挺严重的，右脚打着石膏，脸上和手背上都有几

201

处擦伤。

许糯过去的时候，他正低头看手机，旁边坐着之前在辅导班的那个男生，两个人有说有笑的。

男生先看到她，噌地站了起来，下巴往门口一抬："扬哥。"

周一扬抬起头，看到站在那里的许糯，眼底的失落迅速褪去，转而变成惊喜："你……"

许糯咬着嘴角，慢吞吞地走过去，半天憋出一句："打车你真给报销吗？"

周一扬："……"

这一次事情之后，许糯察觉到自己对周一扬的态度似乎有了些变化。

她会不自觉地关注他的消息，偶尔走过球场时也会下意识地在里面找寻他的身影。久而久之，这就成了一种习惯。

高考结束之后，许糯留在本地读了一所普通本科，而周一扬为了她，放弃家里安排的出国计划，跑去封闭式学校复读。

这一年里，许糯哭过、闹过、难受过、委屈过，可每回都是自己硬生生扛过去。这条路是他们自己选的，不管怎么样，都要走下去。

许糯原以为，等到他高考结束就什么都不是问题了，可是她没想到，仅仅一年的时间，有些东西就已经改变了。

第二年夏天，周一扬高考结束，按他的分数，上许糯的学校绰绰有余。

填志愿的前一天晚上，许糯在看书的间隙给周一扬打电话，他刚好和朋友在外面庆祝，电话那边吵闹喧杂。

"你在外面啊。"

周一扬"嗯"了一声："跟复读班的几个同学在吃饭。"

"那你先玩吧，我晚点再给你打。"

"好，我晚上结束早给你回。"

"嗯。"

电话断了，许糯却怎么也看不进书里的任何一个字，一股不安感在心头盘旋。

她隐约有种感觉，他们或许已经快走到尽头了。

这种感觉一直持续到新学期开学，周一扬来她的学校报到才渐渐被她压下去。

他终于来到了她的学校。

两人等到了朝夕相处的机会，但很快两人分手了。

周一扬学的是交通工程，班里男多女少。

他的室友都是单身，几次吃饭的时候都会跟许糯开玩笑："许糯妹妹，你还有什么像你一样的女同学吗，我们不想每次吃饭都吃狗粮了。"

许糯笑道："你们班上不是也有女生吗？"

"有啊，总共五个女生。三个已经有男朋友了，还有一个是个学霸，一门心思扑在学习上。"

许糯问："那不是还有一个吗？"

室友："还有一个啊，她……"

话还未说完，周一扬突然夹了一筷子菜放到说话的室友碗里："吃都堵不上你的嘴是吗？"

室友的话被打断了也就没接着讲了，坐在一旁的许糯眼里的光渐渐暗了下去，她看着周一扬的侧脸，心里有点堵得慌。

吃过饭之后，许糯和周一扬在校园里散步。

"刚刚你室友提到的最后一个女生，她怎么啦？我都没听完，你就打断了，还挺好奇的。"

闻言，周一扬偏头看了她一眼，目光有些闪烁："她啊，没什么，跟另外一个一样只顾着学习。"

"是吗？"

"我也不知道，我对女生的心思都放在你这边了，哪有时间去关注人家。"周一扬抬手捏了捏她的脸，笑道，"走吧。"

"嗯。"

那晚之后，许糯对那个素未谋面的女生渐渐上了心，有时候和周一扬室友聊天时也会无意提到。

他的室友大大咧咧的，什么都跟她说。

都是很平常的话题，许糯听不到什么信息。

直到某次聊天，室友顺口提起："许糯妹妹，你既然对苏念这么感兴趣，怎么不直接去问扬哥，他们高中在一个班呢。"

许糯看到这条消息，脑袋嗡的一下就蒙了："你说……什么？"

"他俩是同学你不知道啊？"室友估计是意识到说了什么不该说的了，匆匆下了线。

高中同学，他的高中同学，那就只能是复读时候的同学了。

许糯心里一直存在的疑惑得到了验证，一时忍不住哭了出来，搁在床上的手机却在此时响了起来。

她没有管，室友走到她身旁，拍了拍她肩膀低声道："糯糯，你手机响了。"

许糯抹了抹眼泪，声音带着哭腔："能帮我看看是谁打来的吗？"

"好。"

她在心里默念，不要是他不要是他不要是他……

室友摸到手机，抬头看她："是你男朋友的电话。"

心里那一星侥幸轰然倒塌，许糯强忍着眼泪，接通电话："喂。"

"糯糯。"周一扬的声音一如既往的温和，"你没事吧？"

她笑了，眼泪却流了出来："我能有什么事，你觉得我能有什么事，或者，你觉得我在知道你骗了我之后，会做出什么事情吗？"

周一扬沉默了。

许糯终于忍不住，放声哭了出来："周一扬，你凭什么啊，当初明明是你先来招惹我的，你凭什么啊……"

许糯一直哭，她的室友估计也猜到了什么，起身走过去安慰似的拍着她的后背。

电话里，周一扬沉默了几分钟后，说道："许糯，是我对不起你，我们分手吧。"

许糯差点哭昏过去，被室友抢着挂电话之前，她上气不接下气地说了最后一句话："所以呢……先来的就注定要先走是吗？"

电话挂断，她没有听到周一扬的回答。

许糯就这样和周一扬分开了，她没有歇斯底里地去求和，也没有对着他破口大骂。她只是不明白，为什么明明当初先打招呼的是他，先找话题的是他，先动心的也是他，一切的开始，都是他先来招惹她的，为什么到最后先放手说分手的也是他。

分开之后的生活，许糯过得并不是很好。

校园的活动区域那么大，她也没再见过周一扬，也许是彼此都躲着，也许这就是天意。

大三上学期，学校和英国的一所大学开展了交换生项目，许糯向辅导员要了一张申请表。

她平时的成绩很好，审批合格的信息很快下来。

临出国前，许糯去见了林疏星，回来之后没多久就出国了。但是谁都不知道，在出国前一天，她偷偷去了周一扬上课的楼底下，远远地看了他一眼。

他没有什么变化，唯一不同的是挽着他胳膊不再是她，换成了别人。

所有人都觉得她许糯是个拿得起放得下的人，可是没有人知道，她从来就没有放下过，只是没有办法，比爱而不得更加深刻的是曾经拥有，却无奈失去。

　　既然别人都觉得她已经放下了，那她就好好地扮演这个已经放下周一扬的许糯，只有在夜深人静时，她才是因为思念而偷偷哭泣的许糯。

　　多年后，许糯回国参加好友林疏星的婚礼。

　　婚礼当天，她和另外一个叫温时尔的女生是伴娘，林嘉让和徐迟的大学同学周图南是伴郎。

　　周一扬也来了，只不过不是伴郎，因为他结婚了。

　　两年前他就结婚了，新娘不是她，也不是当初的那个女生，是他家里人安排的商业联姻。

　　林疏星跟她说了几次，这是傀儡婚姻，不幸福的。她笑了笑，不怎么在意。

　　丢捧花环节，林疏星把手里的捧花给了她。

　　拥抱的时候，林疏星在她耳边低语："糯糯，我知道这些年你过得都不开心，但我仍然希望你能幸福。"

　　许糯笑着红了眼，用力地点点头："会的。"

　　婚礼结束之后，许糯接到了导师的电话。她拿着手机走到没人的后院，却看到了站在那里的周一扬。

　　她和导师说了抱歉，解释完原因先挂了电话。

　　周一扬听到动静，也看到了她。

　　许糯走过去，两个人都没有说话。

　　许糯想了想，除了出国前那一眼，她已经快有十年没见到他了，如今再见，心里那些翻涌的酸涩和不甘心似乎都化作了过眼云烟。

　　她先开了口："这么久没见，你变化还挺大的。"

"嗯。"周一扬偏头看她,"你不也变化很大吗,现在这么优秀。"

"是吗?"许糯笑了笑。

"嗯。"

声音没了。

许糯低头,唇边笑意淡淡的。过了会儿,她抬起头,看着头顶瓦蓝澄澈的天,心里一片平静:"我还有事,先走了。"

周一扬忽然叫住她:"许糯。"

"嗯?"

"这么多年,你过得好吗?"

许糯挑眉:"你指哪方面?"

他睫毛轻颤:"所有,全部。"

许糯耸耸肩,唇边笑意粲然:"这好像,跟你没关系了。"

她转过身走出院子,就像很多年前的他一样,一走就再也没有回头过。

"我终于放下了你,也放过了我自己。"

"当爱来临的时候，有种特别的温柔，不知那是冲动是心动。"

——吴莫愁《当爱来临的时候》

非洲，位于东半球西部。

这里有着广阔的高原和望不尽的沙尘，昏沉的天空之下，这里还有肆意奔腾的雄狮和猎豹。

温时尔来这里三个月了，她加入的无国界医生组织长年驻扎在非洲。

因为这里还有随时都可能暴发的疟疾和瘟疫，每年这个国家因为瘟疫去世的人高达数万。

这里落后贫穷，大街小巷中随时可见衣不蔽体的小孩。

他们年幼无知，可那双黑白通透的眼睛里充满了对这个世界的恐惧。

有了上顿没有下顿的生活，时而发动的暴乱，都让他们在这个本该享受学堂之乐的年纪，不得已为了生存而奔波。

在非洲的三个月里，温时尔经历了三次暴乱，其中一次，她和医疗队里的一个成员就被困在危险区里。

她们在那里煎熬了三日，最后因为非洲政府军队的出动，才得以获救。

这里的生活枯燥且危险，却也给她平淡如水的生活平添了许多不可知的挑战，她也在这里见到了许多独一无二的风景。

夏日黄昏，一望无际的荒原里，一轮红日缓缓降至地平线，大地被晒成金色，天地万物都变得温柔。

温时尔有幸碰见过一次动物大迁徙。

广袤无垠的东非大草原上，数以百万的野生动物气势磅礴地越过马拉河，从坦桑尼亚的塞伦盖地草原迁徙到肯尼亚境内的马赛马拉草原。

蹄声飞扬，所到之处，声势浩大。

这是温时尔一直以来梦寐以求的生活。

她的家乡在中国南部，那里有走不完的温柔水乡，听不尽的吴侬软语，错落层叠的青瓦白墙，狭窄的平原，而这些都不是她所想要的。

她向往的是站在群山之巅俯瞰浮生万物，在广袤无垠的大草原随风遨游，在璀璨星空下肆意奔跑，不受拘束，自由自在。所幸，她做到了。


六月，是非洲东部的雨季，暴雨连绵，雨点如排山倒海之势从远处压下来，来势汹汹。

温时尔的团队被这场暴雨困住了。

他们在这里停留的时间太长，队里已经没有多少资金，储备粮食也因为这场暴雨逐渐耗尽。

为了不让团队陷入弹尽粮绝的困境，温时尔提出和当地的政府沟通一下，用他们的资源换取短期的粮食支持。

这个提议得到了大部分人的认同。

第二天一早，温时尔和几个队员向当地居民借用农车，亲自驱车前往市政府。

天空依旧下着雨，破旧的车子走在路上，雨水从缝隙里刮进来，带着一丝凉意。

　　到达市政府，经过一番谈判之后，他们得到了当地政府的支持，但在回程的路上遇上了麻烦。

　　接连几日的大雨冲刷着摇摇欲坠的山体，一小波洪流从上而降，将他们困在了路上。

　　幸运的是，车上的人都只是受了一点擦伤，坐在前排的温时尔稍微严重些。急刹时她没坐稳，脑袋磕到了前面，破了皮，冒了一点血出来。

　　只不过这些都不是最关键的，最关键的是他们现在被困在这里，车外是连绵的大雨和随时都有可能崩塌的山体。

　　山区信号差，他们带出来的无线电又迟迟联系不上其他队员。

　　随着渐渐暗下来的天色，车厢里亮起了灯，照亮了每个人脸上隐隐的担忧和恐慌。

　　温时尔摸出信号微弱的手机，不停地点亮和关闭屏幕，心里有些急躁和不安。

　　雨季的夜晚，气温渐渐降低，车厢里有人小声说了一句话："我们会不会死在这里？"

　　没有人回答。

　　坐在前排的温时尔睁开了眼，打开身侧的窗户，伸出手。雨已经停了，路旁的枝叶落了一滴水在她手心。

　　她攥紧了，推开车门走下去。紧接着，车厢里的人都走了出去，大家似乎都觉得待在那一方小天地里太过压抑。

　　雨后的夜空，繁星密布，一点也没有之前大雨连绵的模样。这里的天空很低，低到似乎伸手就能抓住星星。

　　温时尔闭着眼，仰起头，张开怀抱去感受这一刻的所有，这是前所未有的感觉，生死之际的浪漫。

突然间，寂静之中传来一道惊呼。

"啊！有车，有车来了！"队里有个男孩子为了寻找信号，爬到了车顶上，机缘巧合地看到了几辆大卡车正往这里驶来。

他拼命地呼喊："这里！我们在这里啊！"

"李炀你别喊了！小心引起崩塌！"有人提醒了一句。

男孩站在车顶，不好意思地揉揉脑袋，没说话，却打开了手电筒，远远晃动着。

其他人也都爬上了车顶，这里的动静很快引起了大卡车里的人注意。

为首的卡车停了下来，坐在副驾上的人下了车，小跑着往后面一辆车走过去，似乎是在向上级报告。

过了一会儿，从后面的卡车里下来一个男人，他往前走了几步，接过士兵递来的手电筒往这里一扫，转身下了命令："赵一杭。"

"到！"

"带几个人去前面看看。"

"是！"

名叫"赵一杭"的男人迅速带着人摸黑走了过去，几分钟后，他们又迅速折返回来："报告，前方山体塌方，有七名中国公民被困在里面。根据他们所说，他们是驻扎在非洲的无国界组织的成员，因大雨被困。此趟是前往市政府寻求帮助，回程路上遇到塌方，被困在这里已经有八个小时了。"

徐培风敛了敛眸，回身从车里拿手机，给大使馆打了电话，确认无国界组织是否驻非，接着又给非洲无国界组织的领队打了电话，得到确切信息之后才下达了救援行动："一队二队三队，安排人员清除路障，医疗队做好接收伤员准备。"

"是！"

救援行动迅速展开，徐培风抬手戴上作训帽，跟着队伍走上前去。

半个小时后，堆积在山路上的石块被清理干净，困在里面的人激动得眼泪都流了出来。

劫后余生，却依旧令人心有余悸。

部队的医疗组过来询问他们说是否有伤员，有人提了句："有一个，我们有个小妹妹脑袋磕到了。"

说着话，这人往后一喊："温时尔！你脑袋刚才不是磕破了吗，快过来处理一下，别感染了。"

原先已经准备回车上的徐培风脚步一停，站在暗处，看见一道身影从人群后面走出来。

来人穿着宽松的白色T恤和一条洗得发白的牛仔裤，头发也从当初稀奇古怪的颜色变成最简单的黑色长发。

她白净的额头上有一道明显的伤痕，似乎是已经结了血痂，看起来触目惊心。

一年前的惊鸿一瞥，到如今的他乡遇故知。

徐培风看着那道身影，低头淡淡一笑。他找来赵一杭，交代道："等会儿清理完路障，让他们几个跟我们的车走。"

"可是他们跟我们不顺路啊。"

"我们是军人。"徐培风低头捋着衣袖，"军人的义务之一，就是热爱人民、保护人民。"

"是！"

就这样，温时尔他们一行人坐上了最后一辆大卡车，等把他们送到住处，已经是凌晨了。

领队和其他成员跑去跟部队的人道谢。

温时尔最后一个从车上下来，一天的奔波劳累和担惊受怕，已经快要耗尽她全部的精力。她没有过去，反正同伴们已经道过谢了。

温时尔边往回走边打哈欠，脑门上一阵一阵的疼。在她身后的人群里，徐培风坐在车里，从后视镜里看着她的身影消失。

温时尔回去睡了一觉。这一觉睡得不怎么踏实，醒来的时候发现脑袋昏沉沉的，她从随身的包里翻出体温计一量，三十九度。

发烧了。

同屋的小姑娘看她怏怏地躺在床上，给她倒了杯水，抠了两颗药放在一旁："小温，你吃点药再睡吧。"

温时尔"嗯"了一声，坐起来喝了口热水，缓了会儿之后把药和着水吃了，裹着毯子躺在床上又睡着了。她再醒来的时候却不是在住处。

耳边是不熟悉的说话声，眼前是陌生的环境，温时尔陡然惊醒，猛地坐起来时，差点把旁边的架子挂倒。

护士从旁边跑过来，说着不怎么地道的中文："你不要乱动，你伤口感染，高烧引发了疟疾。"

温时尔还没怎么清醒，哑声询问道："我怎么在这里？"

"你朋友送你过来的。"护士一笑，"一个很酷的中国军人。"

"那他人呢？"

"在那里。"护士给她指了下走廊那边。

一道修长的身影站在那里，身上穿着军绿色的常服。他正在接电话，一只胳膊压着窗沿，背脊的线条挺拔。

徐培风，温时尔的脑袋里突然冒出这个名字。

似是察觉到什么，徐培风扭头朝这边看了过来，对上温时尔还有些迷茫的眼神。他收回视线，不知道对着电话那边说了什么，然后收起手机，朝病房这边走了过来。

她刚刚动作太猛，针头有些回血，护士给她处理了一下，出门时徐培风问了一句："她现在怎么样？"

"烧已经退了，其他的要医生来看了后才知道。"

"好的，谢谢。"

护士走了出去，徐培风搬了椅子坐到床边："感觉怎么样？"

"一般吧。"温时尔揉了揉头发，迟缓的反射弧回过神，"昨晚的军队是你们？"

"嗯。"

"谢谢。"

徐培风笑了笑："这两个字昨晚你们队里的人已经说过很多回了，你可以说点别的。"

"Thank you very much."

徐培风："……"

温时尔抬眸对上徐培风的视线，嘴角一弯，颊边露出一个不怎么明显的梨涡："很高兴在这里见到你。"

"我也是。"

温时尔生病的那段时间，她的组织跟着部队一同去了趟非洲南部，而她则被徐培风带到部队，由军医负责照看。

徐培风平时忙，但早晚都会来看看她的情况。次数多了，难免引人猜测，温时尔旁敲侧击地提过几次。

他倒像是两耳不闻窗外事，照旧早晚过来一趟，温时尔也懒得管了。

七月初，温时尔的组织从非洲南部回来，准备去往其他国家。

临走前一晚，部队替她们办了欢送会，温时尔隔着人群朝坐在对面的徐培风举起酒杯，红唇微动，徐培风看清她说的是"再见"两字。

他端起酒杯回敬，两人遥遥相望，谁都没有戳破最后一层窗户纸。

第二天一早，温时尔坐上飞机离开。

这一别，就是四年。

四年后，温时尔跟随组织前往中亚，支援当地的无国界组织，在那里她碰见了和导师来这里实地考察的林疏星。

可没想到三个月之后，反政府武装突然发动暴乱，他们所有人都被困在危险地带。

幸运的是，大使馆救援及时。

被救出之后，林疏星跟随导师回了国，温时尔和组织则留在当地，跟随当地的无国界组织支援部队的医疗队。

这一场暴乱来得突然而猛烈，死伤无数。

暴乱之后，紧跟着的是尸体的处理不当而引起的瘟疫。

温时尔和几个支援前线的医生，在救治病人过程中不幸染上瘟疫，被部队送往了隔离区。

瘟疫不比其他，伤亡更加惨重。

在隔离区的第五天，温时尔出现了其他情况，高烧咳血，长时间的昏迷不醒都让她的身体机能在急速下降。

她担心自己活不下来，让护士拿来了纸和笔，趁着意识清醒的时候给父母写了一封信。

夜深人静的时候，温时尔猛然惊醒，从床头翻出纸和笔，匆匆写下一句话，没有署名写给谁。

她把这一封信压在枕头底下，又沉沉地睡了过去。

她再醒来时，隔离病房里多了个人。

温时尔这时候已经很虚弱了，唯有一双眼睛，依旧明亮如炬，看着徐培风的时候更亮了。

她扯了扯嘴角，露出笑容："你怎么在这里？"

徐培风原本在非洲出任务，听闻中亚暴发瘟疫，出于习惯，派人去查了下她的近况。

没想到一查还真出了事，他匆匆联系了国内关于战事瘟疫研究项目的教授，又连夜坐直升机飞来这里。

到这里时已经是后半夜了，他被军医要求穿上防护服，消毒了三遍才给放进来。

进来的时候，温时尔已经睡着了，呼吸很低，不凑近听，似乎都快要听不见了。

徐培风就这么坐到了天亮，等到她开口跟他说话。

他喉结滚动，润了润发涩的嗓子："没事，过来看看。"

温时尔眨了眨眼睛："我们好长时间没见了吧。"

"嗯。"

温时尔动了动身体，低垂着脑袋，声音压得很低："以后也不知道还能不能再见了……"

徐培风眼眶一红，低头握住她的手："会见的。"

温时尔没说话，侧身将压在枕头底下的信封拿出来："我原本还想着寄给你，既然你来了，就当面交给你吧。"

徐培风接过来欲拆开，温时尔攥住他的手："等过段时间再看，等我……"

下面一句她没有说了。

徐培风反握住她的手，接了话："行，那我等你好了之后再看。"

温时尔偏过头，一滴泪顺着滴进枕头里。

第十天，国内那边传来消息——国内药物研究所已经研制出关于治疗此次战事瘟疫的新型药。

这是一个令人振奋的消息，但同时也是个令人担忧的消息。

新型药就意味着这是以前没有的，也只是在动物身上做过实验，并没有真正用到人的身上。

这无疑让人有些望而却步，没有人愿意让自己的亲人去实验，一时间局面又陷入了僵持之中。

待在隔离病房里的温时尔听到护士提了这件事，等晚上徐培

216

风过来时，她提出自己愿意当第一个人。

"反正无论怎么样都是一个结局，试一试还有机会，你说呢？"温时尔碰了碰徐培风的手背。

徐培风没说话。

温时尔继续挠他的手背，试图去说服他："我是个医生，我有责任去做这样的事情。"

"这不是你的责任。"徐培风攥住她的手，目光深沉，"我答应你，让你去试药，你也要答应我，要好好的。"

"行。"

新型药已经送了过来，温时尔被带到另一间病房，做完一切常规检查之后，被医生扶到了手术台上。

"这个过程可能会有点难受，如果受不了，可以叫出来，也可以喊停止。"医生很温和，"没关系的，做不到也没关系的。"

温时尔笑了笑，目光透过病房的那一扇小窗看到站在外面的徐培风，点了点头："好。"

试药开始，温时尔被蒙上了眼睛，黑暗的环境里，她的手突然被人攥住了，温热而熟悉的感觉。

药效渐渐起作用，温时尔的意识有些涣散。

在一片昏沉中，她想，如果这一次能够活下来，她一定要回去看望父母，去见一见老朋友，好好爱他。

一个月后，当地的瘟疫警报被解除，阴霾散开，往日死气沉沉的老城区恢复了以往的热闹。

军队驻扎在老城郊外的隔离区被一把火烧得干干净净，灰烬也被干沙掩埋。那些无辜逝去的人，也都被安排好了后事。

中国的无国界医生组织也准备起航返程。

温时尔大病初愈，行李都是徐培风帮着收拾的。

临走前，徐培风拿着当初的那封信找到她，两人坐在断壁残垣之中看星星。徐培风拆开信，信不长，就一句话。

"我不知道要怎么和生活中无法失去的人说再见，所以我连再见都没有说就离开了。"

温时尔不知道他看完信是什么感觉，只是那个时候她觉得自己扛不过去了，对于他总是遗憾，所以就写下了这句曾经在书上看到的话。

徐培风把信又折好放进口袋里，垂眸看着地上两道靠得很近的人影："你们下一站去哪儿？"

"不知道呢，跟着组织走。"

他突然说："去非洲吧。"

"为什么？"

徐培风偏头看着她："那里有连绵的群山，每年都会有动物大迁徙，还有广袤无垠的大草原。"

温时尔笑了笑："这些我都看过了。"

徐培风依旧看着她，嘴角噙着的笑意愈来愈深，声音像是被夏日的晚风笼罩，温柔至极。

"最重要的是，那里有我。"

## 番外三 关于我们的二十四个节气

### 立春

这一年的立春和除夕在同一天。

林疏星和徐迟夜里到的庐城，老爷子睡得早，张姨给留了门和夜宵。

两人吃完，简单洗漱之后就睡下了。

这一觉睡得又长又沉，林疏星最近犯懒，总是睡不够。早上她迷迷糊糊听见徐迟起床的动静，揉着眼睛去找他的身影："徐迟。"

徐迟套上毛衣，回身摸了摸她的脸，声音刻意压得很低："时间还早，你再睡会儿。"

她回应着，脸往枕头里一埋，又睡熟了。

徐迟轻手轻脚地从卧房出来，张姨擦着手从走廊另一边走来："这么冷的天，怎么不多睡会儿？"

"在部队习惯了，没那么多觉睡。"徐迟笑着带上门，跟着老人往前走，"张姨，早上吃什么啊？"

"鸡汤面，你爷爷的朋友自家养的鸡，前两天特地送过来的，我昨夜炖上的，今早吃正好。"

徐迟感叹："那我们有口福了。"

张姨问："星星还在睡？"

徐迟点点头："她最近忙，没怎么休息好，我让她多睡会儿。"

"那等会儿吃早饭就别喊星星了，吃完饭我给她包点小馄饨，等她睡好了，我再用鸡汤煮一下。"

徐迟笑道："我和星星，到底谁是你看着长大的啊？"

张姨往他胳膊上拍了一下："这么大个人了，怎么连你媳妇的醋都吃，一点正形都没有。"说完又拍了一下，"快去洗脸刷牙，顺便叫老爷子出来吃饭了。"

"行。"

吃完早饭，徐迟又陪老爷子练了会儿字，回到卧房时林疏星还没醒。眼瞅着一上午的时间就要过去了，他走到床边，伸手碰了碰林疏星的鼻子："该起床了，小懒猫。"

他刚洗完手，手指冰凉。

林疏星人还没完全清醒，下意识地抬手一挥，碰到更多的凉意，人跟着就醒了："你干吗去了？手这么凉。"

"刚洗完手。"徐迟在床边坐下，拿过林疏星的护手霜，挤了一坨在手心，淡雅的香气随着他揉搓的动作慢慢散开。

林疏星还躺着没动，胳膊压在被子上。她刚睡醒，人带着些少有的娇气："好困。"

"你都睡十几个小时了，还困啊。"

"怎么睡都睡不够。"林疏星翻身，脑袋枕着胳膊侧身看他，"你不困吗？"

徐迟摇摇头，伸手碰了下她额头。

林疏星抓着他的指尖："做什么？"

"怕你是生病了，自己没察觉。"

"生没生病，我怎么可能不知道。"

徐迟屈指在她手心挠了挠："那快起床，张姨给你包了小馄饨。"

林疏星犯懒撒娇:"不想动。"

他笑道:"怎么越来越娇气了。"

林疏星理直气壮:"人越大就越娇气。"

徐迟不敢反驳老婆大人,抓着她的手腕把人拉起来,凑到跟前亲了一下:"我帮你穿衣服?"

要穿就要先脱,林疏星意识到这点,截住他伸过来的手:"我自己穿。"

徐迟笑她小题大做:"那你收拾好过来找我,我去给你煮小馄饨。"

"好。"

馄饨是现包的,也没多少,徐迟全部下进了鸡汤里。

大约是睡不够食来补,林疏星一个人全吃完了。

这是对厨师最好的评价,张姨看着很是高兴,说要再包一些给他们带回京市吃。

徐迟和林疏星前年领了证,因工作原因一直定居在京市,平常也只有节假日才有时间回来看看老人。

庐城的年夜饭重头在晚上那一顿,张姨过了十二点就在准备,也不让他们两个小辈插手:"这么大点地方,你们就别跟这儿挤着了,出去走走,顺道去前边超市买点纸钱。"

庐城的风俗,大年三十当天要去祭拜亲人。

徐迟的母亲和外婆都葬在这里,他和林疏星每年都会去一趟。他们俩在路口超市买了些祭拜品,一路往西,越走越静。

徐母和外婆的墓地挨得很近,四周干干净净,看得出来外公常来这里清扫。

墓地两侧种着两棵松柏,柏树常青,夏日遮阳,冬日挡风。

徐迟每次来扫墓情绪都不是很高,林疏星也不说什么,安静地陪着他，最后再留他独自一人跟徐母说说话。

今天也是如此。

按照习俗磕完头，林疏星起身要走，徐迟抓着她的手，又把人拉住："一起吧，陪妈妈说会儿话。"

林疏星点点头，蹲在那儿没动，纸钱的灰烬被风吹在半空中飘飘荡荡。

徐迟用树枝挑着没烧完的纸钱，声音很低："妈，我这一年过得挺好的，您在那边不用担心我。外公也挺好的，动起手来跟我小时候没区别，张姨总是念叨着他脾气不好，但我知道，她比谁都想老爷子过得好。

"我结婚了，之前跟您说过，这是您儿媳妇，我们很幸福。我们也不求什么大富大贵，您就保佑我们平安健康就行。"

话茬停了一会儿，林疏星扭过头去看徐迟，他抿着唇，眼尾泛红，喉结滚动，过了好半天才开口："妈，我还是很想你。"

林疏星鼻子倏地一酸，握着徐迟的手，看着镶嵌在墓碑上的照片："妈，我和徐迟会好好的，请您放心，我会一直陪着徐迟的。"

远处风吹来，徐迟拉着林疏星站起身，说了最后一句话："妈，我们走了，下次再来看您。"

风又一吹，墓地前的灰烬飞得满天都是。

乡下的年味很浓，徐迟和林疏星从山上下来，沿着回家的小道走了没多久，口袋里就被塞得满满当当。

林疏星从一把糖果里挑出徐迟爱吃的口味："我们等会儿也从超市买点东西给他们吧。"

"没问题。"徐迟问她，"晚上想不想放烟花？"

林疏星眼睛一亮："可以吗？"

徐迟笑道："在这儿有什么不可以，你就是要天上的月亮，我都会想办法给你摘下来。"

"那我不要月亮，你给我摘颗星星吧。"

"星星不是已经在这里了吗。"徐迟偏头看她，一字一句道，"在我眼前，在我心里。"

林疏星佯装被他的土味情话恶心到，拖着腔"咦"了一声。

徐迟没作声，只弯唇笑了笑，牵着她继续往前走。

她是他的那颗星，一直都是。


雨水


林疏星和徐迟在庐城陪外公过了一整个春节，在元宵节这天回了平城的爷爷奶奶这边。

徐家家大业大，一到节假日，不管是长辈还是小辈，都会从天南地北赶回来。

徐迟这些年因为徐穆国很少回来，父子俩都有意避开对方。徐迟是不想见，徐穆国是怕惹徐迟不高兴。

林疏星的印象里只撞过一回，那是几年前的除夕夜，她和徐迟来这里吃饭，吃完饭没多久，徐穆国就带着他的一家人回来了。

当时徐迟要走，徐奶奶不同意，还是徐迟的二哥徐培风出面劝动徐奶奶。那次算起来，也没正式碰上。

后来结婚，徐迟也只是礼节性地通知过徐穆国。对方可能怕触徐迟霉头，结婚当天只让徐家人包了一个大红包，人没到场。

后来，那红包还让徐迟在婚礼现场分给小辈们了。

今年除夕，林疏星和徐迟没回来，没和徐穆国碰上面，但今天林疏星听徐奶奶的意思是，中午吃饭徐穆国还是要过来的。

一年难得见一次，徐迟不想让爷爷奶奶为难，听了这事也没说什么，只是在徐穆国回来时，跟林疏星待在楼上，一直没下楼。

两人在房间里聊天，好似回到了几年前那个除夕。

林疏星盘腿坐在地板上，手里拨弄着那个飞机模型："要不然，我们吃完午饭就回去吧。"

徐迟靠着沙发，闻言朝她这里看过来："回去做什么？"

林疏星挪过来，坐到他腿上，手圈着他的脖子，然后靠过去："不想你不高兴。"

"我没事。"徐迟的手贴着她后背有一下没一下地安抚着："我们工作忙，平时也没什么时间过来，今天就当给爷爷奶奶面子了。"

林疏星听着好笑："你这是自己安慰自己？"

"想让你别那么担心我。"徐迟说，"其实过去那么久，我已经没那么恨他了，我一直就当没这个父亲。"

林疏星抬起头，眨了眨眼睛："徐迟。"

"嗯？"

"我们要个孩子吧。"

"怎么突然想要孩子了？"

"我想看看你当父亲的样子。"林疏星搂着他的脖子，"我觉得你一定会是一个很好的父亲。"

徐迟低声笑着，正准备压着人亲过去，房门突然被敲响。"咚咚"两声，打破了屋内的旖旎氛围。

徐迟想骂人。

林疏星见他有些不耐烦，没忍住笑，推着他肩膀："松开，我去开门。"

徐迟不想撒手，黏着她，脑袋在她脖颈间拱了拱。

"听话。"林疏星在他唇上亲了一口，自个儿站了起来，徐迟跟在她身后一起朝门口走去。

敲门的是徐培风和温时尔。

林疏星见到好友，又惊又喜："尔尔，你们不是回京市了吗？"

温时尔是林疏星的大学好友，同窗几年，后来在非洲做无国

224

界医生时和徐迟的二哥徐培风走到了一起。

他们俩一个是无国界医生，一个是军人，平时聚少离多，更别说回国，林疏星也有好久没见过她了。

温时尔连夜赶回来的，哈欠连天："听说你们元宵节也回来，毕竟那么久没见了，我们就想回来见一面。"

四个人在房间里坐下。

林疏星和温时尔许久未见，好多话想说，两个男人连个插话的机会都没有，索性去了外面阳台抽烟。

平城的冬天还是很冷，徐培风咬了根烟在嘴间，将烟盒递给徐迟。他接过去，但没拿烟，只是合上后放在一旁，笑道："早就戒了。"

"弟妹的意思？"徐培风低头点着烟，没抽，拿在手里，说起来也觉得好笑，"我也想戒来着，不过，我戒烟尔尔就在我面前晃，到最后怎么也戒不掉。"

徐迟掏了掏耳朵："聊天就聊天，怎么聊着聊着就开始秀恩爱了。怎么，就你有老婆是吗？"

徐培风闻言就是一抬脚："都结婚了，还没个正形。"

徐迟离他太近，没躲开，黑色的西裤上被他踢了一个鞋印，他弯腰拍了两下："我看你这几年，就光长年龄了。"

徐培风笑骂："滚一边儿去。"


中午的团圆饭，徐迟跟徐穆国没坐在一桌，徐家人多，长辈们就能坐满一桌。

十几个差不多年纪的小辈坐在一起，年纪更小的小孩子们，阿姨也会给他们支一桌。

一家人热热闹闹，酒喝足饭吃饱，年轻点的就开始吃喝着先撤桌，开始饭后娱乐生活了。

麻将摆了一桌，玩纸牌的也摆了一桌。

林疏星不擅长这个，坐在徐迟旁边看他打麻将，他要喝水就给倒水，要吃水果还亲自喂到嘴里。

徐培风看着不是滋味，看了眼坐在一旁的温时尔。

她反应快，很快悟到他是什么意思，关了手机凑到他耳边威胁道："你要敢这样，你晚上就给我睡阳台去。"

徐培风摸摸耳朵："我让你玩，我来伺候你。"

温时尔倒是不客气："这还差不多。"

徐培风这怕老婆的形象一下逗乐了看牌的人。家里的堂弟未婚，看着两个堂哥截然不同的待遇忍不住打趣道："我以后要做四哥这样的男人。"

徐迟丢了张四筒，抬眼看过去，笑问："为什么？"

"在家里有地位啊，要是像二哥这样，我买个游戏装备估计都要打报告提申请。"

周围哄笑起来，徐培风抬手就往他后脑勺拍了一巴掌。

徐迟笑道："那估计有点难，你四嫂这么好的人，天上地下绝无仅有了。"

众人："……"

温时尔恍若未闻，一门心思都在麻将桌上，趁其他人分心的时候，格外冷静地说道："胡了，给钱，谢谢。"

众人："……"

徐迟摸了一会儿，见林疏星看得起劲，凑过去问她："你要不要玩一会儿？"

"我不太会这个。"

"没事，我教你。"徐迟起身让位。见状，桌上另外两个男士也纷纷让了位置。

林疏星刚才看了几圈，大致摸出麻将的规则，除了出牌速度慢一点，倒也没显得那么生疏。

徐迟起身去倒水的工夫，她竟还胡了一把。

徐迟端水给她，笑道："不是会玩吗？"

"没你那么会玩。"林疏星从理论到实践的过程很顺利，这让她信心大增，玩心也重了不少。

徐迟在一旁坐着，比她还会照顾人，偶尔还会做些小动作，捏捏她胳膊，戳戳她衣服。

几个单身的看不过眼，叫嚷着："我不玩了！四哥不做人，哪有这样的，一家人一个赚钱，一个诛心，还让不让人活了啊。"

大人们听见，乐呵呵地笑着，家里一时间氛围格外融洽温馨。

林疏星和徐迟这一下午都赢了不少，不想一直赢，又不会刻意输，索性让了位，赢的钱也都给小朋友当红包了。

坐了一下午，林疏星有点饿，推着徐迟去厨房找吃的。

家里阿姨煮了元宵，是留着晚饭后吃的，听他俩说饿，先盛了一小碗端给他们："你们在厨房吃，我去后院摘点青菜。"

"谢谢阿姨。"

林疏星端着碗小口吃着，元宵馅儿扎实，她吃了三个就吃不动了，剩下的徐迟三两口给解决了。

他顺手把碗也给洗了，林疏星伸手给他卷袖子。两人挨得很近，徐迟低头凑过去。

林疏星也没动，由着他亲。

厨房和客厅离得远，关着门徐迟还是不放心，抱着人抵在门上，唇瓣相贴，都是甜甜的味道。

门不隔音，偶尔有人说话或是有人走过，林疏星都会下意识揪一下徐迟的衣服。

徐迟吻得很细致，像是要把上午在房间被打断的那个吻补偿回来。

门外有小孩子跑过，林疏星意识到这是在什么地方，伸手推了下徐迟的肩膀，声音又软又腻："徐迟……"

他摁着她的脑袋又亲了回去，直到彼此的呼吸快缓不过来才松手。

林疏星被亲得腿软，挨着徐迟的力道才站好。

徐迟没比她好到哪里去，脸红耳朵红，脖子也是红，大概是硬憋着，鼻尖有汗意。

林疏星走过去开了厨房的窗户，冷风吹进来。

徐迟走过来把碗刷干净。

水声哗哗，等到一切都平静，两个人才从厨房出去。


吃过晚饭，徐迟借口有事，拉着林疏星就离开了徐宅，温时尔和徐培风送他俩出门。

温时尔问："你们什么时候回京市？"

林疏星想了下："估计明天下午。"

徐培风说："我们也下午回去，到时候一起？"

林疏星说好。

温时尔又问道："你们这么早回去做什么？我还想继续打麻将呢。"

林疏星也不知道徐迟到底有什么事，下意识地看了他一眼。徐迟摸着她手，一本正经地道："当然是做夫妻间该做的事情。"

林疏星："……"

温时尔："……"

徐培风："……"

两人开车远去，温时尔还愣在原地，转头看着徐培风："你们家的人都这么狠的吗？"

徐培风不太认同："我有像他这样吗？"

温时尔挑了下眉："那你倒是不像他。"

徐培风认同地笑了笑。

温时尔又道："你比他还狠。"

徐培风："……"


## 惊蛰


工作日徐迟和林疏星都比较忙，但比起读书那几年，显然是好了很多，不会出现什么联系不到的情况。

林疏星在科学院工作，除此之外，她还是母校的外聘教授，偶尔还会回去教课。

惊蛰这天是周三，她有课。

学校的课是根据她的工作时间排的，周三下午两节，周五上午两节，一周就这四节课。

两节课结束时才到六点，入春了，天黑得没那么早，林疏星回家之前顺道去了趟超市。

她一边推着车往前走一边给徐迟发消息："你晚上想吃什么？"

徐迟不知道在做什么，回了语音过来："下班了？"

"对啊，下午回学校上课，回来顺道来了超市。"

"我买过菜了。"徐迟说，"你在哪个超市，我过来接你。"

林疏星推着车往外走："就我们常来的这个，你别出门了，我开车，直接进车库了。"

"哦，开车慢点。"

"知道啦。"林疏星挂了电话，放回推车，开车回家。

徐迟挂了电话，估摸着她的到家时间，让阿姨开火准备晚餐。他在客厅坐着，但过了预计的时间，还没见林疏星回来。

他想到什么，拿了卡去地下车库。

果然不出他所料，林疏星正在和倒车入库做斗争。驾照都考了几年，到现在还不会停车，也是个人才。

徐迟摇头失笑，快步走过去，跟车里的人挥了下手。

林疏星停车，降下车窗。

徐迟走到驾驶位外："下来吧。"

林疏星倒也倔强："你给我在外面看着，我就不信我今天停不进去了。"

"行。"徐迟往后退了几步，在外面指导她，怎么打方向盘，什么时候该收，什么时候该放。

林疏星领悟能力可以，听着他的话，两遍就把车停了进去，只是位置不正，徐迟又上车替她重新停了一遍。

两人手挽手往回走，徐迟问："我平时不在家，你都是怎么停车的？"

林疏星刚才倒腾了大半天，出了不少汗，她用手扇风："平时旁边那个车位都是空着的，给我发挥的空间比较多。"

徐迟今天也开车回来，三个车位两边都停了车，空着中间一个，对她来说确实有点难度。

他回头看了一眼，收回视线的时候替林疏星拿着包："也是难为你了。"

林疏星自知不是什么好话，没搭理他。

两人一到家，林疏星就先去洗澡。徐迟回房间拿了身份证，又带上卡出了门，直到快吃晚饭才回来。

林疏星捧着汤碗问他："你做什么去了？"

徐迟从口袋里掏出张卡递给她："以后回家，你可以横着停车了。"

"什么？"

徐迟夹了一筷子肉放进她碗里："我把你旁边那个车位给买下来了。"

林疏星差点被汤呛住："那不是别人家的车位吗？你怎么买的？"

"我让物业联系业主，直接买了。"

说得容易，林疏星总觉得没那么容易，直到晚上睡觉前，她才知道徐迟是花了两倍的价格，才把车位买了下来。

她先是蒙，反应过来后伸手摸了摸徐迟的额头。

徐迟抓住她手指："做什么？"

"我看你是不是发烧把脑袋烧糊涂了。"林疏星不解，"一个车位本来就贵，你还花两倍的钱买，你傻吗？"

徐迟笑："贵不贵是其次，主要是怕你哪天把人车给刮花了，这不是影响邻里和谐吗？"

林疏星冷漠地"哦"了一声："那你不觉得你这么花钱比较影响夫妻和谐吗？"

"有吗？"徐迟本就抓着她的手，略微用力把人扯过来，边亲边说，"我来看看哪里不和谐了。"

林疏星哪里是他的对手，几下便没了对抗的力量。

夜渐深，月亮悄悄探头。

月光倾泻，水波荡漾，这夜还很长。


## 春分

北方的城市好像直到今天才真正进入春暖花开的季节，大地复苏，万物齐生，早起时城市仍旧大雾弥漫，傍晚的高峰期依旧很长。

这一天，徐迟外派出差，林疏星朝九晚五，没有发生什么特

231

别好的事情，但也没有遇到很坏的事情。

晚上林疏星和徐迟通视频电话，她在开会，徐迟在酒店休息，彼此安静地陪伴着对方。

林疏星忙到深夜，徐迟一直陪着她。

她最近比较忙，结束视频会议，洗漱完就躺回床上，和徐迟没说两句话人就睡着了。

徐迟没听到她的动静，拿起手机看了眼，轻轻笑了笑："晚安，我的小星星。"

电话这端，林疏星嘟囔了一声，又沉沉睡去。

卧室的窗户没关严，微风掀起床帘，夜空阒寂，繁星密布。

这一天，是很寻常也是很好的一天。


## 清明


今年清明一放假，徐迟和林疏星就回了平城祭祖，林疏星的母亲早年移居国外，这些年除了她结婚那天，再没回过平城。

林疏星和徐迟去给林父扫墓，带了林父以前最爱喝的酒。

林疏星对父亲的记忆已经很模糊，只记得很小的时候他们去乡下爷爷奶奶家避暑，有马戏团来村里表演，来观看的人很多，她被挤在人后什么也看不见，父亲便将她扛在肩上，一双大手紧紧护着她。

时隔多年，林疏星早已记不得那场表演到底看了什么，只是父亲掌心的温度还有脸上温柔的笑容，让她这么多年都还觉得很清晰。

"爸爸，我嫁给了一个很好的人，我现在过得很幸福，你是不是已经去了一个新的家庭？"林疏星再和父亲说起这些，已经没多少难过的情绪，她伸手擦了擦墓碑上的照片，温声道，"这一世你一定要长命百岁，有一个圆满幸福的家庭，过一个很长也很好的一生。"

从墓园出来，徐迟和林疏星回了徐迟高中时的住处。这些年他们不常回来，但家里也定时找人打扫，回来就可以直接住进去。

林疏星最近好像又回到年初的时候，格外缺觉，到家歇个脚的工夫，靠着沙发就睡着了。

徐迟烧了水出来，走到沙发旁摸了摸她的脸。

林疏星睡得不沉，他一碰她眼睛就睁开了，脸贴着他掌心蹭了蹭："好困。"

徐迟弯腰把人抱起来，走进卧室，放在床上："睡一会儿，晚点我们再去爷爷那边。"

林疏星拉着他手："你陪我一起睡会儿。"

"行。"徐迟脱了外套，又替她脱了外套，从她背后抱过去，"最近工作很忙吗？"

"还好。"

"那怎么这么困？"

"不知道，可能这就是春困。"

"星星。"徐迟的手隔着被子贴在她小腹上，"下午要不要去医院看看？"

林疏星明白他的意思，握住他的手，回头看他："应该没有这么快吧。"

徐迟"嗯"了一声，唇贴着她额头亲了亲："那也要去检查一下，没见你困成这样过。"

林疏星不想他担心，点点头说好。

"睡吧。"徐迟搂着她，没再说话。

中午两人去徐家老宅吃了午饭，徐迟约了隔天一早的专家号，晚上两人留宿在老宅。

第二天一早，林疏星还在睡梦中就被徐迟喊起来了，她没过那个困劲，浑身软绵绵的，一点也不想动。

徐迟帮她穿好衣服，又抱着她去卫生间洗漱，连牙都是他手把手刷的。

林疏星在他给自己漱口的时候清醒过来，抬头看着镜子里两个人靠在一起的身影，笑道："感觉你像在照顾女儿。"

徐迟拧干毛巾，在她脸上擦了一下："那你倒是给我生一个。"

"这不是该你努力的事情吗？"林疏星打了一个哈欠，"生男生女是由你决定的，我做不了主。"

"那要不要从现在开始努力？"徐迟暗示性地问。

林疏星当即回答："不是还要去医院。"

徐迟圈住她："医生再努力，也没我努力有用。"

林疏星："……"好有道理哦。

两人玩归玩闹归闹，到点还是去了医院。为了配合体检，两人一大早都空着肚子。

林疏星饿得有些头晕，等体检的时候，肚子真的咕咕叫出了声音。

徐迟没忍住，笑道："再等会儿，体检完就带你去吃好吃的。"

怕真有什么情况，徐迟便把妇科和血常规的体检排在第一个，想等结果出来再去做其他的。

只是没想到，等来了一个好消息。

林疏星真的怀孕了，两个月了。

坐在医生办公室时，林疏星还处在自己怀孕了的震惊当中，她有些紧张："那孩子情况还好吗？"

医生看了她一眼："找你们进来也是因为这个。你现在的胎像不稳，那应该是先兆流产的迹象，幸好你们今天来检查了。"

林疏星光是听到"先兆流产"四个字心就提起来了，徐迟搂

234

着她的肩膀，拍了两下："别怕，我在。"

医生也安慰道："不要太担心了，你的情况不是很严重，加上你们来检查得及时，先住院几天观察一下情况。怀孕初期这种情况很常见，好好调养不会有什么大问题的。"

徐迟应道："好，谢谢医生。"

"不用客气，我先安排你住院。"

徐迟给家里打了电话，老爷子直接托人安排了单人病房，徐奶奶在家里安排阿姨炖各种补品。

徐奶奶担心林疏星的情况，又怕俩孩子没主见害怕，等不及东西煮好，先让司机送她去医院。

林疏星住进病房前还做了其他常规检查，徐迟全程提着心神跟在后面，直到她在病床上躺下，才松了一口气。

他倒了杯温水递给林疏星："我点了份营养粥，要不要吃点？"

林疏星的心思都在孩子身上，没什么胃口，提心吊胆了一上午，这会儿眼眶红红的："徐迟……"

"我在。"徐迟接过她手里的水杯搁在一旁，坐在床边将人搂进怀里，"别担心，不管怎么样，我都在，我会一直陪着你。"

林疏星的眼泪没忍住，掉在徐迟手上："都怪我，我要是再细心一点就好了。"

徐迟抬手擦了擦她的眼睛："我不许你这么说，孩子的事情，我也有一半的责任，是我没有照顾好你，照顾好你们。"

说完，徐迟隔着被子摸了摸林疏星的小腹："昨天我就在想，这里会不会真的有一个小宝宝，没想到今天就成真了，你说这是不是宝宝跟我们心有灵犀。"

林疏星吸了吸鼻子："宝宝现在才多大。"

徐迟笑："我总觉得宝宝跟我们有缘分。"他弯下身体，停在离她小腹很近的位置，声音又低又温柔，"宝宝，我知道，你肯定能听见我和妈妈的声音，你好好的，别让我们担心，好好地待在妈妈肚子里，给我们一个成为你父母的机会，好不好？"

孩子才两个月，自然不会有什么回应。

徐迟又道："你不说话，我就当你同意了。"

林疏星想笑："你这是欺负人。"

"我哪里欺负他了，我倒是希望他快快出生，然后来欺负我这个当父亲的。"徐迟扶着她躺下，"你好好休息，不要想那么多，等到八个月后，当一个漂亮又幸福的妈妈。"

林疏星一听又想流泪，徐迟指腹贴过去："我听别人说，孩子在妈妈肚子里的时候，和妈妈是有感应的，你要是再难过，宝宝以为我们不喜欢他怎么办？"

"好，我不哭。"林疏星握着他的手一起放到自己小腹处，"宝贝，我和爸爸都有一个不算很幸福的家庭，我们渴望有一个圆满的家，你乖乖的，来当我们家的小宝贝好不好？爸爸和妈妈一定会好好照顾你的，你相信我们。"

彼时窗外阳光正盛，病房里两人相依的身影交织映在白墙上。

万物向光而生。

林疏星和徐迟相信，他们的孩子一定会平安降生，就像多年前，他们相信彼此一定是对的那个人一样。


## 谷雨


研究院里的领导知道林疏星怀孕后，特意交代让她不要担心，好好在家里养胎。

学校的课林疏星也找人代了，没了工作上的压力，她整天在家里睡觉，一天二十四小时她能睡十二个小时。

当初出院时，徐奶奶担心徐迟照顾不好林疏星，特意让家里的阿姨跟着两人一起回京市。

这么小半个月的时间，林疏星被阿姨用各种滋补的汤养着，身体是养好了，人也跟着长胖了一圈。

徐迟今天在单位加班，趁着中午两个小时休息时间还特地回了趟家。

林疏星最近胃口比较好，想吃的东西很多，前天想吃城东的蛋糕，昨天想吃城西的臭豆腐，今天想吃城南的叫花鸡。

徐迟开车绕了大半个城，又排了半个小时的队，才买上一只刚烤好的鸡。

他到家时，林疏星正在吃饭，才喝了一小碗排骨汤。听见开门的动静，她抬头看了过去。

"你怎么回来了？"林疏星放下碗，走过去迎他。

徐迟换了鞋，抱了抱林疏星，揽着她往桌边走："昨天晚上你不是说想吃叫花鸡，给你买了。"

林疏星惊喜地笑了下："你还真去买了啊。"

"你不是叫着想吃，不吃就没胃口。"

"我那是跟你开玩笑。"林疏星走过去替他拉开椅子，"我帮你拿碗筷。"

徐迟扶住她肩膀，把人摁在座位上："我自己去拿，我有手有脚的，还要你一个孕妇伺候我吗？"

他抽了张湿纸巾擦干净手，替林疏星拆开包装："你趁热吃。"

林疏星确实是饿，筷子都没拿就要去撕鸡肉，徐迟轻拍在她手背上："拿筷子。"

她委屈巴巴地说："哦。"

阿姨还在厨房里准备其他菜，徐迟进去拿了干净的碗筷，问了两句林疏星在家的情况，在听到她总是睡觉时，忍不住皱了眉："她这么爱睡觉，是正常情况吗？"

"孕妇嘛，一个身子两个人，当然容易觉得累。你别太担心，阿姨是过来人，经验比你们多。"

徐迟听了这话才放心："辛苦阿姨了。"

"说什么话，你从小就是我看着长大的，现在能来照顾你的孩子，阿姨高兴还来不及。"阿姨关了火，"你去吃饭吧，正好把这个菜带出去，我再炒个小青菜就够了。"

"好，您忙完一起来吃吧。"

"知道知道，你们先吃。"


徐迟端着菜出去，林疏星已经解决完一个鸡腿，闻见盘子里炒猪肝的味道，忽地从喉咙深处涌上来一阵恶心。

她忙推开椅子，跑进了卫生间。

徐迟胡乱地放下菜和碗筷，跟着跑了过去。

林疏星还没吐完，听着她一直作呕的声音，知道她人格外难受。徐迟走过去，一只手在她后背轻抚着："难受？"

"嗯，想吐。"她把刚才吃的东西都给吐干净了，但也没缓过神，一直有恶心想吐的感觉。

她的孕吐反应来得猝不及防，徐迟等她吐完扶着她站起来，然后接了杯温水给她漱口。

林疏星吐得没力气，漱完口，挨着徐迟站在那里："好难受。"

徐迟弯腰把人抱回房间："我让阿姨给你熬点白粥？"

"不想吃。"林疏星推推徐迟的肩膀，"你身上有猪肝的味道。"

大概是孕妇的味觉和嗅觉都格外敏感，徐迟也没说什么，只是心疼她："我等下去洗澡，除了猪肝，还有什么不想吃或者不能闻到的？"

林疏星摇头："不知道，之前都没吐过，就是今天闻到那个味道，突然觉得很恶心。"

"那我和阿姨说一声，你躺一会儿，要不要喝水？"

"不想。"

"那有没有什么想吃的？"

林疏星想了一会儿："我想吃杏肉干。"

"我去给你买。"徐迟摸摸她的脸，"休息会儿。"

"嗯。"

徐迟从卧室出去，阿姨擦着手问："吐了？"

"是，她闻不得猪肝的味道。"

阿姨道："那以后动物内脏我都不买了，星星还有什么忌口的吗？"

"暂时还不清楚。"徐迟刚才被她那么一吓，觉得有些热，解了衬衫的两粒扣子，"我去买点东西，阿姨，您等会儿吃完饭煮点白粥吧，我怕她下午饿。"

"行。"

小区门口就有一家零食店，徐迟买了好几包杏肉干，又挑了些其他小零食，再回去时林疏星睡着了。

他把东西放在客厅，看了眼时间，进去亲了下还在睡梦中的人，拿着车钥匙回了单位。

下午他在办公室处理文件，接到了林疏星的视频电话。

她刚睡醒，还躺在床上："阿姨说你中午没吃饭就走了。"

徐迟把手机放到一旁："回单位吃了。"

"你晚上要加班吗？"林疏星拿着手机坐起来，膝盖拱起，手机靠在那里，空出手去拿杏肉干。

酸酸涩涩的，她吃着倒一点感觉也没有。

"不加班。"徐迟看着她吃了会儿，"不酸吗？"

"还好。"

他忽然笑了下。

林疏星不解："你笑什么？"

"我之前听老人说酸儿辣女，你说不定怀的是个儿子。"

林疏星笑："你还信这个啊。"

徐迟说："信一信，也没什么不好的。"

"那你是喜欢女儿还是儿子？"

"只要是我们的，我都喜欢。"

林疏星笑起来："我也是。"电话外有阿姨说话的声音，她拿起手机，"不和你说了，阿姨叫我去吃饭了。你晚上早点回来，我们一起给孩子起名。"

徐迟说："好。"

"老公再见。"她很少这么叫，喊完便急匆匆挂了电话。视频的另一端，徐迟捏着笔愣了几秒，而后摇头轻轻笑了下。

似无奈似宠溺，满腔爱意。


立夏


北方的夏天进得晚，立夏了气温也不是很高，林疏星过了前三个月的危险期，重新回研究院上班。

徐迟担任起司机的工作，每天先送她到院里再折返单位，傍晚也是先过来接她，有时来不及就让手下的人过去。

立夏这天，徐迟下班前临时有个会，便让司机小刘去研究院接人，半道上又给林疏星打电话，叫小刘带她来自己单位。

小刘把人送到，便忙着去洗车。

林疏星在徐迟办公室等了半个小时，他才开完会，一行几人出来后，有喊她嫂子的，也有喊她弟妹的。

林疏星笑着应，徐迟走过来搂着她："食堂今天进了新鲜羊肉，等会儿带你尝个鲜。"

之前有几次徐迟来不及过去接她，也会让小刘把她带到单位，两人一起在食堂吃完饭，再开车回家。

林疏星想到羊肉的膻味，有点反胃："我怕吃不下去。"

"没事，等会儿先带你去食堂转转，不能吃我们就回家。"徐迟进了办公室，窗外是成排的白杨树。

绿荫遮日，夏风温热。

林疏星走过去，徐迟拉着她坐在办公桌后，手在她微显的小腹上摸了摸："今天乖不乖？"

"他很乖的。"林疏星坐在他腿上，"陈老师今天给我打了一个电话，想叫我月底回学校给学弟学妹们做一次演讲。"

徐迟把玩着她衣服上的扣子："什么时候？"

"二十一号。"

"我陪你一起回去。"

林疏星搂着他："糯糯好像也回来。"

徐迟点点头："和她也好久没见了，许糯现在在做什么？"

"在浦城的全球濒危动物保护协会工作，不过她好像不常在国内待，一年到头都在国外。"

徐迟想起什么："林嘉让也在浦城。"

林疏星有疑："他不是在陵市吗？怎么去浦城了？"

"陵市那个投资公司他转做幕后了，现在在浦城做私募。好像做得还不错，之前给我打电话，还在炫耀他的新房。"

"……"

林疏星忍不住笑："他都快三十了吧，怎么还跟高中的时候一样幼稚。"

徐迟想了想："男人至死是少年……"

林疏星没法反驳："林嘉让现在还单着吗？"

"是吧，没听说有谈。"

想到这儿，林疏星倏地抬头看着徐迟："这么早结婚，有没有觉得很吃亏？"

"吃个什么亏。"徐迟凑过去亲了她一下，"娶到你，是我这一生里最幸运的事情。"

林疏星的嘴角慢慢勾了起来："我也是。"

小满

平城高中每年高考前都会邀请往届优秀校友返校，给将要参加高考的学弟学妹们做一次演讲，一是为了鼓励大家好好学习，二是给高压下的学生们减减压。

林疏星和徐迟拍婚纱照那年，陈儒文邀请的是徐迟，今年邀请了林疏星。他没想到徐迟也跟着回来了，更没想到林疏星还怀着孕。

陈儒文很过意不去："你怎么也不跟我说一声，早知道你怀孕，我就不让你跑这一趟了。"

林疏星宽慰道："没事的陈老师，我要是真不方便，早就跟你说了。而且我跟徐迟都想回来看看您，刚好趁着这次机会就来了。"

徐迟也应道："陈老师您别担心了，她没事，有我陪着呢。"

陈儒文还是不敢太松懈，叫了两个稳妥点的女学生，交代她们全程照顾好林疏星，不能磕着碰着，走哪儿都要坐着，水要是温的，不能太凉也不能太烫。

林疏星越听越不对劲，拉着陈儒文："陈老师陈老师，您别这样，我真没事，您这样弄得我都不好意思了。"她又看向听得愣住了的两个小学妹，"好了，别听陈老师唠叨，我这里不用人照顾，你们忙你们的去吧。"

两个学妹看看班主任又看看林疏星和徐迟，点点头："陈老师再见！学姐学长再见！"

徐迟笑道："陈老师您也去忙吧，我和林疏星自个儿在学校里逛逛。"

陈儒文张张嘴想说什么，又作罢："那行，学校你们熟，别走太远，等会儿安排你们去酒店吃饭。"

"行。"

徐迟和林疏星从办公楼出来，沿着林荫道往前走。

平城高中留给他们的记忆很多，有欢笑有分别，但更多的都是快乐的时刻。林疏星怀着孕，走不了太久，两人坐在篮球场外的长椅上。

"回到高中，就感觉好像还在这里读书。"林疏星和徐迟十指相扣，"原来，我们已经认识这么多年了。"

"是啊。"徐迟往后靠着椅背，"一年又一年，过起来真快啊。"

两个人坐在那里吹着风，聊着天，不一会儿接到陈儒文的电话，就去酒店吃午饭。两人就住在吃饭的地方，吃完饭休息了两个小时。

演讲会下午三点开始，林疏星睡觉不易醒，徐迟扶着她前前后后收拾好，才带着人出门。

"好困。"她嘟囔着。

徐迟从随身包里翻出一包果干，拆开喂到她嘴边："吃点酸的醒醒神。"

林疏星嚼了两片，徐迟又喂她喝水，一旁倏地传来一声轻啧："我这大老远看半天了，妹妹你怎么这么欺负我们迟哥啊。"

这声音清朗又熟悉，林疏星和徐迟都抬头看过去。在路旁停着一辆豪车，在豪车的后排看见那张熟悉的面孔。

林疏星笑着叫了一声："林嘉让，你怎么也回来了。"

"这不，老陈一个电话打来，我能不回来吗？"林嘉让将近而立，面容却还和少年人一般，年龄好似不曾在他脸上留下任何痕迹。

他西装革履，头发梳得干净利索，一张脸清俊儒雅，不像个商人，倒像个在学校里教书的白面书生。

他看了眼林疏星笑道："几个月了啊？怎么一点消息都没传给我。"

林疏星接道："才刚满三个月，之前身体不太好，一直在家里养着，就没往外说。"

林嘉让一听神情就紧张起来："那你怎么还往这儿跑？"

徐迟笑："早好了，别担心。"

"这好，等孩子出生了，让他认我当干爹怎么样？"林嘉让勾着徐迟的肩膀，"我领他去我那儿住，等我老了，房子就过户给他，让他给我养老送终。"

徐迟白了他一眼："你自己没儿子吗？"

林嘉让叹气："这不是什么也没有吗？"他又探头看林疏星，"妹妹，你们学校有没有什么适婚的年轻女性，给我介绍介绍。"

林疏星没有做媒的经验，加上办公室的都是老教授，摇头失笑："同事都是跟我们长辈一样的年纪。不过，依你现在这条件，想找一个好点的女朋友，还能难到哪里去。"

林嘉让有些苦恼："就是我这样条件的才不好找，年纪大点的，嫌我年纪小，年纪小点的，我又觉得太幼稚。"

徐迟看他："我看是你自己太挑了。"

林嘉让说："胡说。"


三个人说说笑笑，很快到了大礼堂。

陈儒文照顾林疏星，让她头一个上去讲，讲完就能回去休息，学弟学妹们看到她怀着孕，也没怎么提问。

整个流程都很快，就是结束时徐迟过去扶林疏星从台上下来，有眼尖的学生认出徐迟，转头和旁边的人分享："那个扶着学姐的男人，好像是前两年回学校演讲的那个徐迟学长！"

徐迟当时回学校演讲的视频传播的范围很广，也很火，到现在还在校网上挂着。

这一番发现很快引起四周人的注意。

有胆大的学生直接喊道："林学姐！和你在一起的是徐学长吗？"

徐迟和林疏星停住脚步，看向说话的学生，满厅的学生也全都朝他们两人看了过来，眼里都是八卦的气息。

徐迟和林疏星相视一笑，后者点了点头："是啊。"

"哇！"

"祝你们幸福！"

主持人也从台上下来，把话筒递给林疏星。她接过去，停了两秒才道："该说的都说了，最后还是祝你们学业有成，祝你们金榜题名。"

说完，她小声问徐迟："你有什么想说的吗？"

徐迟看看她，又看看周围的学生，借着她举起的话筒，微低着头凑过去："好听的话都让你们学姐说了，那我就祝你们……"

他刻意停了几秒，才接着说道："祝你们都能和喜欢的人考到同一所学校。"

这一句话很快引起更大的欢呼声，林疏星把话筒还给主持人，跟着徐迟从礼堂走了出去。

林嘉让的演讲还有一会儿，徐迟和林疏星坐在礼堂外的长椅上，等了一会儿他也从礼堂里出来。

三人站在阴凉处聊天，四周的学生来来往往，远处的上下课铃声响了又响。

那一瞬间就好像他们还在这里读书生活，一直没离开过。

演讲会结束后，林疏星接到许糯的电话，她刚下飞机，准备过来找他们。林嘉让听了，接话道："我有车，我去接她吧，叫她把位置发我微信上。"

"也行。"林疏星给许糯发了消息，没多久，林嘉让的手机上就多了条消息。

"你们先回酒店吧，我们等会儿直接来找你们。"

徐迟交代："注意安全。"

"放心吧，保准把人给你们安全带到。"林嘉让开车从校园里出去，半道上堵车给许糯发了条消息："许小糯别急啊，我还有半个小时就到了。"

许糯回道："没急。"

林嘉让和许糯上一次见面还是在徐迟和林疏星的婚礼上，这之后两人虽然同在浦城，但许糯常年在国外，两人私下里很少联系。

许糯在机场的咖啡厅坐了将近一个多小时才接到林嘉让的电话，她提着行李往外走，远远地就看见两道熟悉的身影，脚步跟着停了一瞬。

林嘉让也没想到这么巧，来接个人还能碰上周一扬。

说起周一扬，林嘉让、徐迟和他在高中时是最好的兄弟，但后来周一扬跟许糯分手，徐迟顾及林疏星，和他的来往减少，林嘉让又忙着学业和工作，自然也和周一扬走远了。

这几年听说他结了婚又离婚，林嘉让也只有过年过节给他发条问候的消息，平常没什么交流。

周一扬也是刚出差回来，远远看见林嘉让，过来打一声招呼。

林嘉让也是为难，寒暄也心不在焉的。

周一扬看出他的分神，自顾自笑了声，莫名带了几分自嘲："这么多年没见，我们也生疏了。"

林嘉让看了一眼停在不远处的人影，扶着周一扬的肩膀叹了一口气："今天是真不方便，改天我约你出来喝酒。"

周一扬偏不是那么顺着台阶下的人，问道："有什么不方便的？"

林嘉让被他堵得只好实话实说："我来接人的，阿迟家那位的好朋友，你明白了吗？"

话说到这里，周一扬的笑慢慢淡去："许糯？"

"嗯。"林嘉让拍拍他的肩膀，说道，"当初是你对不起人家，现在也别让人尴尬，就当给我一个面子，行不？"

"你都这么说了，我还能强留下来吗？"周一扬轻叹，"当初……"

当初如何，现在说早就晚了，他摇摇头，又叹了一口气："那我先走了，有空约酒。"

"行。"林嘉让跟他摆摆手。

等人走远了，他一转身，许糯已经走到跟前，他随口问道："你刚从浦城回来，还是从国外回来？"

许糯笑道："浦城，我这几个月都在浦城。"

两个人都默契地没有提起周一扬，直到上车时，许糯才道了句："谢谢啊。"

林嘉让飞快地瞥了她一眼："谢什么？"

"当然是谢谢你来接我。"

闻言林嘉让失笑，抬手开了半扇窗户，温热的风呼呼灌进车厢，没再开口说什么。

四个人多年未见，难得碰上一次，情绪都挺激动，尤其是林疏星，她是孕妇，情绪比较敏感，也更加感性。

大家坐下来聊了会儿天，许糯要回家一趟拿东西，林嘉让又说开车送她过去。

两人同时起身往外走，林疏星盯着他们看了两秒，等到人都走出去了，转过来问徐迟："林嘉让真的没谈过恋爱吗？"

徐迟想了会儿说道："早几年听说有谈过，后来分了。最近不是一直单着吗，不然怎么还让你给他介绍对象。"

林疏星突然笑了下，徐迟觉得莫名："怎么了？"

她神神秘秘地道："你觉不觉得……"

"什么？"

"林嘉让和糯糯还挺合适的？"

徐迟愣了三秒："你想撮合他俩？"

林疏星点点头："反正糯糯这么多年也没再谈过，林嘉让也还单着，介绍给别人，还不如撮合他们，肥水不流外人田嘛。"

徐迟挠了下额头："那我给你问问林嘉让的意思？"

"先别吧，我先探探糯糯的口风。"林疏星想到什么，忍不住骂了一句，"都怪周一扬这个人渣。"

周一扬大概是他们夫妻间唯一的一个雷。每回林疏星提起，徐迟都不敢反驳，只能顺着她。

林疏星今天奔波了一天，有些困，和徐迟吐槽了没几句，就靠着他肩膀睡着了。

徐迟摸摸她的脸，把人抱回了床上。

林疏星要醒未醒，拉着他胳膊不让走，他只好挨着她躺下来。

她迷迷糊糊在念叨着："晚上记得提醒我问糯糯……"

"知道了。"徐迟轻抚着她后背，"睡吧。"

窗外蝉声阵阵，屋内呼吸缠绵，天还长。

# 芒种

到了芒种，首都才真正热起来，太阳直直地晒下来，空气又干又闷。

林疏星前段时间身体不适，请了假在家里休息。早前她跟办公室老师调课，周三下午的两节课换到了周四下午。

徐迟下午没什么事，从单位溜回来，送她去学校上课。

他人也没走，林疏星给他找了本书，他坐在教室后排，混在学生堆里，倒也像个学生。

明天就是端午节，下午最后两节课学生的心都有些浮，课堂上难免有些躁动。

第二节课开始，有个男生等林疏星点完名就要逃课，被徐迟提着领子摁在原地："上课呢，去哪儿？"

男生双手合掌讨饶："同学，我赶火车，你帮个忙，让我走呗。"

徐迟不松："你赶火车属于正当理由，跟林老师说一声，她难道还不会让你走吗？"

男生索性在他旁边的空位坐下，盯着他看了几眼："你不是我们院的学生吧？你是不是代人上课的啊？"

徐迟没吭声。

男生以为自己说中了，语气也硬了起来："同学，你这样就说不过去了吧，你给人代课，那原本要来上课的人不也算逃课吗？我这好歹还是来了，也就缺一节课，林老师不会在意的。"

徐迟看了他一眼，仍旧没说话。

林疏星在讲台上看到这里的动静，借着学生看题目的空当走到这里，小声提醒道："你别打扰我学生上课。"

徐迟笑了，旁边的男生愣住了："林老师，你们认识啊？"

林疏星点点头："你师公爱胡闹，好好上课，别搭理他。"

男生："……"

最后一节课结束，学生一窝蜂地冲出去，徐迟走到林疏星面前，接过她的手提包，揽着人往外走："走吧，我们回家了。"

林疏星笑了下："好。"

夏至

林疏星学校的课已经结课，只是手上还有几个学生的论文没看，不去院里的时候，她大多在家里批改论文。

徐迟不让她多看电脑，论文都是打印好的，她手动改完，他再对照着往电脑上做批注。

月份越来越大，孩子却没怎么再闹腾过，连阿姨都说这孩子是少有的安静，大概是知道心疼妈妈。

只是林疏星一如既往地嗜睡，尤其到了夏天。

北方的夏天没有南方热，家里就中午最热的时候开一会儿空调，下午吹着空调扇，林疏星一觉能睡到天黑。关键是这么睡，晚上吃了饭，她还睡得着。

每个月去医院做检查，医生都说妈妈和孩子都很健康，不用担心，徐迟和林疏也就放宽了心。

徐迟最近公派出差，路过杭市顺便去了趟法喜寺，给林疏星和孩子都求了平安符。

他是父亲节那天出差的，走之前林疏星还和他笑道："等明年，你就可以过父亲节了。"

徐迟还挺期待，夏至这天一回来就钻进卧室跟孩子打招呼。

林疏星还在睡，听见他的动静，不满地嘟囔着："你干吗啊？"

"你睡，我和宝宝聊会天。"

林疏星："……"

徐迟自顾自说了一会儿话，起身将放在包里的两个平安符，一个放在床头的桌上，另一个放进了林疏星平时上班常用的包里。

做完这些，他才拿着衣服去外面的卫生间洗澡。

林疏星被他那么一弄，困意散了大半，刚好许糯打来电话，她接通电话，没聊两句，徐迟又进来送牛奶："许糯的电话？"

她点点头。

许糯也跟着道："哈喽，好久不见，我过几天来京市出差，记得好好招待我啊。"

徐迟笑了笑："你想吃什么提前跟我说，我让阿姨准备。"

许糯倒也不客气："等我想好了会发给星星的。"

"行。"徐迟看向林疏星，"你们聊。"

林疏星点头，徐迟走了两步又回过头说："牛奶记得喝，过会儿我来检查。"

许糯听不下去了："不然我还是先把电话挂了吧，我怎么感觉像个电灯泡呢。"

林疏星笑着叫住她："你干吗呀，我还有事跟你说呢。"说完，又催着徐迟出去。

徐迟这才转身走了出去。

许糯等门关了才问："什么事？"

"就我之前跟你说的，林嘉让。"

这还是小满那阵子的事情，那天林疏星跟许糯提了一句，只是那时候许糯喝得有点多，也没怎么留心。

之后各自回了各自的城市，离得远且工作又忙，这事就这么一直耽搁着。

许糯摸了摸耳朵："感情的事情哪能这么简单，我和林嘉让认识这么多年，要能在一起，我当时干吗不直接和他谈恋爱。"

"这不是缘分没到吗？"提到过去，林疏星总替她委屈，"都怪那个谁。"

　　许糯觉得好笑："我早就不在意了，你怎么还这么介怀。说起来，我上次回平城还在机场看见周一扬了。"

　　林疏星眉头一皱："他找你说话了？"

　　"没，大概是林嘉让跟他说了什么，他先走了。"

　　"这么看起来，林嘉让这人还挺靠谱的。"林疏星别过头看向许糯，"但不管怎么样，你在我这里永远是第一位，感情的事情我没有办法强求，只是希望你不要把自己封闭起来，真遇到合适的就去接触接触。"

　　许糯在床上躺下来，闭上眼睛，眼前闪过很多张熟悉又陌生的面孔，过了很久才说："知道啦。"

　　挂了电话，林疏星扶着腰从卧室出来，刚好撞上徐迟洗完澡。

　　家里空调没开，徐迟坐在风扇前，林疏星走到他身旁坐着，问道："你去寺里了啊？"

　　"顺路进去拜了拜。"

　　"我听人说，法喜寺你去许了愿，年前要去还愿的。"

　　徐迟点点头："有听人说过。"他算了算时间，"到时候宝宝也该出生了。"

　　提起这个，林疏星忽然想起来："我们还没给宝宝起名字呢，之前一直说起，都没顾得上。"

　　两人现在都没事，徐迟索性去书房拿了本《中华字典》："先想想姓什么吧。"

　　林疏星愣住了："我们的孩子不跟我们姓跟谁姓？"

　　徐迟笑她一孕傻三年："我是说跟你姓还是跟我姓。"

　　"哦。"林疏星没想过这个问题，但在她印象里，孩子好像大多是跟父亲姓，"跟你姓吧，要是再有第二个孩子，就跟我姓。"

徐迟没说好还是不好："你喜欢两个字还是三个字？"

"两个字？就像你这样，徐什么，我就觉得挺好听的。"

徐迟点点头，一时间也没想到什么合适的字，随便在纸上写了两个字。

徐林。

林疏星看了眼，抿唇："这么随意？"

"我觉得还挺好听的。"徐迟又想了下，提笔在徐和林之间加了一个字。

林疏星看了之后，意外地觉得还不错："挺好听的。"

徐迟好像挺喜欢这个名字，也不继续往下看了："那就先定这个了？"

林疏星想不到他连孩子的名字都能用来秀恩爱，但她一时半会儿也没有更好的想法，只能点点头："你觉得好就可以。"

"那我觉得很好。"徐迟把那张只写了一个名字的纸搁到一旁，铅笔顺势压在上面。

偶尔有风吹来，铅笔滚动，露出压在底下写得工整有力的三个字——徐慕林。

徐迟爱慕林疏星。


## 小暑


林疏星开始放暑假了，徐迟单位也有一周的假，他趁着这个时间，开车带林疏星回了庐城。

外公知道林疏星怀孕后一直说要去京市看望他们，只是徐迟不放心年龄太大的他长途奔波，才特地带着林疏星回来。

张姨早早就将两人的卧房给打扫了一遍。

两个老人年纪都大了，平时他们不在身边，徐迟怕有什么意外他们不能及时赶回来，年一过就给家里新招了一个年轻点的阿姨，平时负责干点重活和粗活。

阿姨是本地人，人淳朴善良，张姨和外公对她都挺满意。

她做菜和张姨不同，口味重，但意外地合林疏星的胃口。在庐城那一周，她吃得比平时还多。

"我发现我还挺喜欢吃面食的。"说这话时，林疏星手里还拿着刚出锅的花卷，热气腾腾。

徐迟从她手里接过来："你也不怕烫。"

"可能是太好吃了，没顾得上。"林疏星就着他的手撕了一小块喂到他嘴边，"你尝尝。"

徐迟随便嚼了两下咽进去，面不改色地吹："好吃。"

林疏星不吃他这套："你尝到味道了吗？你就说好吃。"

徐迟总有理："你都说好吃了，难道你还能骗我不成。"

林疏星被他堵得没话说，把花卷从他手里拿回来，气鼓鼓地往里走："不跟你说了。"

徐迟在后面叮嘱道："你走慢点。"

"你管我。"

他摸鼻子笑，听见屋内传来的咳嗽声，抬脚走了进去："外公。"

书房传来回应："嗯。"

徐迟走进去："怎么还咳嗽呢，之前去检查不是说肺没什么问题。"

周永龄乐呵呵地道："年纪大了，总有些小毛病。"说罢，他又问，"孩子到年底该出生了吧？"

"嗯，差不多是那时候。"

周永龄又问："名字起好了吗？"

徐迟摸摸鼻子，又说："差不多。"

"叫什么啊？"

"徐慕林。"

周永龄停笔："双木成林？"

徐迟不大好意思往下说了，从一旁取了支毛笔，在空白处一笔一画写下三个字。

周永龄看完，脸不是脸鼻子不是鼻子的："这么多年的书都白读了。"

徐迟笑着说："我觉得挺好的，星星也觉得挺好的。"

周永龄懒得管他们的事："你们觉得好就好。"

他提笔落锋，最后一笔字落成，将毛笔放回笔架上，窗外的阳光落进来，未干的墨迹隐约像是发着光。

后来那副外公写的字被徐迟带回京市，找人裱起来放在他们的卧室里。

不是什么名家佳句，周永龄只写了四个字——平安健康。

是他对这个未出生的孩子，最好的祝福。


## 大暑


这是一年里最热的一天，但林疏星考虑到她自身的状况，家里的空调温度她没敢往下调太低，所以午觉睡醒后，总觉得热。

她在客厅坐了一会儿，随后溜达到厨房喝了一碗阿姨留的绿豆汤，心里的燥意才稍微降了下来。

北方的热很干，不像南方的热是四面八方裹着的，傍晚下楼，吹来的还是凉风。

林疏星上次去孕检，医生特意交代，到了孕后期不要睡太久，要多走动走动。

现在每天晚饭后，徐迟都会带她下楼走两圈，回来时还要买只冰激凌，但基本上每次都只能吃一两口解解馋，剩下的都吃进了徐迟的肚子里。

今天林疏星浑身不舒服，散步回来，徐迟问她要不要吃冰激凌，她也没什么胃口。

徐迟摸摸她额头："怎么了？"

林疏星摇头："不知道，就感觉心里不舒服，也不是热。"

徐迟当机立断："我们去医院。"

林疏星不想去："我回去躺一会儿就好了，应该是这段时间腿酸，没睡好。"

随着肚子变大，各种孕期综合征都开始显现，林疏星原本很瘦的小腿现在因为浮肿，看着都很圆润。

"那回去了我给你捏捏。"

"嗯。"


回家后，徐迟给林疏星先倒了一杯温水，帮她洗澡时自己顺便快速地冲了一个澡。

忙活好，林疏星躺在床上，徐迟坐在床尾，小心揉着她的小腿。他的手法很专业，林疏星慢慢涌上些困意。

徐迟揉了好一会儿，见她睡着了才停手。

他在一旁的沙发上看了一会儿文件，等到夜深了才挨着她躺下来，合眼还没多久，搁在床头的手机忽地响了起来。

徐迟先醒过来。

来电显示是一通越洋电话，徐迟眼皮一跳，心里莫名涌上一阵不安，拿着手机去了客厅。

电话没接太长时间，几分钟就挂了，徐迟却在外面站了好久才进去。

林疏星坐在床上，眼里有因为没睡好导致的红血丝："怎么了？"

徐迟走到床边坐下，神情有些沉重。

林疏星的心慢慢提了起来："出什么事情了吗？"

徐迟拉着她的手，指腹无意识摩挲着："电话是方亭姐打来的，她说妈……去世了。"

林疏星听完，只眨了一下眼睛，眼泪就跟着落了下来。

徐迟心里也难受，伸手摸了摸她的脸："难过就哭出来。"

林疏星摇头又点头，根本不知道该怎么做。

关于母亲林婉如，她更多的记忆是争吵和那些无尽黑夜里的拳打脚踢。

方亭曾经和她说过这样一句话，她说："星星，她是母亲。"

是一旦消失，这个世界上就不会再有的人。

林疏星曾经还不懂，如今真到了失去的时候，她才忽然明白，在这个世界上唯一和她有着血缘关系的人，从今天开始便不复存在了。

她一边流泪一边后悔。

树欲静而风不止，子欲养而亲不待。

尽管林婉如曾经做过很多不好的事情，可始终是她的母亲。在母亲离开的时候，远在大洋彼岸的林疏星仍然和她有着奇妙的联系。

林疏星哭得上气不接下气，徐迟抱着她，心里既有对长辈离世的难过，也有对妻子心疼的酸涩。

"星星，你还有我，还有我们的孩子。"徐迟擦掉她眼角的泪水，"你现在身体不适，没办法长途飞行，我明天一早过去，把妈接回来，你乖乖在家里等我们好吗？"

林疏星仍旧控制不住哭意，根本听不清徐迟说了什么，一直到因为身体承受不住，昏睡过去才停下来。

徐迟拿热毛巾给她擦了擦脸，又给许糯打了一通电话，拜托她明天一早赶过来陪着林疏星。

许糯听完，只道："我现在就过来。"

此刻是深夜，徐迟担心她一个人不安全，叮嘱道："你在家等会儿，我让林嘉让陪你过来。"

"行。"


林嘉让和许糯没耽搁，买了凌晨的机票，早上到了之后，徐迟就要去机场。

出门前，林疏星还没醒，徐迟不太放心："星星就交给你们了，有什么情况及时给我打电话。"

许糯点头："我们知道，你自己也注意安全。"

"嗯，谢了啊。"

林嘉让皱眉："这个时候你还跟我们客气。"

徐迟没多耽搁，立马去了机场。他把林婉如的骨灰接回来已经是三天后的事情，林疏星的情绪已经稳定，林嘉让和许糯提前带她回了平城。

林婉如的遗嘱里提到过，她想葬在平城。

周昭阳收到消息也从国外赶了回来，葬礼来的人并不多，林疏星看到方亭又忍不住掉眼泪。

方亭抱住她："你妈妈走得很安详，没受什么痛苦。她好像早知道自己会离开，所以提前做好了准备。"

"那她怎么没有跟我联系？"林疏星很难过。

"她想的，那天睡觉前，她还说睡醒要给你打电话。"方亭眼睛很红，"她一直很挂念你，希望你不要记恨她。"

林疏星摇头，眼泪流得更多，几乎说不出话来。

方亭拍拍她的背："都要当妈妈的人了，不为自己考虑也要为孩子考虑，好好照顾自己。"

"嗯。"

葬礼结束后，林疏星的情绪一直不是很高，她的身体又不适合外出，徐迟请了假在家里陪她。

两人也没做什么，偶尔她醒了聊聊天，或是一起坐在地板上玩拼图。晚上，徐迟从后面抱着她，下巴抵着她脑袋蹭了蹭："明天我们一起去商场逛逛，给宝宝买些出生后用的东西。"

林疏星闭着眼睛，眼眶潮热："嗯。"

徐迟有一下没一下地摸着她明显显怀的小腹："宝宝也知道妈妈在难过，他也会难过。"

林疏星不知道怎么说，闭着眼流泪。

徐迟扶着她的肩膀换了个姿势和她面对面，身体微微往后退，躲开她的肚子，温热的唇贴在她薄薄的眼皮上："不哭了。"

她紧咬牙根，却依然有挥散不去的难过："她还没有见过宝宝的样子。"

"会看见的。"徐迟和她额头相抵，"就像我妈妈和你爸爸一样，虽然很早就离开我们，但我始终相信，我们这些年过得幸福还是委屈，他们都能看得见，所以我们要快乐地生活着，这样他们才能放心。"

林疏星闷声应着，呼吸沉重："徐迟，我好后悔……"

后悔没有早点和她联系。

后悔没有在她还活着的时候对她好一点。

要说起来，她们之间并没有太深的怨恨，为什么在还有机会的时候，她没有好好把握。

"如果再给我一次机会，我一定会早点告诉她，其实我早就不怨恨她了，我也很爱她。"

原来妈妈一开始也不是妈妈，只是因为有了我们才会成为妈妈，是我们赋予了她新的身份，却也给了她新的枷锁。希望我们在有限的一生里，都能够用尽全力去爱。

## 立秋

虽是立秋，可气温仍旧很高，林疏星预产期还有两三个月，但院里已经给她批了产假。

她平时也就周三和周五去学校上两节课，没事的时候都在家里休息，偶尔去徐迟单位陪他上班。

"明早我先陪你去产检，再送你去学校上课？"徐迟回复完邮件，抬头说了一句。

林疏星正在看学生的论文，闻言头也没抬："好。"

徐迟现在不知道是什么破习惯，和林疏星说话时非要她看着自己说，这会儿见她没动作，叫了一声："林疏星。"

她还没反应过来："干吗？"

"林疏星。"

她抬头，语气不满："我耳朵又不聋，听见了、知道了、明白了，徐队。这样可以了吗？"

徐迟被她逗乐："你要是我手底下的兵，早就被我给踢出部队了。"

"哦，我谢谢，我庆幸我不是你手底下的兵。"

徐迟"嗯"了一声："你是我祖宗。"

林疏星和他贫："我可担不起这顶高帽。"

"你担得起，你怎么担不起。"徐迟起身给她倒了杯水，"祖宗，喝点水，收拾一下我们该回家了。"

林疏星："……"

# 处暑

八月末，林嘉让来京市出差，顺道给还没出生的徐慕林买了一点婴儿用品。他自从听了徐迟起的名字之后，就一直觉得林疏星怀的是儿子，买的用的都是男孩子的。

林疏星让阿姨全都收进婴儿房整理，笑了一句："到时候万一生的是女儿，你这些不就用不上了。"

"那就搁这儿存着，等我生儿子了，你让阿迟再给我送回去。"

徐迟倒了一杯水放在他面前："你就吹吧，现在连个对象都没有，等你生儿子，还不如等我儿子生儿子。"

林嘉让喝了一口水："我说不过你。"

徐迟看了一眼婴儿房的位置，踢了一下林嘉让的脚："我说真的，许糯，你真没考虑过？"

"不尴尬吗？"林嘉让摸了摸鼻子，"周一扬跟我们什么关系，他跟许糯什么关系，我再和许糯……你也不怕人笑话。"

"随便你。"徐迟也没强求，毕竟感情这事强求不来。

林嘉让留在徐迟那儿吃了晚饭，饭后林疏星盛情邀请他在家里住下来。他没好拒绝，就给助理打了电话，让他明天一早来这边接他去机场。

家里房间多，阿姨收拾了一间，换上了新晒的床单被套。林嘉让洗完澡出来，徐迟和林疏星正坐在客厅看电视。

他走过去在一旁的单人沙发上坐下，林疏星起身去洗了两盘车厘子："今天刚到的，你尝尝。"

"哦。"林嘉让吃了一颗，"还挺甜，你爱吃这个啊？"

林疏星笑："以前觉得一般，怀孕后觉得特别好吃。"

"那成啊，我有一朋友，经营果园的，到时候让他给你寄。"林嘉让又吃了两颗，"迟哥报销。"

徐迟抬手就往他那儿砸了一颗车厘子："给你干儿子吃点车厘子，你还好意思要报销。"

林嘉让笑着躲开，弯腰捡起徐迟刚丢的那颗车厘子："回头把你这儿的收货地址给我发一份。"

"这还差不多。"

三个人聊着天，笑声没停过。

徐迟给林疏星递车厘子，林疏星吃完还喂了他一颗，徐迟又拿纸给她擦手。本来是很正常的一幅画面，只是林嘉让今天看着破天荒地突然想找个人定下来了。

他这几年，全身心投在事业上，秉持着先立业后成家的原则，兜兜转转到现在，正儿八经的恋爱都没谈过几场。

三个人聊到十点多，林疏星是孕妇要早睡，徐迟便扶着她回卧室。

林疏星道了一句："你也早点睡，要什么你自己弄，找不到就喊阿姨或者找徐迟都行。"

林嘉让点头："得，你去睡吧，我在这儿就跟在自己家一样，还担心我不适应吗？"

林疏星笑道："行。"

徐迟和林疏星回了卧室，林嘉让看了一会儿电视，觉得索然无味，关了电视，起身在屋里转了一圈。

徐迟这套房买的是大平层，家里装修都是按照林疏星的喜好，简单温馨，长走廊的两侧挂着一些艺术画和几幅拼图。

外间卫生间的洗手台上放着青柠香味的洗手液，墙上挂着擦手巾，挂钩的造型是小猫和小狗，挺可爱的。

林嘉让刷完牙回到房间，床头柜上还放着林疏星特意给他拿的加湿器。

这间客卧没有飘窗，窗外是一栋栋高楼，万家灯火。

林嘉让在窗前站着，徐迟出来倒水，路过他房前，抬手敲了敲门："大半夜在我这儿思考人生呢？"

"可不是吗？"

徐迟走进来："怎么？工作遇到烦心事了？"

"你别咒我啊。"林嘉让倚着一旁的矮柜，大约是觉得说出来有点不好意思，声音很低，"就是有点想结婚了。"

"什么？"

"没听见算了。"林嘉让催他出去，"还不照顾你媳妇去，跟我这儿磨叽什么。"

徐迟觉得好笑："我这不是看你半夜伤春悲秋的，想来安慰几句吗。"

"得，你别挖苦我就行了。"

徐迟道："行，那我就不打扰老男人思春了。"

林嘉让笑骂："滚，我还是少男，少男，你用词谨慎点行吗？！"

徐迟一本正经："哦，快三十岁的少男。"

林嘉让："……"

徐迟不逗他了，端着杯子往外走，替他关门的时候说了一句："想婚就去结，又不是什么丢人的事情，跟我还不好意思说。哦，我明白了，你这是担心找不到人结婚呢？"

林嘉让抬手就扔了一枕头："滚，谢谢。"

徐迟笑着关上了门，走了两步仍觉得好笑。回到卧室，林疏星见他这样，问了句："你笑什么啊？"

"笑有人思春了。"徐迟把水杯放在床头的小柜子上，掀开被子躺了进去，"我觉得你要心愿成真了。"

"什么？"

"没事，睡觉吧。"

"你有病啊。"

"嗯，我有病。"徐迟关了灯，"晚安，老婆。"

## 白露

林疏星今天晚饭吃得早，散完步回来也才七点多，躺在床上没事干，给许糯打了通视频电话。

许糯这下半年常驻浦城，空闲的时间比以往充裕，林疏星和她的联系也比前两年频繁很多。

电话接通，林疏星见许糯今晚盛装打扮，问道："你有约会啊？"

"等会儿要参加一个酒会。"许糯扶额，"协会这两年经济状况不太好，今晚办了个慈善晚宴，想募捐，请了一帮名流。"

"那你先忙，我不打扰你了。"

"没事，还没到时间呢。"晚宴八点才开始，许糯正躲在化妆间吃东西，"我都一天没吃饭了。"

林疏星担忧道："怎么这么忙？要不要我给你点点儿东西？"

"不用了，晚宴办在与世隔绝的别墅山庄，外卖送不进来，我吃点面包垫垫就好了。"许糯嘴里塞满了东西，吃完了才说，"你最近怎么样，预产期什么时候啊？"

"十二月下旬。"

"那我到时候看看有没有时间过来陪你。"许糯手里的面包还没吃完，外面有人喊她，她急忙道，"星星，我先不和你说了，忙完再联系你。"

"行，你先去忙吧。"

许糯挂了电话，抓起桌上的水喝了两口，擦擦嘴，边走边补口红："人都到了吗？"

"差不多了，老大正到处找你呢。"

许糯之前一直在斯坦福实验室工作，主攻全球濒危动物保护研究，去年受邀回国。只是没想到，浦城这个协会没有足够的资金链，很多项目都推展不开。原本就是半慈善性质的组织，现在却不得已靠慈善来维持自身的运营。

这个酒会说是宣传濒危动物保护意识，主要目的还是为了给项目募捐善款。

许糯是今晚的宣讲人。

她漂亮大方，关于濒危动物保护的经验又很丰富，说起话来总带着别样的魅力。

演讲比想象中要顺利。

许糯从台上下来，下一个募捐环节不是她负责，她现在只想找个地方好好睡一觉。

后台没有歇脚的地方，她拿着车钥匙去了车库。

林嘉让今晚原本没打算来这个慈善酒会，架不住朋友念叨，最后还是被拉了过来。

到车库时，他接了个电话，让朋友先进去："我等会儿过去找你。"

"行，在十六楼，你别找错地方了。"

"知道了。"

林嘉让接了十分钟的电话，家里打来的，问他国庆回不回家，他没一口应下来，边走边说："到时候看公司忙不忙。"

电话那头说："国庆节你都不给员工放假，也不怕他们骂你黑心。"

林嘉让笑着搪塞了两句，抬头找指示牌时，余光瞥到什么，又转头看了过去，等到看清了才又开口："行，到时候回来。我这边还有事，晚点跟您说。"

挂了电话，林嘉让缓步走到一辆保姆车前，走近了就更加确

265

认自己没看错，便抬手敲了下那扇开了三分之一的车窗。

许糯睡眠浅，脚步声靠近的时候人就有意识了，听见敲窗声，直接醒了过来。

林嘉让的手扶着车顶棚，俯身和她说话："你怎么在这儿睡觉啊？"

"楼上在忙，没地方。"许糯降下全部车窗，"你怎么在这儿？"

"来参加一个什么慈善晚宴。"林嘉让问，"你呢？"

许糯一本正经："来主持一个什么慈善晚宴。"

林嘉让眉梢轻扬，笑了笑："这么巧。"

"你往后退退，我开门。"

林嘉让松开手，往后退了两步。

许糯从车里下来，黑丝绒的长裙贴身裹着，天鹅颈修长，身体线条瘦削流畅。

她将了将裙摆，准备扶着车门单手扣鞋带，伸手的时候，林嘉让下意识地扶了一把。

柔软细腻的手指被他攥在手里。

许糯抬头看了他一眼，没说话，低头整理好高跟鞋的暗扣，收回手："走吧，我带你上去。"

"嗯。"

许糯带着林嘉让上楼，两人一前一后进了宴会厅。协会总负责人正到处找她，说要给她介绍人，领着她转了一圈，走到了林嘉让的面前。

许糯已经顾不上尴尬了，装作第一次见面："林总好。"

林嘉让憋着笑，伸手和她轻握了下："你好。"

负责人还说些什么，许糯已经没注意听了，站在那里发散思维，脑袋早就不知道放空到什么地方。等回过神，身边就剩下林嘉让一个人。

她扭头看了看四周："他们人呢？"

"被其他人叫走了。"林嘉让想到什么，"听说你们这次是为了藏区的项目才举办的慈善晚宴？"

"是。"许糯也想到什么，"林总不表示表示？"

林嘉让晃了晃手里的号牌："看许小姐的表现啊。"

"我表现什么。"许糯高中时就和林嘉让成天斗来斗去，"林嘉让，你别蹬鼻子上脸啊。"

林嘉让原本想说的是"我上谁的脸了啊"，结果一口误，漏了两字："我亲谁的脸啊？"

许糯莫名："你有病吧，你的事我怎么知道。"

林嘉让也是冤枉："口误，我不是那个意思。这样行了吧，今晚这个牌子随你举。"

来参加晚宴的嘉宾每人手中都有一个号码牌，每公开一个项目，可以参与举牌，一次举牌十万，有点类似拍卖，最终捐款最多的人，项目组会在所在项目地给捐款人立一块感谢碑。

许糯不太相信："真的？"

"我什么时候骗过你。"林嘉让把牌子递过去，下巴一扬，轻"嗯"了一声，"给。"

许糯倒也不客气，知道他财大气粗，一晚上她举了好几次牌，有一个项目还是捐款最高的人。

"恭喜你，到时候我会叫人给你立一个漂漂亮亮的碑。"

林嘉让听着这话怎么听怎么不对味，轻哼了一声："我谢谢您啊，许糯。"

"不客气。"许糯还有别的工作，"你先转转，我去忙了。"

"行。"

林嘉让停在原地，看着她提着裙摆走远，低头看了看手里的号牌，搭在手里拍了两下，蓦地笑了一声。

# 秋分

天气转凉，林疏星有时候洗完澡湿着头发出来，总会被徐迟教训几句。她忘性大，犯了一次还会有第二次。

这天徐迟不在家，她洗完澡就坐在沙发上玩手机，头发湿着散在肩后，垫在睡衣上的毛巾湿漉漉的。

阿姨下楼买菜，家里没人，林疏星也没想起来这件事，直到徐迟突然回来，她扭头和他说话，眼皮沾了点发梢的水，心里咯噔一下，意识到自己犯错了。

徐迟默不作声，去卫生间拿了吹风机，里面已经完全没有热气，说明她洗完澡已经有一会儿了。

他站在她身后，低着头，手抓着她头发一点点吹。

林疏星看不见他的神情，估摸不准他的心情，等了好一会儿才抬手拍了拍他的手腕："徐迟。"

他调小了风速："做什么？"

"你生气了。"

"我不该生气吗？"

林疏星向他道歉："我不是故意的嘛，我就是洗完澡出来，刚好尔尔她们在群里讨论给宝宝买什么衣服，我只顾着回消息，就忘了吹头发。"

徐迟"嗯"了一声，听不出心情好坏。

吹完头发，他弯腰拽插头，林疏星忽然凑过去在他脸侧亲了下："别生我气了，我下次不会了。"

"这几个字我已经听了多少遍了？"徐迟屈指在她脑门上崩了一下，"林疏星，我还能信你吗？"

"相信我，这是最后一次。"林疏星立即发誓，"我发誓这是最后一次，如果我下次还忘记洗完头吹头发，就罚我吃车厘子只有核没有肉。"

徐迟拿她没辙："真是越大越幼稚。"

"再幼稚也是你宠的。"

"嗯。"

林疏星凑过去："'嗯'是什么意思？"

"'嗯'是——"他停顿一秒，又道，"'你是我宠着的'意思。"

## 寒露

林疏星国庆节和徐迟回了平城，八号回来那天，许糯说她才刚到平城，林疏星在电话里问："七天假都结束了，你才回来？"

许糯道："放假家里人多，七大姑八大姨总要问东问西，问工作问工资问有没有男朋友。你一个工作顺利、家庭圆满的人不懂我的痛。"

林疏星笑道："那你早点谈个男朋友呗。"

"林疏星，我警告你，你再说一句，你就要被我列入七大姑八大姨之列了。"

"行行行，我不说，你回家阿姨自然会说你。"

许糯直接把电话挂了，转头给林疏星发了消息："你现在越来越有已婚人士的感觉了。"

林疏星回得很快："我已经结婚两三年了。"

许糯："……"

许糯聊不下去了，拖着行李往家里走，刚一进门就听见许母的声音："你可回来了，你小姨都往家里打了好几个电话了。"

许糯心里一紧："打电话跟我有什么关系？"

"给你介绍对象，你不回来，我找谁去见？"

许糯讨饶："妈，你放过我吧，国庆假期都结束了，你不让人好好适应适应打工的生活，来吃爱情的苦做什么。"

许母不听她废话："你小姨说人家今晚有空，一早就在问我你几点到家。你快去休息休息，晚上去跟人见一面。"

"我不想休息，我想回去打工。"

"乖，听妈妈的话。"

许糯欲哭无泪，原以为专门加了七天班能换回几天清静，没想到还不如不回来。

她宁愿在浦城当一个自由自在的打工人，也不想回来做一个被折断翅膀的小鸟。

许母根本不给她反抗的机会，一到点就催着她起床收拾。许糯不想驳她的面子，但也不愿意过于顺从，换了身像出去遛弯的运动装，素面朝天地去了相亲的地方。

对方在平城大学教书，是物理系的教授，人长得斯斯文文，谈吐各方面都挺好。

许糯和他接触下来，出乎意料地没什么抵触的情绪，大概是对方也没把这次当成是一次相亲，非要讲求一个结果。

顺其自然是最好。

许糯有时候想想，其实林疏星的话也没说错，她总不能一直把自己封闭起来，遇到合适的人要学着去接触接触。

她低头喝了一口茶，有想把这次见面当成一个新的机会。

两人还算和谐地吃完一顿饭，对方提出送许糯回去，她想想还是拒绝了："以后吧，我等会儿还约了朋友看电影。"

"那好，我就先走了。"

"拜拜。"

许糯和他在酒店门口分开，看着他开车远去才转身，准备往另一边走，一回头就碰见个熟人。

林嘉让手里勾着车钥匙，看她打扮，笑道："你来相亲，就穿这样？"

"谁规定了相亲不能穿运动装？"许糯两手插兜，"你要是没什么事我就先走了啊。"

"我还真有点事。"

许糯挑眉看着他："怎么？什么事看到我就有了？我长得很像来事的吗？"

"不是。"林嘉让勾唇笑道，"你怎么一看见我就跟点了火的炮仗一样，咋咋呼呼的呢。"

"有吗。"

"怎么没有，你跟我，跟刚刚那位说话，像两个人。"

许糯不想跟他争辩："什么事？"

"赏个脸，陪我参加个聚会呗。"林嘉让说，"人说要带女伴，我这来得着急，看到你才想起这事。"

许糯看了眼自己的打扮："你见过穿运动装去参加聚会的女伴吗？"

林嘉让拿她的话堵了回去："谁规定了参加聚会的女伴不能穿运动装？"

许糯："……"

正好她也不想回去面对许母的追问，原本是打算一个人去看场电影，现在有事找上门，她也就没拒绝："行，你不怕丢人就行。"

"你不觉得尴尬就成。"林嘉让走过来，原本是想让她挽着自己，低头看了眼她的打扮，跟哥俩好似的揽着她肩膀往里走。

他刚从公司出来，身上有很淡的烟味，许糯和他挨得近，隐约还能闻到些海洋系香水的尾调。

林嘉让真没骗她，还真是个挺正式的聚会，她也终于理解到他上楼之前说"你不觉得尴尬就成"是什么意思。

在场的女性当中，穿得最简单的一位，也是穿着一身干练的

271

黑色西装，很英气的打扮，人却长得很妩媚，一眼看过去非常惹眼。

许糯拽了一下林嘉让的胳膊："我错了，我为我的鲁莽和年轻道歉。"

林嘉让笑："怎么，觉得尴尬了？"

"那倒没有。"许糯将头发高高扎起，露出修长的脖颈线条，说出了那句社交名言，"只要我不尴尬，尴尬的就是别人。"

她随便扎的，也没对着镜子，漏了两绺头发在耳后，林嘉让抬手给她夹起来："头发没扎进去。"

他的手无意间从耳旁擦过，许糯莫名缩了一下脖子。她抬手拆了发圈，重新扎了一下，扎好后还转头问他："这下行了吗？"

原本只是随口一问，没承想林嘉让真就认认真真地盯着她看了一会儿，眼神不是那种很轻浮的，他看得很专注。

从眼到鼻，再到唇，又对上她漆黑明亮的双眸，静静地对视几秒，他点头："可以，很漂亮。"

许糯突然有那种很莫名的心悸感，难得有些磕巴："那，进去吧。"

"嗯。"林嘉让伸出胳膊让她挽着自己，许糯盯了两秒，抬手挽了上去。

推开门，厅内觥筹交错，好似另外一个世界。

许糯果然引起了场内很多人的关注，不仅仅是因为她的穿着，更多的是她挽着的人。

林嘉让在商场的风头正盛，陵市的投资公司、浦城的私募产业，加之林家在平城也是有名的商界名流。

这几年很少听说他有过什么风流韵事，这次受朋友之邀过来，没想到真带了人，人还这么……别致。

在场的人一时间都没想起来说话，还是攒局的人先迎了过来："你迟到了啊，老规矩，罚酒三杯。"

林嘉让也没推脱，从一旁端了杯香槟，一饮而尽，接连又喝了两杯："光我一人喝也没意思啊。"

　　"来来来，就等你入座了。"

　　原先还分成一小拨一小拨站着的人，逐一开始落座，林嘉让自然在主位，他拉开旁边的椅子，示意许糯坐过去，自个儿才跟着在她旁边坐下："紧张吗？"

　　"紧张什么。"许糯笑道，"你是不是觉得我没见过世面。"

　　林嘉让挨她很近，吐息温热："我没那么想，你见过的世面比我见过的要多得多。"

　　许糯无意间扭头，和他对视的那几秒，意外发现他眉尾处有一颗小痣。

　　错开视线后的瞬间，好像有一种很迟钝的感觉，许糯直到那一刻才发觉，林嘉让这个人，长得还挺好看的。


## 霜降

　　十月底，首都已然进入深秋，气温在一夜之间转凉。小区还没开始供暖，林疏星怕冷，家里中央空调一直没怎么关过。

　　她最近谨遵医嘱，饭后多走少睡，做一些孕妇能做的运动，以便生产时能够更加顺利。

　　徐迟提前休了陪产假，早上陪林疏星在床上躺着看电影。

　　爱情片的结尾不是很好，林疏星没忍住掉了两滴泪，他拿纸巾给她擦眼泪："不是都看过很多遍了。"

　　言下之意是，结局是早就知道的，怎么还会掉眼泪。

　　林疏星抽抽噎噎："就是再看一百遍，我也还会掉眼泪。"

　　"嗯。"徐迟莫名其妙开始煽情，"就像再过一百年，我还是依然会爱你。"

"一百年啊。"林疏星笑他夸张，"那时候我们早就过了奈何桥，喝了孟婆汤，你连我是谁都不知道了。"

"那我就来找你，来认识你。像这一世一样，你好好读书，好好生活，等着我来找你。"

十几岁时，桀骜不驯的徐迟因为她一个笑便不顾一切地走到她身边，成为那个他曾经许下承诺，在将来的某一天会和她站在一起的人。

林疏星抬眼看他，比以往的任何时刻都要认真。眼睛刚哭过，还有些红，投影灯的光亮一闪一闪的。

她莫名觉得有些鼻酸，不是委屈和难过，是那种无法诉之于口的满足，情绪饱满到一定程度，眼泪也是一种表达。

"徐迟。"

"嗯？"

"我好像从来都没有跟你说过。"

徐迟问："什么？"

"谢谢你。"林疏星吸吸鼻子，"谢谢你爱我。"

"不客气，礼尚往来，也谢谢你爱我。"

京市的秋天，温度很低，秋风萧瑟，可爱人间的寥寥几句却足够抵御所有的不安和寒冷。

希望我们能在春天相遇，在夏天热恋，在秋天牵手，在冬天接吻。

在一年四季的任何一个时刻相爱。


立冬


京市早在立冬之前就进入了冬天，林疏星今天要去医院产检，早上还在睡时，就被徐迟揉揉脸捏捏鼻子给闹醒了。

她不满地拍着徐迟的胳膊："你干吗啊……"

"你忘了吗，今天要去刘医生那里检查。"徐迟又捏着她的鼻子，"快起来了，不然等会儿路上堵车，不知道要耽误多久。"

"那我们坐地铁去吧。"

"不行，早高峰那么多人，你不怕，我怕。"

林疏星不愿起床，脸埋在枕头里："早知道就回平城好了，就住在医院附近，这样我还能多睡一会儿。"

徐迟笑她小懒猪："一个月就这两次检查，等宝宝生下来，你想怎么睡就怎么睡，没人管你。"

"生完我就要上班了。"林疏星睁开眼，"今天也是想辞职的一天。"

徐迟看她完全醒了，伸手在她脸上摸了摸："快起来，我让张姨帮你把早饭端出来。"

"嗯……"

林疏星磨磨蹭蹭地洗漱，徐迟倒也不急，等她吃完饭，又给她裹得严严实实的，才牵着手去车库。

两人出门算迟了，早高峰过去大半，一路上也没怎么堵，到医院正常检查完，林疏星又拉着徐迟去逛商城。

她最近迷上买婴儿用品，尤其是那些小衣服小玩意儿，买起来一点都控制不住，家里婴儿房都快放不下了。

徐迟在这点上倒也由着她。她这一胎怀得辛苦，孕初期还能吃点东西，自从孕中期开始后，好吃的也没吃到什么。

最近一段时间又为了不让孩子汲取过多营养，家里阿姨看得严，在吃喝上面都有严格把控。有时林疏星嘴馋，徐迟也不敢给她偷偷塞吃的。更何况，他本来就更担心她，自然是把医嘱当圣命。

两人买得不多，徐迟留了地址让人送到家里，见林疏星盯着对面的奶茶店，心一软，想着最近她也没怎么吃这些，就没忍住给她买了一杯。

林疏星喝得慢，到小区车库还剩三分之一，徐迟接过来一口气喝完，眉头皱了皱："太甜了。"

"甜吗？"林疏星说，"我特意要的三分甜。"

"甜。"徐迟牵着她的手，"可能是你比较甜。"

林疏星："……"


## 小雪

林疏星最近已经不怎么出门了，北方冬天干冷，冷空气来得很快，家里通了暖气，她喜欢窝在落地窗前看书。

徐迟给她定制了一个躺着坐着都很舒服的沙发。

她上午起来得有点晚，喝了粥有些犯困，拿着书在沙发上坐着，很快打起盹来。不知睡了多久，突然听见手机响，她伸手摸了手机过来。

是温时尔打来的视频电话。

"星星！"视频接通，映入眼帘的是一片广袤无垠的大草原，还有那轮从草原边际处缓缓升起的太阳。

短短几秒，金色的光芒笼罩大地，整片天地仿佛被套上了一层暖黄的罩子，入目皆是光亮。

"非洲的日出。"温时尔来这儿有半个月了，当地一直在下雨，直到昨天才转晴。她看预报说今天有日出，特地起早等了一个多小时，"你下个月生产我赶不回来了，听说看日出会有好运，我祈祷这里的神保佑你和孩子平平安安。"

林疏星心中一暖，嘴角弯起："我看见了，很漂亮，谢谢尔尔。"

手机的信号并不是很好，视频电话断断续续，快挂电话前，视频那端又多出个人影。

林疏星喊了声："二哥。"

徐培风"嗯"了一声，整个人靠在车前，温时尔坐在车前盖上，两人挨得很近，他关心地问道："阿迟呢，没在家里陪你吗？"

"他在书房，要我叫他吗？"正说着话，徐迟听见动静从书房出来，走到她跟前半蹲着："二哥你不是在别的地方执行任务吗？怎么跑非洲去了。"

"任务结束，休假期。"徐培风和徐迟没说几句，视频通话因为信号太差意外中断。

温时尔给林疏星发了条微信，说下次再联系。

发完信息她收起手机，低头见徐培风盯着自己看，屈膝，脑袋枕在上边，抬手在虚空处勾画着他脸部的轮廓："干吗这样看着我？"

"想看。"徐培风抓着她的手，略微用力一扯，温时尔放下腿抬起头，他顺势站到她面前。

温时尔坐在车盖上，比他高一截，手搭在他肩上，低头和他对视。

温热的风从远处吹来，她忽地低头亲过去，被风吹起的长发黏在两人的亲吻之间。

长久的亲吻中，两人的气息又有些不稳，徐培风低着头，抬手描摹着她的眉毛："尔尔。"

"嗯？"她嗓音低哑，格外勾人。

"今年冬天京市会下雪。"

温时尔觉得好笑："京市哪年冬天不下雪。"

"我们结婚吧。"徐培风突然来了这么一句，而后手便从她的眉毛摸到嘴角，声音温柔，"你愿意嫁给我吗？"

温时尔没有回答愿不愿意，反而问道："京市每年冬天都会下雪吗？"

"是，每年都会。"

她忽然笑了："那我就像京市的雪。"

两人打哑谜似的聊着天，可其中的意思彼此都能听懂。徐培风松开手，低头吻了过去。

京市每年冬天都会下雪。

我就像京市的雪，每年都有，一定会来。


## 大雪


林疏星预产期将近，徐迟和她都有些初为人父母的紧张。许糯听说后，特意挑了个周末，飞来京市看望他们。

这一年，京市的初雪已经来临。

许糯前脚到林疏星那儿，后脚徐迟就接到林嘉让的电话，他看了眼坐在客厅的俩人，挪到了书房："刚到没一会儿，怎么，你要来吗？"

林嘉让说："我现在在机场。"

徐迟上网看了一下天气，还好，没什么极端天气预警，他轻笑："打脸了吧。"

"我打什么脸。"林嘉让死鸭子嘴硬，"我就是过来看看我即将出生的干儿子，还有我干儿子的爹妈。"

"行，那我让我媳妇找几个研究院的同事介绍给许糯认识认识，前几天我还听她提了一个，我觉得还不错。"

林嘉让在那边硬气道："是兄弟，你就给我安分点。"

徐迟也懒得跟他吵："行了，我不会乱来，但许糯跟我们家的关系你也知道，你要是闹着玩就算了。"

电话那端安静了几秒，然后传来一声飞快地嘟囔："我没有闹着玩。"

徐迟听得不清不楚，也不和他多说："几点到，我们等你吃晚饭。"

"到了再说吧。"

林嘉让紧赶慢赶，刚好赶在晚上开饭前抵达。开门的是许糯，两人在浦城发生的事情乱七八糟，来这儿的前一天还吵了一架。

许糯也不跟他说话，林嘉让及时拉住她，带着人走到门外。

门轻掩了一道缝，许糯刚好挡在那缝隙的光里："有事？"

林嘉让低声说："对不起，那天是我不好。"

两人吵架的那天，周一扬来浦城出差，林嘉让刷到他朋友圈，顺手点了赞，想起之前在平城随口提起的那顿酒，刚想把那个赞取消，周一扬已经先他一步给他发了条微信。

前后脚的事情，林嘉让没法当没看见，便回了两句。周一扬问他晚上有没有空出来喝两杯。

林嘉让考虑了一下，先给许糯发消息说晚上有事，而后应了周一扬的约。

林嘉让和许糯还不知道接下来会怎么样，但许糯和周一扬的关系在前，他和周一扬又是朋友，不管如何，这顿酒就当是自己赔罪了。

在餐厅和周一扬吃饭的时候，林嘉让还给许糯发了消息问她在做什么，她说在和投资方吃饭。

林嘉让盯着手机笑了一下，周一扬看见，放下酒杯问了句："你谈恋爱了？"

"啊？"林嘉让缓过神，将手机扣在桌上，"还没谈。"

"那就是有喜欢的人了？"

林嘉让夹了一筷子青菜："差不多吧。"

"喜欢就是喜欢，差不多是什么意思。"周一扬笑，"什么人啊，让你这么藏着掖着。"

林嘉让就没接话了，沉默着吃了两口菜，拿起酒瓶给他倒满："喝一杯吧。"

就那么奇怪的，周一扬脑海里突然闪过什么，有一个不怎么敢想却又不得不去想的念头冒了出来。

他手握酒杯，问道："这杯酒，算什么？"

林嘉让喝酒容易上脸，几杯酒下肚，白净的脸染着红意。他不愿意伤人，话说得有余地："其实这杯酒我不跟你喝也没事，只是我还拿你当朋友，在这事情上不想瞒着你。"

"这也是她的意思？"

"她不知道。"林嘉让笑了下，"说起来，我也不确定我们最后会怎么样，只是不想你从别人口中听说我们俩怎么样了。"

周一扬神色淡淡的，看不出什么情绪，但最后还是把那杯酒喝掉了。

吃完饭，林嘉让结完账在走廊等周一扬，迎面过来两人，是许糯和之前她那个相亲对象，三个人迎面撞上。

更不巧的是，周一扬也从洗手间那边走了过来，目光在三人身上过了一圈，什么也没说，拍了拍林嘉让的肩膀："看来我那杯酒白喝了。"

许糯不知道他话里的意思，看了一眼林嘉让，说道："我还有事，先走了。"

林嘉让点点头，看着两人走远，又看向周一扬："我有点吃撑了，酒吧就不去了，你要不要到我那儿坐坐，喝杯茶？"

"算了，看你也没什么心情。"周一扬也不知道自己是怎么了，明明当初是自己做错事，现在看到林嘉让这样，心情却莫名没有那么堵得慌。大抵是自私的人多是如此，见不得别人好，尤其是身边的人。

林嘉让让司机先送周一扬回酒店，再让司机开到许糯家楼下。

许糯十点多到家，在楼下看见林嘉让的车，脚步停了一瞬才走过去："你怎么在这儿？"

"来找你。"林嘉让从车里下来，"你不是说跟投资人吃饭吗？"

他喝了酒，语气带了几分质问。许糯莫名有点生气："是又怎么样，不是又怎么样，你不也跟我说是公司有事吗？"

"我那是……"林嘉让看着她，突然不知道怎么说。

许糯想到之前周一扬的那句意味不明的话："你今晚和周一扬说什么？他为什么看到我，会说什么那杯酒白喝了？"

林嘉让嘴唇抿了抿，语速很快地解释了一番。谁料许糯听完，更加生气："我和他已经分手，更何况当初是他对不起我，我现在怎么样和他又有什么关系。"

"我和他毕竟还是朋友。"

"现在是朋友，那你在想我和你之间的事情时，怎么不想想你和他是朋友。"许糯在气头上，说话没有分寸。

林嘉让脸色一沉："许糯，我和周一扬认识那么多年，如果我和你之间的关系还停留在之前，那在亲疏远近上，我也是和他更近一些。"

许糯气得发笑："那我是不是还要庆幸，我们还没发生什么。"

"我不是那个意思，我只是觉得我和周一扬认识那么久，不想我们俩的事他还要从别人口中知道；我也不想让别人对你有什么误解。"

"误解又怎么样，我做错什么了吗？当初是他先对不起我，我现在想开始新的生活，难道还要特地跟他报备一声吗？"

架越吵越上头，林嘉让口不择言："你那么介意我跟周一扬说我们的事，到底是介意我，还是介意他知道这件事？"

许糯不想再跟他争执下去，转头就走。林嘉让追了两步，意识到现在不是说话的好时机，只停在原地看着她上楼，看见她家里的灯亮起来才走。

原想着今天好好解释一番，谁想到她直接去了京市。

林嘉让过了一夜已经冷静下来，也明白许糯介怀的点是什么，此时此刻他的语气也格外诚恳："我没有说你还放不下周一扬的意思，我当时就是在气头上。许糯，你知道我的，我这个人有什么说什么，这辈子没干过什么缺德的事情。"说到这儿，他又觉得不对，立马改口道，"也不是说缺德，毕竟你和周一扬早就分手，但古话都说'朋友妻，不可欺'，我和周一扬这么多年的交情摆在这里，在这件事情上，于情于理我都要先跟他说一声。我年纪不小了，正儿八经的恋爱却没谈过什么，长这么大都是别人追着我，追姑娘的事情我是头一回做，没什么经验，要是惹到你不高兴了，你就冲我发脾气，我绝对不会再多说一个字。"

他把姿态放得很低，话说得很有诚意，许糯张了张嘴，一时间不知道说什么，想来想去，没头没脑地解释了一句："昨天吃饭的那个不是我们新的投资人，但他叔叔是，他给我们牵的线。"

成年人的吵架跟和好，一句对不起，一句若有若无的解释已经足够。

林嘉让立马阴转晴："你不生气了？"

"哼，看你表现。"许糯转身进了屋，林嘉让紧随其后，原先躲在门后听八卦的徐迟和林疏星装作什么也没发生，在餐桌旁摆碗筷。

林疏星笑道："你来得正好，快过来坐，吃饭了。"

林嘉让这一趟来得着急，头一回空着手，吃完饭直接拿了张卡给林疏星："也没多少钱，留着给徐慕林买奶粉吧。"

徐迟没跟他客气："收着吧，高档小区的业主群他都有几个了，不差这点钱。"

"你别造谣。"

林嘉让往徐迟腿上踢过去，徐迟身手灵活，抬脚躲开了："你这点拳脚还跟我闹。"

林嘉让认输，四个人坐在那儿聊天，林疏星借故跟徐迟回了卧室，给林嘉让和许糯留了说话的空间。

夫妻俩躺在床上，林疏星觉得稀奇："之前怎么一点风声都没听到，这才几个月，他们的关系怎么就发生质变了？"

徐迟早在林嘉让那儿知道点什么，此时此刻也没觉得多惊讶，只笑道："这不是你一直想着念着的事情吗，现在如你愿了。"

"如我愿有什么用，要合糯糯的愿才好。"

徐迟替她捏着小腿："放心吧，林嘉让这人你还不放心，这么多年还跟小孩一样，心思单纯得很。"

林疏星迟疑道："他单纯？"

"准确点说，是傻。"

林疏星忽地笑了："他要是知道你背后这么说他，指不定跟你怎么闹了。"想到这儿，她认同道，"突然觉得，林嘉让确实挺单纯的，好像没长大一样。"

"想说他幼稚吗。"

"没有！我不是这个意思，你别曲解我。"

"我的意思。"

两个人在里面聊得起劲，林嘉让在外面连打了几个喷嚏，许糯忍不住看过去："你感冒了？"

"没……"林嘉让否认的话到了嘴边，又忽然转道，"好像是吧，昨天在楼下站太久，受凉了。"

许糯"嗯"了一声，起身边往客卧走边道："那你记得多喝热水。"

林嘉让："……"

## 冬至

徐迟昨天去了趟杭市的法喜寺还愿，今天一早又赶回来，进病房的时候林疏星和孩子还在睡觉。

孩子比预产期早半个月出生，生产时不太顺利，一出生就进了保温箱，林疏星也在手术过程中几度停止心跳。

那应该是徐迟最难挨的一夜，他想到之前在寺里许下的愿望，在手术室前从天黑站到天亮。

好在老天保佑，母子平安。

等到林疏星和宝宝的情况稳定下来后，他第一个念头就是去寺里还愿，又给两人求了新的平安符。

徐迟将新的平安符消了毒放在林疏星的枕旁，给宝宝的那个戴在他的脖子上。

平安符上用黑线绣着四个字：平安健康。

他放好东西，在床边坐了会儿，阿姨拎着水壶进来，压着声说："早饭吃了吗？这里还有些粥。"

徐迟还真有点饿，出去把保温桶里剩下的粥都给解决干净："这两天还好吧？"

"都挺好的，医生说了，新年之前可以出院。"想到新年将近，阿姨乐呵呵的，"今年家里热闹了，你爷爷和外公都打了电话来，说是今年要来京市过元旦，你奶奶还给小平安准备了好些东西。"

徐迟听着心里也开心："那回头我安排人去接他们。"

"哪里用得上你安排，你就在家里好好照顾他们母子就行了，其他的事你别操心。"

徐迟笑着说好。

林疏星一觉睡到中午，醒来看见放在枕边的平安符，视线在屋里看了一圈，喊道："徐迟。"

屋外很快传来回应，徐迟推门走进来："怎么了？"

"没看到你人，想找你。"林疏星大病初愈，脸色还有些苍白，"你什么时候到的啊？"

"上午，赶最早的一班飞机。"徐迟摸了摸她的脸，"要不要喝水？"

她摇头，阿姨在外面敲门："星星，午饭给你准备好了，你饿了吗？"

"阿姨你拿进来吧。"林疏星早上没怎么吃，睡一觉起来胃里空空的。

徐迟帮她把床头摇起来，又把小桌子支起，坐在一旁看她吃饭，林疏星放下汤勺："你们吃过了？"

"嗯，阿姨给我盛了碗鸡汤。"

他说得可怜兮兮的，林疏星加了一筷子鸡肉喂过去："我怎么看你瘦得比我还多。"

"有吗？"徐迟摸摸脸，没什么太大的感觉。

林疏星虽然有胃口但吃得很少，剩下的都留给了徐迟。他吃完，拿了水给林疏星漱口："今天感觉怎么样，累不累？"

林疏星有些想笑："我有什么累的，就天天躺在这里睡觉。"

徐迟说："看你气色不好。"

林疏星看着他："是你太紧张了。"

徐迟没再说什么，去卫生间把水倒了，洗了手才出来。

林疏星叫他坐到床边，等他坐下来，她突然抱了过去。

徐迟搂着她，手揉了揉她的脑袋："做什么？"

"抱抱你啊，这几天都没好好跟你说过话。"林疏星的下巴搭着他的肩膀，"徐迟。"

"嗯？"

"还记得婚礼上我跟你说的话吗？"

"都记得，只是太多了，不知道是哪一句。"

林疏星松开手，对上他漆黑的眼眸："我陪你情窦初开，也想陪你到两鬓斑白。我说过的话，从来没有失约过，我们一定会长长久久，白头偕老的。"

徐迟"嗯"了一声，眼睛慢慢红了起来。

"干吗啊。"

他摇头，牙根紧咬，像是有绷不住的情绪快要溢出："你能平安，是我这一年收到的最好的生日礼物。"

林疏星又抱着他："所以你才给孩子起名叫平安吗？"

徐迟说是，抬眸看了眼小平安，他还小小的，在摇床里睡得安稳。

他想到宝宝刚出生的那两天，林疏星在 ICU 观察，他在新生儿观察室隔着小小的保温箱和他说话。

他说："平安，爸爸给你取名平安，希望你能平平安安渡过难关。"

大约是父子感应，还在睡梦中的小平安动了动攥成拳的小手，像是在回应父亲的话。

在给孩子登记资料时，徐迟放弃了原先定好的徐慕林，而是给他起了一个最寻常也是他当时最想要实现的一个愿望。

林平安。

是希望他平安长大，也是希望林疏星能一生平安的意思。

这一生短暂而有限，但我仍旧希望我们能够长久地、平安地走完这浪漫的一生。

# 小寒

　　林疏星已经出院好几天了，平时也能下床走动，可徐迟好像还拿她当什么脆弱而珍贵的宝贝一样，捧在手里怕摔了，含在嘴里怕化了。

　　连阿姨都笑话他太小题大做，他仍旧我行我素，晚上将宝宝哄睡，回到房间问林疏星："要我抱你去洗澡吗？"

　　林疏星无语："我这个腿是能动的。"

　　"我知道，所以你要不要我抱你过去？"

　　林疏星觉得和他有点没法沟通："你觉不觉得现在，对我好得好像有点夸张了。"

　　徐迟并没觉得自己哪里做得不合适："我以前不是也这样对你好吗？"

　　"但没这么好。"

　　"你的意思是我以前对你不好？"

　　"我是说没这么好，不是说对我不好。你怎么当着面听还能听错我的意思呢？"

　　徐迟勾起嘴角："你都说没这么好了，那我现在不得补偿回来。怎么，我对你好，你还不乐意了是吗？"

　　"倒也没有，就实话实说，我还挺享受的。"林疏星朝他招招手，等人到跟前才说，"没有一个当国王的爹，倒是有一个把我当公主宠的老公，好像还不错。"

　　徐迟没忍住笑："我发现你现在跟以前不太一样了。"

　　"哪里不一样？"

　　徐迟想说没有高中刚认识那会儿那么冷淡了，但说出口的却是："更好看了。"

　　林疏星有点受不了他这样："你能不能不要随时随地说这些

让人起鸡皮疙瘩的话。"

"怎么，我夸你也错了？"

"那你不能好好夸吗？非要这么——"她想了半天，也没找到什么合适的词，只好道，"曲折离奇。"

徐迟懒得跟她贫："不早了，洗澡吧。"

林疏星站起来："我自己去，等下你帮我吹头发吧。"

"行。"

家里始终通着暖气，温度高的时候还要开风扇开窗散热，林疏星洗完澡出来也不用担心受了凉。

吹完头发，林疏星和徐迟并肩躺在床上，看了一会儿电影觉得索然无味，徐迟突然找到两人结婚时的视频，摁了播放键。

结婚已经是几年前的事情，但那天的很多细节林疏星和徐迟都还记得，林疏星看得两眼泪汪汪："好想再办一次婚礼。"

徐迟："……"

她突发奇想道："等我们金婚的时候，我们再办一次婚礼怎么样？"

徐迟竟也觉得这是个很好的主意："到时让儿子给我们当伴郎？"

林疏星咂舌："是不是不太合适？"

"好像是吧。"

两人对视一眼，同时笑出声来。

冬夜漫长，他们的这一生和宇宙的恒长相比确实短暂，可却是值得期待和向往的。


大寒


今年春节在一月末，林疏星还在调养身体，徐迟不打算带她回平城过年，一家人准备留在京市。

几个朋友听说他们过年不回家，赶在除夕前几天来了趟京市。

温时尔和徐培风是最先到的，他俩原本就在京市，只是工作忙，中间来过几次。今天他们来这里待一天，隔天一早就要赶回平城和家里长辈商量结婚的事情。

不过温时尔已经决定以后常住京市，和林疏星见面的机会很多，徐培风也在着手调回这边的军区，他们结婚后也会定居在这里。

前段时间，徐培风还让徐迟帮他看看附近有没有什么合适的房源，想住得离他们家近一点。

徐迟这两天刚好看了一套，等他们人来了，就联系房产经理带着他们去小区里看房。

位置离得不远，就在他们隔壁一栋。

"户型结构和我们家没区别，你们去看看采光朝向就成，看完早点回来。"徐迟将手里的面团往桌上一摔，"好多活等着你们呢。"

温时尔轻啧："我们是客人啊，哪有让客人动手干活的。"

徐迟说："出门右拐，慢走不送。"

徐培风直接朝他后脑勺一拍，语气不满却也带着笑意："怎么跟你嫂子说话呢，没大没小。"

徐迟："……"

温时尔和徐培风前脚刚走，许糯和林嘉让后脚就到了门口，他们俩你追我赶的，到现在也没定下来。

许糯一进门就感受到屋里充沛的暖气，简直想哭："北方真好，南方到底什么时候能实行集中供暖。"

林疏星给她倒了杯热茶暖手。

林嘉让在许糯边上坐下，小声说道："我家里有暖气，你要不要搬来跟我一起住？"

徐迟从边上路过听见，眼也不眨地说了一句："你还真有脸。"

林嘉让跟林疏星吐槽："妹妹，你有没有觉得，我们迟哥现在嘴越来越碎了，一点也没有当初当'小霸王'的气质了。"

林疏星看了眼徐迟，又看了看林嘉让："那是针对你吧。"

林嘉让不乐意地叫嚷道："这个家我是待不下去了。"

说话间，阿姨抱着孩子出来，笑道："估摸着是早睡醒了，躺在那儿咬手，不哭也不闹的。"

许糯上次见林平安还是在医院，她忙起身走过去："阿姨阿姨，给我抱一下小平安。"

她没抱小孩的经验，徐迟在一旁看得心惊，就等着下一秒冲过去把孩子接过来。

林疏星笑他："你干吗呢？人家抱的是孩子，又不是炸弹。"

"我怕她是个炸弹。"

林疏星："……"

许糯听到他们说话，撇撇嘴，吐槽道："我现在也觉得你老公的嘴越来越碎了。"

林疏星笑着没说话。

过了一会儿，温时尔和徐培风看完房回来，听了林嘉让的抱怨，两人也认同地点点头，异口同声道："我也觉得。"

徐迟一下成了公敌。

林疏星难得看他吃瘪，笑得停不下来，和他开玩笑："迟哥，被排挤的感觉怎么样？"

徐迟黑着一张脸，剁馅料的劲道又加重了几分，把桌子弄得啪啪响，阿姨从厨房跑出来："阿迟，你剁馅料那么用力做什么，别把桌子弄塌了。"

众人哄笑，小平安被几个阿姨叔叔轮着抱来抱去，脖子上陆陆续续挂了什么金锁平安符之类的。

徐迟偶尔路过，总想把小平安抱过来，让他离这帮人远一点。

但小平安好像还挺喜欢这些叔叔阿姨的，一点也不认生，小手扑腾扑腾，偶尔还笑。

温时尔和许糯简直爱不释手，塞红包的手就没停过。

徐培风看她那么喜欢孩子，趁着没人在意，凑在她耳边问："喜欢孩子？"

温时尔歪歪头想了会儿："嗯……我可能比较喜欢别人家的孩子。"

徐培风："……"

温时尔的胳膊搭到他肩膀上，唇瓣一张一合，温热的气息在他耳旁散开："你的我也喜欢。"

徐培风抓着她的手把胳膊挪开，手指捏着她的骨节，笑得意味深长。

温时尔莫名觉得后背发凉，屈指在他手心挠了挠，没再继续和他探讨孩子的问题。

许糯要去卫生间，把孩子递给了林嘉让。

他没抱过这么小的小孩，手脚很僵硬，一点也不敢动，生怕磕着碰着。没几秒，他忽地听见怀中传来几声闷响，紧接着一股难以言说的味道在他鼻间传开。

连坐在对面的温时尔都闻到了，她皱眉看过来："林嘉让，你刚刚是不是放屁了？"

"你才放屁了。"林嘉让哭丧着张脸，"是这个小家伙拉屎了。"

闻言，温时尔和徐培风立马起身往旁边挪了两步，小平安还不知道发生了什么，正用着力发出"噗噗"声。

林嘉让咬着牙："徐迟！你儿子拉屎了！你快来快来！"

徐迟抬头看过来："你不是他干爹吗，换个尿不湿这么简单的活还要找我，你顺手给换了就行。"

291

"我长这么大就没干过这事。"

徐迟包好一个饺子搁在一旁："这不是迟早的事，今天就当练手了。"

林嘉让没辙，只能去厨房求助阿姨。阿姨正准备午饭呢，也空不出手："找他爸妈去。"

林嘉让哭诉："他爸不管事啊。"

温时尔跟徐培风看热闹不嫌事大，两人靠着站在一旁，温时尔笑："你这概率也是没谁了，过完年去买张彩票吧，肯定能中奖。"

众人推来推去，还是林疏星过来把孩子接过去。许糯从里面的卫生间出来，路过林嘉让身旁，鼻子吸了吸，立马抬手扇风，一脸不解："你怎么那么臭？"

林嘉让已经不想解释了，转头就钻进了客卧里的卫生间，没几秒又跑出来，把行李箱提了进去。

估摸着是去洗澡了。

温时尔和徐培风笑够了之后洗洗手也加入了包饺子的队伍中，过了会儿，温时尔回头往客厅看了眼。

徐培风凑过去问："找什么？"

"糯糯呢？"

徐培风也跟着看了一圈，目光落到其中一间卧室，温时尔顺着看过去，心里了然，没再多问。

林嘉让打算直接回平城，这趟过来带了几套换洗的衣服，他快速冲了个澡出来。

许糯正坐在床边低头回消息，听见开门声也没抬头。

他擦着头发走过去，坐下来的时候看到她的手机页面。对话不长，一眼扫过去就能看完，只是信息量有些大。

他坐在床尾，许糯坐在靠窗的那一侧窗沿。

两人都没说话，林嘉让擦完头发，毛巾拿在手里，转头看着

292

许糯："你跟你妈说今年过年要带对象回去？"

"怎么，不行吗？"

"我不是这个意思。"林嘉让觉得自己的呼吸都变轻了，"你……准备带谁回去啊？"

"我还能带谁回去？之前那个相亲对象呗！"

"不行！"林嘉让站起来，"你之前不是说都和他说清楚了吗，再让人假扮你男朋友回去，是不是不太好？"

"嗯，那也可以不用假扮啊。"

林嘉让咬牙："许糯，你气死我得了。"

许糯看了他好一会儿，低着头说："你也气死我得了。"

两人又不说话了，林嘉让忽地蹲到她面前，手搁到她腿两侧，仰头看了她一眼，又垂下脑袋，语气有些无可奈何："没想气你。"

许糯"嗯"了一声。

他忽然抬起头，又说："那你考虑考虑我。"

许糯眨眼："什么？"

"带我回去。"林嘉让看着她，"假扮也好，真的也好，选我呗。"

许糯没说话，两人就这么静静地对视了会儿，她嘴唇抿了抿，忽然问道："你家里需要吗？"

林嘉让没反应过来："什么？"

"需要你带对象回去吗？"

"没听说要……"林嘉让说到一半猛地意识到什么，点点头，"要要要。"

许糯弯起嘴角："那到时候再说。"

"行，都听你的，我随时为你准备着。"

两人在房间里待了太久，徐迟在外面敲门："两位，我现在敲门方便吗？如果不是很方便，你们就吱个声，我让他们这一下午都不要从这扇门前经过。"

293

林嘉让走过去开了门，徐迟扫了眼他的打扮，意有所指地道："这么快。"

"滚。"林嘉让不跟他客气，"给我找个吹风机。"

"隔壁卧室有，自己去拿。"徐迟没跟他废话，"收拾完出来吃饺子。"

"那还是先吃吧。"

许糯闻声也走了过来，三个人一块往餐厅走。

饺子下了一锅，热气腾腾的，各种馅料都有，一大家子人围了一桌，阿姨笑："你们趁热吃，锅里还有。"

徐迟吃了两个，放下碗，走进厨房："阿姨你先吃一碗吧，都忙一上午了，锅里的我来看着。"

"哎呀，你们先吃，我又不饿。"阿姨把他推出厨房，"这里油烟大，你们别进来了。"

徐迟劝不动她，又坐回桌旁。

几个人吃完饺子，没干活的许糯和林嘉让主动承包收拾碗筷的工作，林嘉让还成功地把阿姨劝出厨房。

吃过午饭，因为最近天气原因，户外也没什么娱乐活动，徐培风他们索性打起了麻将。

林疏星和徐迟在卧室把小平安哄睡，忽然发现外面开始下雪，他们站在窗前看了一会儿雪，转身去了外面。

这场雪下得不小，傍晚小区里已经堆满了雪。

温时尔摸了一下午麻将，坐得腰酸背疼，徐培风伸手给她揉着。她转头看见窗外的雪，起身走到窗边看了一眼，有些手痒："我们下去打雪仗怎么样？"

林嘉让也跟着站过来，他今天输了一下午，输急眼了，听什么都要问一句："分输赢吗？"

徐迟走过来："打个雪仗，你还要分输赢。"

温时尔靠着徐培风的肩膀，笑道："让他分，我们不跟傻瓜论短长。"

林嘉让扭头看许糯："去不去打雪仗？"

许糯也想活动活动了："走啊。"

林疏星还不能受凉，徐迟跟她留在楼上。他们家住在九楼，站在阳台能看到楼下的人影。

他们四个很快到了楼前的一片空地，那里有几个小孩在堆雪人。林嘉让手欠，直接抱起一个小孩好不容易滚起来的雪人脑袋，朝着徐培风砸了过去。

下午输钱的仇是报了，人小孩也哭得撕心裂肺。

许糯跑过来照着他脑袋就是一巴掌："你脑袋缺根弦是吗？"

徐培风拍着雪走过来，温时尔弯腰哄小孩，林嘉让也跟人道歉，立马给人重新滚了一个脑袋。

林嘉让连忙说道："看看看，哥哥又给你重新弄了一个，哥哥跟你道歉，你别哭了成吗？"

温时尔听到他对自己的称呼，没忍住翻了个白眼，转头问许糯："他现在这么自恋吗？"

许糯摇头。

温时尔刚想说她是情人眼里出西施，许糯又道："不是现在，是一直。"

徐培风没忍住笑出声，林嘉让摸着脑袋站起来，胳膊碰了碰许糯的胳膊："在外面，你给我点面子嘛。"

许糯："……"

"咦，他刚刚是在撒娇吗？"温时尔看着徐培风，"你要是敢跟我这样，我现在一脚就能给你踹出去。"

徐培风揽着她的肩膀，轻轻叹气："撒娇男人最好命啊。"

温时尔："……"

同一时刻，隔得不远的楼上，林疏星接到了周昭阳的电话。他今年回平城过年，听说她留在京市过年，特地寄了一些婴儿用品过来："就当我这个做舅舅的给外甥买的新年礼物。"

"谢谢。"林疏星转头看徐迟，又道，"谢谢哥，过了年，有空就来家里吃饭。"

"行。"周昭阳关心了几句，挂电话时，林疏星好像听见那边有女生说话，还像是刚睡醒的撒娇声。

她顺手将手机塞到徐迟口袋里："我哥好像谈恋爱了。"

"嗯，那他们过年来，我们要不要给嫂子包红包。"

林疏星有些迟疑："有这个习俗吗？"

"我也不知道。"徐迟笑了笑，"回头问问奶奶。"

"行。"

两人说着话，楼下传来几人的呼喊声："阿迟！星星！"

林疏星和徐迟同时往楼下看，他们四个人两两分开站在一旁，在他们面前的雪地上写着四个大字。

——新年快乐！

看字迹像是四个人一人写了一个字，每个字的字迹都不太相同，他们朝楼上挥手，齐声道："新年快乐！"

徐迟和林疏星也回应道："新年快乐！"

冬夜严寒，四人送完祝福，抬脚朝楼里走。彼时天色已晚，城市被万家灯火点亮，小区里的路灯照在他们四人身上。

在他们身后的雪地上，四个字迹不同的"新年快乐"很快被新的风雪掩埋。

可写下那四个字的人和楼上看着的两人，却年年都陪在彼此身边。

冷风吹来，林疏星搂着徐迟，向这场风雪提前许下了新年愿望："希望我们的下一年，每一年，都能像今年一样，平安顺遂、万事顺意。"

"那……我的愿望很简单，我希望，你的愿望，都能实现。"徐迟说完，和她接了一个很长的吻。

人的一生拆成一天很长，拆成一年却又很短，而一天有二十四个小时，一年有二十四个节气。

但我想说的是——不管这一生长短与否，在我有限生命中的每一时、每一刻、每一年，我都只想和你在一起。

（全文完）

徐迟是我写过为数不多的男主里，比较喜欢的一个男生。

抛去"小霸王"的这层设定，他其实和我们身边很多男生没有区别，会因为喜欢一个人而产生自卑的想法，也会为了她去努力，去成为能够和她并肩的人。

而星星其实和迟哥在家庭这一方面是很相像的人，他们都曾经在亲情里被最亲的人伤过，留下难以磨灭的阴影。

两个相像的人更容易产生共鸣，就像冬夜里落单的小动物，为了活下去只能抱在一起互相取暖，而他们相爱能够给彼此带去温暖，治愈曾经遭遇的所有伤害，所以他们的相遇也是命中注定。

希望看到这个故事的你们，也能像迟哥和星星一样，和喜欢的人长长久久，能够实现自己的梦想，去做自己想做的事情，在将来成为想要成为的人。

也很感谢编辑给迟哥和星星一个用另一种方式来到大家面前的机会。

人生的旅途还很长，希望你们永远可以保持初心，去奔赴更好的未来。

岁见

2021/7/14